길을 따라 길을 찾아

길을 따라 길을 찾아 하

초판 1쇄 인쇄 2020년 04월 01일
초판 1쇄 발행 2020년 04월 10일
지은이 윤위식

펴낸이 김양수
편집 이정은
교정교열 박순옥

펴낸곳 도서출판 맑은샘
출판등록 제2012-000035
주소 경기도 고양시 일산서구 중앙로 1456(주엽동) 서현프라자 604호
전화 031) 906-5006
팩스 031) 906-5079
홈페이지 www.booksam.kr
블로그 http://blog.naver.com/okbook1234
포스트 http://naver.me/GOjsbqes
이메일 okbook1234@naver.com

ISBN 979-11-5778-438-7 (04800)
ISBN 979-11-5778-436-3 (SET)

윤위식의 경남 기행 수필집

길을 따라 길을 찾아

하

맑은샘

차례

　팍팍한 삶의 고단함이 버거워도 털썩 주저앉지 못하는 것은 주변을
의식해서라기보다는 자존의 가치를 지키기 위한 의지여서 언제나 심
신을 다잡고 추스르며 틈틈이 다듬어 여유의 즐거움과 기품의 멋스
러움을 갖추려고 한다. 그래서 망중한의 틈새라도 짬을 내어 어제를
돌아보며 내일을 그려보려고 길을 나선다. 새로이 만나는 풍광은 단
순한 이색 체험이나 아름다움의 대상인 풍광이 아니라, 또 다른 현실
과의 만남으로 자아 각성의 기회로 삼거나 역사 회고를 통한 자아 성
찰의 현장으로 삼으려고 길을 나서고 보면, 심성 수련과 학문 수양의
귀가 열리고 눈이 밝아지며 마음이 맑아진다는 것을 알고부터였다.
그래서 거창하게 계획을 잡지 않아도 좋을 곳을 날을 잡지 않고 집을
나섰다. 날을 잡으면 딴 일 불거지고 계획하느라고 요란을 떨면 산통
만 깬다. 그래서 아침 밥상을 물리고 홀가분한 차림새로 집을 나서기
만 하면 어제와 다른 새로운 오늘을 만난다. 솟을대문 앞에서는 뒷짐
을 지고 헛기침도 해보며 누마루 아래에 서서 선현들의 유훈도 되새
기며 겸손함을 익히고, 폐사지의 석불 앞에서 머리 숙여 합장하고 경
건함을 익히며, 고대광실 고택에 들어 부귀영화의 뒤끝을 더듬으며

홍망성쇠의 이치를 새겨보고, 성황당 돌탑 앞에서 못다 한 기원도 빌어보며 암벽에 새겨진 마애불 앞에서 자숙의 머리를 숙이고, 고갯마루에 올라서 어제를 뒤돌아본다. 매달 한 편씩이라도 작심한 100편의 글을 써보려고 꼬박 8년의 흔적을 묶어 여기 허름한 바구니지만 오롯이 담아본다.

1

남해 금산
이성계 기단과 부소대

누군들 살다 보면 인생사 잊혀진 사연들이 한둘 이겠냐만 풀잎 피고 새잎 돋으면 문뜩문뜩 아련한 옛이야기들이 되살아난다. 우수 경칩 지나고 춘분이 다가오면 20여 년을 두고두고 미안해하는 사연이 있어 남해 금산의 부소대를 찾아서 길을 나섰다.

새봄을 알려오는 봄의 향기는 흙냄새에서부터 일어나는지 갯바람을 가르며 작은 섬들을 교각 삼아 섬과 섬을 제각기 다른 모양새로 잇고 있는 삼천포 창선대교를 건너서자 겨울의 끝자락인 꽃샘추위도 꼬리를 사리고 온갖 봄 내음이 사방에서 묻어오는데 상큼한 풀냄새와 비릿한 갯내음은 코끝에서 맴돌고 은근하게 야릇한 흙냄새는 겨우내 여몄던 오지랖을 헤집는다.

남해 섬의 주산인 금산의 뒷길을 가파르게 굽이돌아, 작은 주차장에서 신발 끈을 고쳐 매고 보리암 고갯마루에 올라서자, 정상의 우람한 바위들이 근엄한 자세로 정중하게 반기고, 발끝 아래로는 골과 등을 가리지 않고 무덕무덕 기암괴석들이 겹겹으로 떼를 지워 울쑥불쑥 솟았는데, 보리암 절집은 용마루의 허리를 길게 늘어트리고 육중한 몸집을 서서히 들어내며 상주 앞바다를 지긋하게 밟고서 일망무제의

남해금산 부소대

남해금산 이성계 기단

1. 남해 금산 이성계 기단과 부소대 _____ 11

만경창파에 세존도를 띄웠다.

낙산사의 홍련암과 여수의 항일암과 더불어 남해의 보리암을 우리나라 3대 해수관음 기도 도량의 성지라 해서인지 찾는 이의 발길이 줄을 잇는데, 덩달아서 경건해지는 까닭은 관음보살의 가피인가, 산신의 정기인가, 옷매무새에 손길이 절로 간다.

보광전의 본존불은 자그마한데 풍기는 자애로움이 향불의 연기를 타고 법당 안이 가득하여, 정성을 다해 예를 갖추고 나와 벼랑 끝의 돌계단을 밟으며 산신각에 들러서 찾은 뜻을 아뢰고, 우선 이성계 기단을 찾아 대웅전 앞 축대 밑으로 가파른 벼랑길을 내려서자, 설대가 우거져서 긴 터널을 이루고 있다. 담뱃대와 화살을 만들었던 설대숲의 터널은 끝을 가늠하지 못하고, 그저 어딘가로 이어지겠지 하는 믿음만으로 뚫어진 외길을 따라 한참을 내려가서야, 하늘이 열리면서 위로는 보리암의 당우들이 벼랑의 중턱에 제비집 같이 붙은 것이 보이고, 사방은 온통 기암괴석들이 기기묘묘한 형상을 하고 육중한 덩치로 거드름을 피우는데, 그 수가 눈 가는 곳마다 빼곡하여 감히 대적해 볼 엄두가 나지 않으나, 장부의 체통도 있고 해서 "어험" 하고 헛기침을 크게 하고 끊어질 듯 이어지는 바위 틈새로 난 길을 따라 작은 산등성이에 오르자, 단청이 화려한 단아한 기와집 한 채가 거암거석을 광배 삼아 낭떠러지의 턱받이 위에 고즈넉하게 앉았다.

나무 계단과 돌 계단을 번갈아 오르내리며 다다른 암반 위에, '선은전'이라는 현판이 붙은 팔작지붕의 삼간 겹집 좌우의 칸에는, 용마름의 가첨석을 얹은 '남해금산영응기적비', '대한중흥송덕축성비'라 쓰인 거대한 비석을 짊어진 돌 거북이 무게가 버거워서 눈이 퉁방울처럼 튀어나온 채 납작하게 엎드렸고, 조각된 청황룡이 '태조고황제기도처'라 쓰인 목비를 길게 세워 잡은 가운데 칸에는, 일반 가마와는 확연히 다른 비단 주렴을 화려하게 드리운 연(輦)이 옛 주인을 기다리며 소곳하게 앉았다.

"장군! 보리암 너머 부소대의 향엄 스님께서 장군이 예까지 온 연유를 죄다 일러줍디다."

들은 대로 아뢰었다.

"태백산 산신령께 무장을 하고 갔다가 쫓게 나섰다면서요? 한번 경을 쳤으면 됐지 지리산 산신령께는 무장을 풀고 갔어야지요. 꾸지람한다고 칼을 뽑아드셨으니 반야봉으로 건너뛰어 아직도 천왕봉으로 안 오셨답디다. 여기서도 한 성질 하셨더라면 어찌 될뻔하셨습니까?"

묵묵부답이라.

"요즘 TV 드라마에서는 삼봉의 말은 잘도 듣더니만…."

군담까지 했으나 장군이 머물다 가신지 620여 년이 지났으니 무슨 소린들 들리겠냐만 금산은 백두대간의 그 어디에도 맥을 잇지 않고 있어 굴러들어온 산이라 하여 '전이산'이라 했다지만 새 왕조를 점지한 영험한 산이다. 장군은 기도 끝에 한수를 건너지 말고 기다리면 기미가 보일 것이라는 신령의 답을 듣고, 개국 조선의 왕좌에 오르셨으니 '전이산'을 비단으로 감싸도 아까울 게 있었겠냐만 영원히 빛이 바래지지 않게 비단 금 자의 '금산'으로 개명을 하여 보은을 했다니 그럴싸한 정감이 흐른다.

왔던 길을 거슬러 올라 보리암 범종각 옆으로 난 산길을 따라 비탈길을 오르자, 보행을 나선 주지 능원 스님은 장삼 자락을 펄럭이며 화엄바위를 돌아서 구름같이 어디론지 홀연히 사라지고, 좌선대를 앞세운 제석봉 건너편에 치마폭 드리워 천인단애를 이룬 상사바위가 못다 한 정이 한이 되어 중천에 홀로 섰다.

부소대를 알리는 표지판을 따라 허리가 잘록한 고갯마루에 올라서자 뒤돌아 보이는 끝없는 바다는 하늘과 맞붙어 어우름을 알 수 없고, 금성산을 내려놓고 호구산을 무릎에 앉힌 우뚝한 망운산이 건너뛸 듯 가까운데, 잡목 우거진 비탈길을 내려서자 웅장한 바위 봉우리가 느닷없이 불쑥 솟아 장엄한 비경을 철 다리로 이어놓고 찾는 이를 반기건만, 재가불자 표 낸다고 회색 옷 지어 입고, 관음성지 보리암의 보광전 찾아들어, 지은 죄 씻어주고 온 가족 복 달라고, 불전 한 닢 올려놓고 향 사르고 절하면서, 한나절을 때만 쓰다 삼층 석탑 세 번 돌고, 산신각 참배하고 휘젓고 다니는 그들이나, 울긋불긋 등산복에 쌍지팡이 배낭 메고, 쌍홍문 장군바위 음성굴 용굴 둘러, 화엄바위 힐끔 보고 흔들바위 흔들더니, 좌선대 밑을 돌아 상사바위 올라서서, 의기양양 개선장군 있는 대로 폼을 내고, 획-하니 정산 둘러 하산하는 그들이나, 보리암에서 20분이면 족한 완만한 길인데도 찾는 이는 거의 없어, 언제나 괴괴하고 한적한 부소대는 태초의 비경으로 오롯이 남았는데, 만리타국 유배 왔던 진시황제의 아들 부소의 애달픈 숨결을 머금은 채 인적조차 드물어 적적하기 그지없다
수십 길 낭떠러지의 틈새를 걸쳐놓은 철 다리를 건너서서 부소대의 허리를 돌아가면, 손바닥만 하게 펑퍼짐한 층을 이룬 축대 위로 벽면만 보수한 삼간 정도의 빨간 슬레이트 건물에 부소암이라는 작은 현판이 붙었는데 스님은 간곳없고 자물쇠는 녹이 슬어 인적 없는 빈 절임을 황량함이 일러준다.

초등학교 6학년짜리 아들 지현이를 데리고 금산을 두루 돌아보며 부소대를 찾았는데 그저 삼간으로 된 녹이 슨 양철지붕의 비어있는 여염집 같아서 닫쳐진 사립문 앞에서 한참을 기웃거리고 있는데 "들어오시게" 하는 소리에 깜짝 놀라 자세히 보았더니 희끄무레한 바윗돌이 아니고 스님이셨다. 미동도 없이 한참을 빤하게 지켜보셨던 노스님은 대나무 사립문 안쪽의 문고리에 굵은 철사를 나선형으로 말아서 꽂은 양심에 맡긴 자물쇠를 풀어주시더니 우리 부자를 방으로 불러드리시고 초면인데도 녹차를 따라주시며 부소대의 내력을 한참이나 일러주시더니 "절을 지어서 보리암으로 넘겨줄까 아니면 현금을 줘서 지으라고 할까?" 하시기에 "스님의 구상대로 절을 짓는 게 좋을 것 같은데 그 많은 돈이 어디 있습니까?" 했더니 춘분을 전후하여 칠일 사이의 새벽에 세존도 위로 노인성이 지나가니 때를 맞추어 기도를 하면 소원을 이룰 것이니 들르기나 하라면서 "돈은 지금 여기 갖고 있어" 하셨던 20년 전의 향엄 스님의 이야기를 2~3년 전에 다시 들어서 상주하는 스님께 했더니 "외인 출입도 금하시고 신도 접견도 마다하신 스님께서 거금을 공개하신 까닭은 불사를 의논하자는 뜻이 있었는데 어찌 그리 무심하셨습니까? 스님께선 열반하셨습니다." 순간 '아뿔사! 이 죄업을 어쩌나!' 가슴이 철렁했다. 때늦은 깨달음의 미련한 중생은 20여 년이 지났어도 두고두고 미안하다. 향엄 스님과 차를 마셨던 같은 방의 같은 자리에서 젊은 스님은 차를 따르며 "아무런 남긴 말씀도 없고 상자도 두지 않아 진주의 이곡사에 있는 문도의 조카뻘을 찾아서 칠천여만 원을 전달하였답니다." 하던 생생한 기억을 더듬으며 철 다리 말고도 들고나는 방법까지 향엄 스님께서 보여주신 부소대의 유일한 비밀 통로로 발길을 옮겼다.

일반인은 알지도 못하는 당시의 비밀 통로는 새로 낸 등산로의 끄트머리에 그대로인데 이승의 끝을 미리 알고 하신 말씀을 미련한 중생이 깨닫지 못한 죄가 가슴을 짓누르고 향엄 가신 지 이십여 년이 지났건만 두고두고 죄스럽다.

아방궁과 만리장성의 축성은 부당하다는 부소를 시황제의 편을 들어 귀양을 보냈으나 귀양에 풀려나면 보복을 염려하여 불로초를 캐어 오겠다며 망명을 위장한 도망 길에 올랐다가 동남풍에 밀려와서 부소와의 기막힌 만남과, 또 다시 도망을 가며 서시가 지났노라고 '서시과차'라는 흔적을 새긴 금산 자락의 석각 문자 말고도, 사량도 조리바위에도 같은 문자를 남겨둔 위치까지 일러주시며, 춘분 무렵이면 배를 띄워도 되돌아온다는 뜻으로 아래 포구와 마을의 옛 이름도 알려주셨건만 중생의 몽매함과 속절없는 세월에 잊고 말았으니 안타깝고 애달파서 부소대에 등을 대고 세존도를 바라보니 망망대해는 끝 간 데가 없었다.

2

월연정
찾아들면

　요새는 어디를 가나 봄꽃들의 황홀한 향연장이 펼쳐져 있어 화향의 유혹에 이끌린 상춘객이 들떠서 들끓는다. 훈훈한 봄바람에 묻어오는 꽃냄새는 새파란 푸성귀의 풀냄새에다 물이 오른 나뭇가지의 새움에서 나는 향긋한 냄새가 봄갈이한 흙냄새와 함께 어울려서 상큼하면서도 야릇한 향기를 품어내는데 갑작스런 기온의 급상승으로 피고 지는 순서도 없이 봄꽃들이 한꺼번에 피어나서 글자 그대로 만화방창이다. 길섶의 개나리가 아직도 어깨춤에 신이 났고 비탈진 산에는 모닥모닥 진달래가 청솔가지 틈새마다 숨은 듯이 만개했고, 지켜보던 목련꽃도 아직은 질 때가 멀었다며 흐뭇하게 즐기는데 이름 모를 풀꽃들은 목을 뽑아 훔쳐보고 가로수로 늘어선 벚꽃까지 활짝 핀 채 이화 피고 도화 피니 변고는 아닐 게고 이 무슨 축복인가.

　자색으로 끝동 대고 노란 고름 여민 홍매
　연녹색 댕기 드린 청매와 어우러져
　소복 단장 백매화와 길 떠날까 하건마는
　도리행화 서둘러 피어 한사코 잡는구나

경부선 옛 철길

월연정

한낮의 기온이 초여름 같은 유별난 봄 날씨에 화향에 미리 취해 봄바람이 들었는데 쑥부쟁이 무침에다 달래 넣은 양념간장의 아침 밥상이 봄을 한가득 차렸는데 여기저기서 날아온 봄꽃 축제의 초대장까지 옆구리를 찔러대며 충동질을 하는 바람에 집을 나섰다.

영남루의 유명세에 밀려 돌아앉은 채로 500년 세월의 시간이 멈춰버린 비경이 있어 밀양을 찾아 길머리를 잡았다. 봄바람을 타고 꽃바람을 잡으며 얼룩진 역사 속의 옛이야기가 묻혀 있어 더욱 감칠맛이나는 풍치와 운치를 흠뻑 맛보고 싶어서다. 남해 고속도로 동창원 요금소를 나와 25번 국도를 타고 계속 직진을 하며 밀양 초입의 밀양강예림교를 지나 가곡 삼거리에서 좌회전을 하여, 밀양대로를 따라서다시 한 번 밀양강을 건너는 용두교를 건너서 삼문동을 가로질러 또한 번의 밀양강을 건너가는 밀양교로 차를 몰았다. 청룡이 긴 꼬리끝을 8자로 휘감아 돌아치는 청화백자의 그림 같은 밀양강과 건너다보이는 영남루의 풍광이 멋으로 장관이고 운치로는 속계를 벗어난 그림 같은 선경이라서 밀양교를 건너가야 밀양의 제멋이 나는 길이다.
아랑 아씨까지 연상하며 한참을 건너다보던 영남루를 옆에 두고, 밀양 관아의 정문을 마주 보고 용평로로 접어드는 우회전을 하여 오른쪽으로 밀양강을 끼고 벚꽃이 만개한 가로수를 따라 잠시만 가면, 하얀 돌기둥을 세운 팔작지붕의 우뚝 솟은 문루가 안채 건물을 감추듯이 숨기고 밀양강을 굽어보며 추화산 끝자락에 초연히 홀로 서서외로움을 달래는데, 정적 속의 안채는 용호정(龍湖亭)이고 2층의 문루는 심경루(心鏡樓)라는 편액을 달았다. 언제나 마음을 비춰보며 고고함을 지켜오던 신선 같은 선비들은 갓끈 고쳐 매고 도포 자락 펄럭이

며 어디로 떠났는지 텅 빈 문루는 덩그렇게 홀로 서서 적적함이 배어
난다.

헤픈 정 다 퍼주고 텅하니 비어버린 내 마음이야 비춰본들 뭣하랴!
발길을 돌려서 산모롱이를 돌아들자 벼랑 옆으로 난 길은 차선 하나
너비로 좁아지더니 자그마한 터널 속으로 희끄무레하게 빨려 들어간
다. 터널 옆으로 비스듬하게 산기슭을 기어오르는 시멘트 포장의 비
탈길과 벼랑을 타고 강섶으로 난 오솔길이 저마다의 특이한 멋을 내
며 산과 강이 어우러진 틈새에서 운치 어린 풍경화를 그려내고 있다.

벼랑에 붙은 작은 안내판은 영화 '똥개'의 촬영장이었다고 일러주는
데 터널 깊숙이 환하게 빛살이 비쳐서 들어가 보았더니, 터널 중간쯤
에서 하늘을 잠깐 볼 수 있는 천공이 있어 두 개의 터널이 틈새를 끼
고 이어진 꽤나 긴 터널이다. 1905년에 개설된 경부선 철길인데 1940
년 경부선의 복선화로 철길은 이설되고 지금은 일반 도로로 이용되
고 있단다. 부모 형제 이별하고 처자식도 떼어놓고 강제 징용한 이 땅
의 젊은이와 수탈한 물자를 바리바리 부산항으로 실어갔던 일제 강점
기의 한 많은 경부선! 민족의 설움을 싣고 울분에 겨워 시꺼먼 연기
를 칙칙폭폭 토하면서 원한 맺힌 울부짖음의 기적 소리는 세월에 떠
밀려서 멀어져 갔어도, 못다 푼 원한을 끌어안고 몸부림치며 달려야
했던 시커먼 열차는 아직도 우리의 가슴속을 헤집으며 달리고 있다.

터널 옆으로 난 벼랑을 타고 도는 오솔길로 들어서자 강섶은 수직
의 절벽을 이루는데 산비탈을 깔고 고래 등 같은 예닐곱 채의 기와집
들이 추녀 끝을 맞대고 축대 위에 눌러앉아 까마득히 먼 옛 시간에
멈춰버려 고색창연한 비경을 오롯이 드러내고 있다. 높다랗게 쌓아
올린 축대 위로 두 개의 대문은 자물쇠가 채워져 있어 쌍경당의 내정

으로는 들어갈 수가 없으나 굳이 그럴 필요도 없이 바깥에서 바라보는 풍경이 절승이고 비경이다. 쌍경당과 작은 계곡을 사이에 두고 돌다리로 이어진 월연대는 밀양강 절벽 위의 커다란 바위를 기단으로 삼고 바위의 크기와 건물의 크기를 조화롭게 안배하여 한눈에 보아도 거슬림이 없이 전체가 하나의 자연으로 융합된 한 폭의 그림이다. 정면과 측면 각 3칸으로 아홉 칸의 월연정은 방 한 칸을 가운데 두고 사방으로 마루청이 깔린 정자로서 팔작지붕의 곡선이 학이 나는 듯이 날렵하고 멋스럽다.

추화산 둘러쳐서 북풍한설 멀리하고
기암절벽 방석 삼고 백송을 벗을 삼아
배롱나무 그림자를 살포시 끌어다가
양 무릎을 덮고 앉아 밀양강에 발 담근 채
청풍을 가락 삼고 명월을 등불 삼아
쌍경당과 월연대가 용호에서 마주 보니
월연정은 절승이고 찾는 이는 신선일세

말을 더하면 흠을 낼까 염려되는 그림 같은 절경이다. 담양의 소쇄원과 함께 자연 지형과의 절묘한 조화를 이룬 빼어난 정자로서 조선 중기의 한림학사를 지낸 월연 이태 선생께서 조선조 중종 14년의 기묘사화를 피하여 이곳으로 찾아들어 월연사가 있던 자리에 월연정사를 세웠다는데 작은 계곡을 사이에 두고 월연대와 쌍경당이 추화산을 병풍으로 삼고 밀양강을 앞마당으로 삼아 다정다감한 정취가 찾는 이의 넋을 뺀다.

보름달이 뜨면 강물에 비치는 달빛이 불기둥처럼 영롱한 월주가 생긴다니 선생께서는 기묘사화로 사사당한 기묘 명현들이 월주를 타고 하강하여 야심토록 함께하자는 뜻이었을까! 범부가 어찌 성현의 뜻을 알겠냐만 청풍명월을 탐하는 값이라도 하시려함이든지 국정 운영과 선비의 길을 가르치며 많은 후학을 기르셨다니 국민을 누가 그럴싸하게 잘 속이느냐로 무리를 지어 자신의 안위와 영달을 위한 작금의 정치 현실 앞에서 선생의 체취가 그리워지고 정녕 우리가 나아가야 할 길을 묻고 싶어 아쉽다.

월연대 아래로 반석의 틈새를 비집고 벼랑 끝에 비스듬하게 높이 선 나무가 예사롭지 않아서 바위에 올랐더니 둥치와 가지의 겉모양은 플라타너스 나무 같은데 잎은 분명한 솔잎이다. 희귀종인 백송이라고 안내판은 일러주건만 백송을 심은 뜻은 알 수가 없으나 낙락장송이 우거진 아래로 꾸불꾸불한 배롱나무 속에서 고귀한 자태가 눈길을 끈다. 주변 풍광을 마음껏 즐기고 싶어 오르거나 앉아 보고 싶은 누각이나 정자가 대부분인데, 속계를 등지고 돌아앉은 월연정은 거리를 두고 바라다보는 정자로서 바라다보면 많은 생각을 하게 하는 정자이고 신선이 보이고 성현이 보이는 선경이요 비경이다.

월주가 서는 만월의 밤을 기약하며 발길을 돌려서 명종 조에 좌승지를 지낸 이태 선생의 손자이신 이광진 선생의 별서인 백곡재가 있는 금시당을 향해 심경루 아래에 있는 활성교를 건너서 암새들을 휘감아 도는 밀양강 둑길을 따라 용두산 기슭의 소나무 숲길을 찾아들었다. 수백 년 노송의 거북 등 같은 껍질은 세월의 깊이를 일러주고, 금시당과 백곡 서재의 검은 기와는 세월의 무게를 말하려는데, 좌승지의 근엄함이 배어서일까 고결한 성품을 닮아서일까, 450년 노구의 은행나무는 흠집 하나 없이 정갈하고, 활짝 핀 뜨락의 고매는 그 향이 은은한데 밀양강 굽이도는 용호(龍湖)를 굽어보며 금시당과 백곡재는 용두산 병풍에 한 폭의 그림이다.

3

운흥사에서
향로봉을 오르며

산야가 마음껏 푸르렀다. 그래도 연두색의 여린 티가 어딘가에 남아 있어 부드러움의 여유까지 한껏 머금고 싱그럽게 푸르러 가고 있다. 그래서 신록의 계절이라며 5월을 계절의 여왕이라 했던가. 아카시아의 꽃 내음이 창문으로 넘어 들어 거실이 그윽하다. 베란다 바깥의 먼 산을 쳐다보다 또다시 무직한 게 가슴을 치받으며 목에 메인다. 한숨이 절로 나고 미안한 생각만 밀려든다. 밥상머리에 앉아도 마음이 천근만근이다. 푸른 산이 보여서 미안하고 꽃 내음이 향긋해서 미안하고 밥상 앞에 앉아서 미안하다. 그래도 벅수 입에 소금을 퍼 넣는 듯이 꾸역꾸역 밥숟갈을 떠 넣다가 더는 말고 얼른 털고 일어나 간편한 옷을 주섬주섬 챙겨 입고 길을 나섰다.

운흥사에 들러서 사명당 송운 대사의 장삼 그림자라도 잡고 싶고, 이충무공의 추상같은 꾸지람이라도 듣고 싶고, 영가천도의 영산전에 들러 향이라도 사르고 싶고, 천진암과 낙서암을 거쳐 향로봉을 오르면서 묵은 땀이라도 실컷 흘리면 분이라도 조금 풀릴까 싶어서 곧장 삼천포를 향해 길머리를 잡았다. 삼천포 시외버스 터미널에서 고성군 상리면으로 이어지는 1016번 도로를 따라서 5㎞ 남짓 가다가 봉현

낙서암

향로봉 가는 길

삼거리에서 운흥사 표지판을 따라 우회전을 하였더니 이내 하이 저수지에 부엉산 쌍봉이 수면에 반사되어 대칭된 모습으로 풍광의 멋을 낸다.

저수지 끄트머리에서 비스듬하게 운흥사 들머리로 접어들자 포장도로만 간신히 내어주고 고산준봉이 좌우로 조여들며 코앞까지 막아선다.

운흥사 주차장에 닿으니까 초파일에 달았던 봉축 연등이 양편으로 줄을 지어 길 안내를 하는데 웬 건물이 저리도 큰 게 섰나 했더니 농짝 같은 자연석으로 옹벽과 축을 쌓고 맞배집의 2층 누각이 육중한 주춧돌과 부도 모양의 석주 위에 세운 우람한 나무 기둥부터 위압감이 누르는데 정면 일곱 칸에 측면 세 칸의 웅장한 건물이 출입문인 문루를 겸한 보제루인데 아직은 하단의 돌계단이 완공되지 않았지만 안마당으로 올라서는 석축의 계단은 말쑥하게 단장이 되었다.

보제루의 돌계단을 밟고 안마당으로 오르자 또 한 단의 높다란 석축 위로 겹처마 맞배집의 커다란 대웅전이 굽어보고 앉았다. 마당 오른쪽으로 명부전이 앉았고 대웅전 축대 뒤로는 산신각과 영산전이 높이 앉아 안마당의 축대를 걸터앉은 2층 범종각과 요사채를 굽어보며 청량한 풍경소리로 산사의 고요함을 더욱 짙게 한다.

농짝 같은 크기로 화강암 석축을 새로이 정비하고 토목 공사의 흙냄새가 사방에서 풍기기는 하나 대웅전과 명부전이 고색이 창연하고 영산전과 산신각이 옛 모습을 간직한 채 세월의 때가 묻어 역사의 숨결이 들리는 듯하며, 당우 모퉁이 어딘가에서 승병들의 행렬이 몰려올 것 같은데 사명당의 훈령 소리도 이충무공의 군령 소리도 사백여 년의 역사 속으로 멀어져간 세월이다.

대웅전과 명부전에 예를 갖추고 영산전으로 들었다. 전각 안으로 들어서면 바깥의 정감과는 하나같이 판이하다. 불단도 불상도 단청의 채색까지 온통 세월의 때가 묻어 긴긴 시간이 멈춰버린 과거 속으로 파묻혀버린다. 대웅전 본존 삼불 사이에 '왕비전하수제년 세자저하수천추' 라고 새긴 왕비와 세자의 천수강녕을 기원하는 목재 조각패가 섰는데 어느 분의 지칭인지는 알 수 없으나 676년 의상대사의 창건 이후, 임진왜란 때에는 승군의 본거지로서 사명 대사의 휘하 6천여 승군이 주둔했으며, 이충무공은 수륙 양면 작전을 논의했던 호국의 사찰이었고, 이후엔 불화를 그리는 화원이었던 천년 고찰의 역사의 향기는 불단에서부터 천장의 구조와 불상과 벽면의 탱화까지 예사롭지 않다. 대웅전 수미단과 닫집의 꾸밈새는 정교하면서도 간결하고, 명부전의 십대제왕상은 근엄한 표정이 살아있는 실물 같아 착각을 일게 한다. 보물 제1317호인 괘불탱은 매년 음력 삼월삼짇날에 영산재를 올릴 때에만 친견할 수 있을 뿐 본존불 뒤로 괘불 궤에 모셔져 볼 수는 없으나 후불탱화도 범상치는 않거니와 벽면에 걸린 탱화도 웬만한 사찰의 괘불탱과도 같이 크기도 크거니와 문외한이 구경거리로 보아도 이내 합장하고 고개를 숙이게 하는 불력이 풍겨난다. 예를 갖춘 후에도 손 모아서 몇 번이고 꾸벅거리고 영산전과 명부전에 향을 사르며 진도 앞 깊은 바닷물 속으로 못다 핀 저들을 어리석게도 속절없이 보냈던 죄업을 뉘우치며 극락왕생만을 빌고 빌었다. 불면 날아갈까 쥐면 부서질까 어찌 키운 내 새낀데 억울해서 어찌 살까 원통하고 절통하다.

운흥사를 나와 암반으로 바닥을 깔고 층을 지어서 흐르는 물소리를 들으며 활엽수가 하늘을 덮어버린 계곡을 따라 잠시 걸으면, 두 갈래의 계곡이 맞모인 사이에 기왓장을 엎어 포갠 울타리를 두른 산중 암자가 나온다. 딱따구리의 나무 찍는 소리를 듣는 둥 마는 둥 그림같이 한적한 천진암이다. 산승은 흔적 없고 공양주가 반기신다. 석간수를 한 쪽박 퍼서 주며 땀도 씻고 업도 씻으란다. 법명을 물었더니 '성각심'이라 일러주며 복 받으려 빌지 말고 복 짓고 살면서 무병 건강하라신다. 이렇게 고마울 수기! 합장으로 답례하고 신발 끈을 조여 맸다. 예서부터 가파른 산길을 한참을 걸어야 했다.

도토리나무와 서어나무가 군락을 이루고 간간이 단풍나무가 딴 색으로 덧칠을 한다. 물 한 병 김밥 한 줄의 배낭이 버거워질 무렵 검은 기와지붕의 용마루가 숲속의 높은 골짜기에서 어른거린다. 아람을 넘는 커다란 느티나무가 곳곳에서 계곡을 뒤덮은 틈새에서 깎아지른 수직의 절벽이 층을 지은 턱받이에 여염집 대문 같은 일주문을 세워 놓고 낙서암은 계곡을 굽어보며 호젓하게 앉았다. 들머리의 방 두 칸이 객실이고 법당 본채는 좌우 한 칸씩을 돌출시킨 팔작지붕의 균형 잡힌 목조 건물로서 낙서암이라는 편액을 달고 산중 암자치고는 당당한 모습이다. 법당 뒤로 절벽을 등지고 앉은 작은 산신각이 땀에 젖은 외로운 길손을 기다리고 있어 헌향 삼배의 예를 갖추고 뜨락으로 내려서니 산승은 화단에서 오가피 순을 딴다. 점심 반찬거리를 장만하고 있다며 낙서암 편액은 쌍계사 방장 고산 큰스님께서 쓰셨는데 아미타불의 또 다른 존호가 '낙서'라고 일러준다. 맨몸으로 걷기도 힘겨운 산길인데 식자재의 운반인들 제대로 할까 싶다.

무슨 업보 그리 많아 천륜 끊고 인륜 끊어
부모 형제 이별하고 심산 절집 찾아들어

먹장삼에 삭발하고 천번 만번 절하면서
염불하며 날 새우고 목탁 치며 밤새우며
참선수행 용맹정진 주야장천 면벽해도
백팔번뇌 해탈득도 성불하긴 요원하고
무상법계 색즉시공 공즉시색 인생무상
천상천하 유아독존 제 한 몸이나 건사하지
부실한 끼니가 안 보아도 아미타불!

부처님 들으시면 불호령 떨어질게고 서둘러서 향로봉으로 오르는 산길을 따라 발길을 재촉했다. 크고 작은 바위들이 하나같이 면과 모서리가 반듯하고 날이 선 육면체이다. 까마귀바위라는 새바위도 그렇고 상두바위, 조망바위, 평바위도 그렇다. 퇴적층이 촘촘하게 켜켜이 쌓여서 수평으로 가지런한 층을 지운 육면체의 바위들이다. 위로 쳐다보면 수직으로 곧추선 커다란 암벽이 연방이라도 넘어져 덮칠 것 같고 간신히 피해서 지나가면 코가 닿을 듯이 길은 가팔라져서 끙끙대며 오르면 좀 전에 덮칠 것 같은 수직의 절벽 위로 올라서게 되어 수십 길의 아찔한 낭떠러지가 발끝을 저리게 하는데 관목 숲이 우거져서 그 깊이를 가늠하기가 어렵다. 수목은 울창하여 산새 소리가 사방에서 들리건만 여느 때 같으면 대자연이 내는 온갖 소리가 거대한 오케스트라의 스펙터클한 주악과도 같이 들리련만 산바람 소리마저 애끓는 한숨 소리로 들리어진다.

이름 모를 산새가 쪼르르 날아와 나뭇가지에 앉더니만 홀로 걷는 외로운 길손의 심사를 위로라도 하는 듯이 꼬리 끝을 쫑긋거리며 나뭇가지를 몇 차례 옮겨가며 앞장을 서더니만 이내 삐졌는지 푸르르 날아서 자취를 감춘다. 주홍색 철 다리의 애향교를 건너서 579m의 향로봉 정상에 닿아 땀을 식혔다.

멀리 나직하게 내려앉은 크고 작은 섬들이 사량도를 에워싸고 희끄무레한 바닷물에 잠기어 봉긋봉긋하게 머리만 내밀었다. 희뿌연 연무 속에 주홍색의 아치형 삼천포-창선대교가 희미하게 아련한데 목포 앞바다의 팽목항은 어느 쪽인지 분간도 안 되는데 오늘따라 왜 이리도 김밥 한 줄이 목이 메는 걸까.

'까-악! 까-악!' 울어대는 까마귀를 향해 휘-익 하니 던져버리고 멀리 바다를 허망하게 바라본다.

4

하동
금오산에 올라서

지난봄은 우리들의 눈시울이 마를 날이 없어서 철 가는 줄도 모르고 지냈는데 때 이른 폭염이 5월을 달구더니 유월의 볕살이 벌써부터 뙤약볕으로 이글거린다. 이래저래 답답하고 갑갑한 심사라도 달래볼까 싶어서 하동의 금오산을 찾아서 남해 고속도로 진교 IC에서 차를 내렸다.

남해 방향의 구도로를 들어서서 남양마을 입구에 닿자 금오산, 석굴암, 금성사, 마애불 등 볼거리를 알려주는 안내판이 길손들을 반긴다. 옛날 관리들의 행차에 숙식을 제공했던 원이 있었다 하여 옛 이름이 원골마을인 동네 끄트머리에서 금오산을 오르는 산길이 시작됐다. 온갖 잡목들이 우거져 짙은 그늘로 덮어진 꼬부랑길을 잠시 오르자 갈림길이 길손을 멈추게 한다. 정상은 직진이고 왼쪽 길은 금성사라 했다. 갈림길이 나오면 이리 갈까, 저리 갈까가 참으로 고민스럽다. 그렇다고 신발짝을 냅다 던져 볼 수도 없는 노릇이고 발길 닿는 대로 가는 길손은 후회가 두려워서 금성사를 찾았다.

상수원 보호구역이라는 팻말이 붙은 저수지를 끼고 도는 산길을 오

금오산 문바위

금오산 봉화대

르자 금방 널따란 주차장이 마련된 옆으로 널찍한 돌계단이 높은 층을 이루었다. 계단을 반쯤 오르자 꽤나 큰 절집이 마당을 가운데 둔 정면으로 단청이 화려하고 크기가 웅장한 대웅전이 앉았고, 양옆으로는 신축 중인 큼지막한 당우가 서로를 마주 보는데 이제 막 미장일을 끝낸 모양이다. 법당으로 들어서자 법벽을 광배 삼고 금빛 중후한 불상은 드높은데 청황룡을 아로새긴 육중한 대들보며 아기자기하게 끼워 맞춘 정교한 익공과 화려한 닫집의 찬란한 단청이 그윽한 향 내음에 젖어 숙연함을 더한다.

불청객을 반기는 비구니 주지 수문 스님이 차를 따라주시기에 드넓은 차밭 가꾸랴, 저렇게 많은 효소 담그랴, 왜 사서 고생을 하냐니까 초근목피는 철이 지나면 없어지는데 제철에 장만해 놓으면 절실하게 필요로 하는 사람들이 있어서 한시도 일손 놓을 날이 없다며 울력도 산승의 수행이란다. 곧장 정상으로 가는 길은 없으니 왔던 길을 돌아서 가야 한대서 갈림길로 나와서 굽이굽이 열두 굽이를 돌아서 백룡사라는 팻말 앞에 차를 세웠다.

백룡사 300m라며 화살표가 휙- 그어졌다. 솔 내음이라도 실컷 맡자며 듬성듬성한 계단을 오르니까 방석만 한 바윗돌을 징검다리처럼 줄지어 깔아서 작은 고갯마루에 닿게 했다. 키가 나직하고 앵돌아진 소나무와 도토리나무가 빼곡한 숲속의 내리막길이다. 홍두깨 같은 나무로 계단을 만들었으나 괴괴하고 적적하여 오가는 사람이 없음을 실감케 한다. 축축하고 미끄러운 흙길을 내려서자 설대가 우거져서 완연한 터널 속으로 길은 이어졌다. 설대숲의 터널을 벗어나자 조립식 패널로 지은 작은 건물 서너 동이 너저분한 자재 더미를 깔고 완공이 덜 된 상태로 방치되어 있다. 얼마 전까지는 생활을 했던 흔적이 보이건만 어디에도 인기척이 없다.

마당으로 들어서자 산세의 풍광이 기막힌 절경이다. 너덜경과 수목이 어우러진 뒷산 봉우리는 좌청룡 우백호로 나뉘어서, 백호는 급경사를 힘차게 쏟아져 내리다가 불끈 솟은 커다란 바위 앞에 급하게 멈추다가 뭉클한 바위 봉우리로 웅크려져서, 틈새가 뻥 하게 틔워진 천공을 두고 있어 자연이 만든 웅장한 문바위가 질묘한 일주문이고, 청룡은 긴 꼬리를 멀리 섬진강에 담갔으니 승천이 코앞이다. 너덜경과 암벽을 둘러치고 소쿠리 안쪽같이 옴쏙하게 내려앉아 석양을 희롱하는 더 없는 명당이다. 문바위에 음각된 관세음보살상은 섬세함도 없고 균형의 멋도 없지만 꾸밈없는 소박한 맛에 정감이 오가는데 다기한 점이 살림살이 전부이다. 수백 년일까! 수천 년일까! 고찰은 불탔을까 산승은 어딜 갔나. 세월의 깊이는 가늠조차 어려우나 높다란 석축은 크기 따라 재단을 한 것 같이 반듯하고 정교한데 켜켜이 쌓은 바윗돌이 놀랍게도 크거니와 계단석으로 층층이 쌓아 올린 거석의 다듬질이 눈 가는 곳 없이 섬세하여 만지면 손자국이 옴팍하게 날 것 같다.

뒤돌아 뵈는 풍광을 뒤로하고 왔던 길을 거슬러서 일출 조망 공원에 차를 세우니까 금오산의 또 다른 이름인 소오산 849m라는 표석은 군사 시설에 정상을 양보하고 10m 정도 내려와서 우뚝 섰다. 멀리 남해 바다가 일망무제로 트였건만 옅은 해무가 희뿌옇게 끼어서 하늘과 바다의 어우름이 없는데 크고 작은 섬들은 유유자적 한가롭다.

경상남도 유형문화재 제290호 마애불 팻말이 거리는 얼마라는 말도 않고 그저 오라고만 유혹한다. 비탈길을 내려서자 하얀 찔레꽃이 지천으로 깔린 능선에는 농짝 같은 바위들이 무덕무덕 떼를 지어 웅크리고 앉았는데 자라의 등껍질 무늬처럼 아기자기하게 금이 가서 눈길을 끈다. 그래서 자라 오(鰲) 자의 금오산임을 알아차릴 무렵에 절벽 아래를 돌아서 내려서자 예닐곱 명이 둘러앉고도 남을 만한 크기의 바위굴이 나왔다. 바닥에는 넙적넙적한 돌을 틈새도 없이 반듯하게 깔았고 안쪽 구석으로는 작은 옹달샘이 반 수위로 물이 찼다. 굴의 높이는 키를 훨씬 넘는데 좌측 벽면에 동그란 광배를 짊어진 마애불이 음각된 9층 석탑을 앞세우고 새겨졌다. 고려 시대의 작품으로 추정되는 비로자나불이라고 안내판이 일러준다. 보호를 위한 철책을 둘러서 출입도 헌향도 삼가라니 합장의 예만 갖추고 또 한 번 빌어본다.

'비로자나불이시여! 세월호의 망자들을 하루빨리 반야용선으로 옮겨 타게 하옵소서!'

금쪽같은 새끼들은 불러도 대답 없고
때 이른 뙤약볕이 유월을 달구는데
숲속에 몸을 숨긴 무심한 뻐꾸기는
아는지 모르는지 애타게 우는구나

돌아서 오르는 길은 꽤나 가팔라도 단숨에 오르는 길이다. 차를 세워 둔 일출 조망대에 닿자 아직은 해는 중천이다. 조망대 아래로는 하얗게 너덜겅이 골을 메웠다. 너덜겅으로 내려서는 길목에 석굴암 700m라는 안내 표석이 길마중을 나와 섰다.

너덜겅으로 내려섰다. 베개보다도 크고 방석보다도 더 큰 넙적넙적하고 평평한 하얀 돌이 지천으로 널렸다. 도래방석만 한 크기도 있고 더러는 네댓이 앉아도 좋을 작은 평상만 한 크기도 있다. 산길의 흙 속에 뿌리박은 돌은 자라나 거북의 등짝 같았는데 너덜겅의 돌은 하나같이 날이 서고 모가 난 돌이다. 돌을 밟으면 덜그럭거린다. 어깨에 힘이 주어진다. 드세고 괄괄한 기운이 솟는 산세인 모양이다.

너덜겅을 벗어나자 나직나직한 소나무 숲이다. 곧게 뻗은 소나무는 보이질 않고 바닥부터 두세 가지로 갈라져서 뒤틀리고 앵돌아져서 껍질도 험악하다. 그래도 해가림은 빈틈없어 그늘을 지워 시원하다. 급경사를 내려서자 미륵당이라는 팻말이 섰다. 돌담을 나직하게 둘러쌓은 돌집인데 앉은 자세로 기도를 하는 기도처다. 무슨 소원이 그리도 많아서 저리도 큰 너럭바위로 지붕까지 얹었을까. 괴력이 아니고서야 저 육중한 바위를 무슨 수로 올렸을까. 간절한 바람이 소원이 되고 진실한 믿음이 신앙이 된다.

솔숲 사이로 비닐을 덧씌운 움막 같은 지붕이 얼핏 보이더니 길은 웅장한 돌 담장 사이로 이어졌다. 미로 같은 통로와 웅장한 석축은 고려 시대에 축조된 봉수대로 추정된다고 안내판에 쓰였지만, 좀체 납득이 가지 않는 거대한 성각의 축조물로 보인다.

우람한 바윗돌의 석축을 축대 삼은 석굴암이라는 돌집으로 들어섰다. 산신각, 굴법당, 금오산 석굴암 등 작은 편액을 붙였건만 함석과 비닐을 덧씌운 영락없는 움막인데, 어설프기 그지없는 작은 출입문 말고는 커다란 바윗돌의 웅장한 성루이다.

굴법당으로 들어서자 정면엔 작은 본존불과 탱화로 가려졌고, 방의 크기가 족히 서너 평은 넘을 것 같은데 천장에 빼곡한 연등을 까치발을 하고 가까스로 젖혀보고 깜짝 놀랐다. 천장의 높이도 높거니와 엄청난 크기의 평평한 바윗돌 서너 개로 천장을 덮은 웅장하면서도 완연한 석굴이다. 예로부터 아랫마을 중평리 사람들은 돌로 된 절이라 하여 '독절'로 부른다는 주지 동명 스님은, 금오산 아흔아홉 골의 중심부로서 수만 평의 너덜겅엔 십이지상의 형상을 한 바위들이 사방을 지키고, 구름이 산허리를 휘감으면 신선들의 하강도 보인다며 기도 도량의 드센 운기를 한껏 받으란다. 신선이 앉는다는 바위에 올라 멀리 남해를 바라보니 발끝 아래의 너덜겅은 구름같이 떠오르고 길손은 구름을 탄 비천상이 되어 금오산 준령으로 두둥실 떴으나 금쪽같은 새끼들의 절규가 귓전을 울린다.

5

천태산 용연 폭포를
찾아가며

   여름의 맛은 더위이고 제격의 멋은 피서이다. 달달 볶아대든 후끈
후끈 삶아대든 이글거리는 태양은 패기 넘치게 용맹스러워 멋지다.
이른 아침 떠오를 때부터 벌겋게 이글거리며 산천초목도 좋고 삼라만
상도 좋으니 한판 붙어보자고 시뻘겋게 달궈진 알몸으로 덤벼든다.
아침부터 지레 겁을 먹고 에어컨 밑에 비실비실 숨지 말고 '그래 좋
다!' 하고 손바닥에 침 한 번 '탁!' 뱉고 두 주먹 불끈 쥔 복싱 자세로
맞서보는 용기를 내면 금방 배낭 챙겨 메고 신발 끈을 조이게 된다.
그렇다고 아무나 길손 따라 하다가는 백발백중 낭패 본다. 요즘 세상
이 어떤 세상인데 제멋대로 혼자 나섰다간 돌아오면 문 안 열어줘서
속절없는 노숙자 되지 말고 살짝 나가서 수도 계량기 잠그고 "오늘
물 안 나온대!" 하고 식구들 데리고 나서야지 그러지 않았다가는 죽
은 목숨이다. 순간의 선택이 말년을 좌우한다. 어쨌거나 부지런하면
눈 가는데 손이 가고 마음 따라 발도 간다. 글감을 핑계 대고 집 나서
는데 이골이 났으니 거침이 없다. 시원스럽게 물줄기가 내리쏟는 폭
포를 찾아 집을 나섰다.
   차도 안 만들고 휴대폰도 없었더라면 괴나리봇짐 느직하게 걸머지

삼량진 역 물탱크

천태산 용연사 마애불

고 합죽선 '차—악!' 펼치고 나서면 멋도 멋이지만 오가는 사람 잡고 길도 묻고 안부도 전하며 말동무 보내면 길동무 만나고 길동무 떠나면 산새 들새 벗을 삼고 산천경개 섭렵하며 길 떠나는 맛이 제대로 날 것인데 인정머리 없는 과학 문명이 사람 사는 맛 다 망쳐놓았다. 그래도 세상 따라 살아야지 별수 없이 차를 몰고 나서서 천태산 용연 폭포를 찾아 동창원 IC를 나와 밀양 방향으로 25번 도로를 따라가다가 수산대교로 낙동강을 시원스레 건너서 상남에서 우회전을 하여 1022번 도로를 타고 삼랑진역 앞에 잠시 차를 세웠다.

삼랑진역! 진주발 부산행 열차에서 내린 이들이 부산발 서울행 열차로 갈아타느냐 마느냐로 가슴앓이를 했던 삼랑진! 청운의 뜻을 품고 가는 이야 말할 것도 없고 찌들은 가난이 몸서리쳐져서 미련 한 점 남김없이 경부선에 오른 사람도 많지만, 두고 온 고향이 돌아 보여서 못 가는 이, 좋은 사람 못 잊어서 못 떠나던 그 사람, 매몰참보다는 눈물이 뜨거웠던 돌아선 그 사람들, 지금은 어느 하늘 아래서 옛 추억을 더듬을까.

옛 역사는 다시 지어졌고 언제나 목이 메어 목쉰 소리로 "위—익! 위—익!" 하고 기적을 울리며 숨 가쁘게 달려온 증기 기관차에 물을 보충 해줬던 급수 탱크만 무성한 담쟁이넝쿨로 늙은 몸을 감싼 채, 떡장수 할머니와 "아이스케이키!"(나무막대기를 손잡이로 꽂은 길쭉한 빙과) 하고 갱생판매원의 눈길을 피해 소리를 죽이던 소년이며, 얼굴이 시꺼먼 구두닦이 소년이랑, 틈새만 비집고 다니던 쓰리군(소매치기)들은 지금은 어느 세월의 열차에 몸을 실었는지가 애타게 궁금하여 옛 시절을 그리며 초연히 홀로 섰다.

1923년에 건립되어 파란만장한 역사 속에서 물 건너고 들 건너서 산을 돌아 떠나갔던 기적 소리가 행여나 들려 올까 하고 귀를 기울이며 이제는 등록 문화재 제51호가 되어버린 급수 탱크를 뒤로하고 삼랑진읍 역을 나와 천태산을 향해 차를 몰았다.

삼랑진읍을 벗어나자 사방에서 볼거리들이 옷소매를 잡아끈다. 작원관지, 잔도, 만어사, 여여정사, 부은사 등 곁눈질했다가는 용연 폭포는커녕 개골창도 못 가고 발목 잡힐 거라서 1박 2일 정도의 훗날을 기약하고 앞만 보고 달렸다. 온갖 맛집들이 길을 따라 즐비하고 길섶으로 연이어진 가판대의 복숭아에 침을 꿀꺽거리며 안태리를 벗어나자, 양산으로 이어지는 1022번 2차선 도로는 산기슭을 거슬러서 오르막으로 이어지는데, 굽이굽이 열두 굽이가 드라이브 코스로는 기막히게 멋진 길이다.

급커브를 예비하고 차선이 넓어지더니 꽤나 널찍한 주차장을 마련하고 간이매점이 횡대로 늘어서서 커피, 라면, 파전, 막걸리 등 먹을거리의 안내판이 화투 스물넉 장을 펼친 듯이 화려하고 요란하다. 차가 들어설 땐 눈길이 모이더니 혼자 내리니까 눈치 빠른 주인들은 거들떠보지도 않는데 거슬러 오른 길을 뒤 돌아보니 몇 굽인지 헷갈린다. 이를 두고 구절양장이라 했던가! 하지만 제아무리 굽이져도 인생살이 굽이만큼이야 하련마는 이나 저나 한숨 돌리고 "파전 구워서 막걸리 한 사발이면 '딱!'인데 저놈의 원시(원수)덩어리 차 때문에" 하려다가 차가 들기나 하면 어쩌나 하고 퍼뜩 얼버무리고 차를 몰아 산마루에 오르니까 여기서부터 양산이란다.

오르막이 있으면 내리막이 있다는 격언처럼 몇 굽이를 돌고 돌아 어느 모롱이 끄트머리에 닿으니까 빤하게 절집이 보이는 계곡이 그림 같이 펼쳐졌다.

계곡을 건너지르는 짤막한 다리가 급커브에 걸쳐진 왼편으로 단청이 화려한 드높은 일주문이 '천태산통천제일문'이라는 편액을 달고 한눈에 들어온다. 길섶을 주차장 삼아 넓혀 두었기에 차를 세우니 교량의 이름이 용당교이다. 우리 선조들이 지명이든 이름이든 허투루 붙인 게 없고 보면 이곳 어딘가에 용의 집이 있나 보다. 용이 사는 연못이 용연이라면 용연 폭포는 어떤 모습일까를 상상하며 일주문을 들어서서 오른쪽으로 깊은 계곡을 끼고 오르자 천태사 대웅전이 거느린 크고 작은 전각들이 빼곡하게 계곡을 메우고 들어찼다.

심산 절집이 어딜 간들 엇비슷한데 별스럽게 '천태전'이 있고 '용왕당'이 있다. '용왕당' 찬물을 한 쪽박 들이키며 기흉 수술을 받고 엊그제 십일 만에 퇴원한 몸이라 장수는 사절하오니 옆에 사람 신세만 안 지게 무병 건강을 소원하고, 소원 석굴, 나한 석굴 등 전각마다 빠짐없이 예를 갖추고 끄트머리에 닿자, 오른쪽의 수십 길 절벽을 깎아 불상을 새기고 단청이 화려한 닫집을 제비집처럼 붙여 달아 '무량수궁'이라는 편액을 달았다. 관음보살과 대세지보살을 협시불로 삼은 아미타 대불은 높이가 16m여서 쳐다보기도 고개가 아프다.

"부처는 마음에 있다고 하셨잖습니까? 절집은 웅장해야만 하고 석불은 거대해야만 하고 범종은 우람해야만 합니까. 바깥세상은 하루 살기가 버겁기만 합니다. 어떤 축에라도 끼여야 살 수 있는 세상이라 겉은 그럴싸해도 앓는 속은 이미 중병입니다. 실눈만 뜨고 보시지 말고 크게 눈을 뜨시고 속계를 굽어살펴 주옵소서! 나무본사 아미타불!"

마주한 나한 석굴 앞으로 난 등산로를 따라 도토리나무가 우거진 숲길로 접어들자 크고 작은 바윗돌이 뒤범벅되어 너덜겅을 이루었다. 무슨 사연이 있어 지구를 박살 내려 했었던가! 아니고서야 이토록 많은 바윗돌이 널브러졌단 말인가! 6·25만큼이나 절박했을까, 유월 항쟁만큼이나 절실했을까, 아니면 세월호 참사만큼이나 분통이 터졌을까, 경천동지가 아니고서야 집채 같은 바위가 계곡에 즐비하고 농짝만 한 바위가 사방에 나뒹굴며 크고 작은 돌들이 지천으로 널려서 너덜겅을 이뤘을까! 언제나 말이 없이 무던하던 땅덩어리도 몸서리 처지는 몸부림이 있었던 게 분명하다. 어쩌면 원한의 날이 번뜩일 것도 같건만, 틈새마다 참나무, 서어나무 더러는 아름드리 소나무를 부둥켜안고 계곡엔 물길도 이리저리 트여주고 산바람이 스쳐 갈 틈새도 내어주며 물소리, 바람 소리, 산새 소리도 한가득 품으면서 파란 하늘에 떠가는 구름까지 전송하니 '너'와 '나'라는 경계는 처음부터 없었나 보다.

계곡을 가로막고 길게 누워 미련스러운 녀석도 있지만 고달픈 삶을 잠시 쉬어가라고 펑퍼짐한 등을 내놓은 녀석이며 무릎을 까놓고 밟고 오르라며 어깨를 내밀며 손잡이가 되어주는 녀석 등 어쩌면 오지랖이 이리도 드넓을까! 온갖 생각에 젖어들어 옹졸한 삶이 민망스러워 겸연쩍은데, 협곡은 더 좁아져서 하늘이 강물처럼 길게만 보이는 마주한 준봉마다, 검푸르게 울창한 수목들 사이의 희끗희끗한 암벽들은, 신선이 한나절을 쉬었다가 승천을 하는 건지, 용연 폭포에서 목욕을 마친 선녀들이 날개옷을 하늘거리며 천상으로 날아오르는지, 산꼭대기를 향해 떠오르며 하나같이 손을 흔들며 애꿎은 심사를 다독거려주는 것만 같다.

푸성귀를 한소끔 숨듯이 이마의 땀이 쭈르르 흐를 때쯤 해서 물소리가 갑자기 요란해지더니 가느다란 물줄기가 층을 이룬 계곡의 암벽을 타고 쏟아져 내렸다. 서너 길 높이의 작은 물줄기를 두고 용연 폭포라고 했을까? 침소봉대에는 재간깨나 있는 민족이라 그럴 수도 있겠거니 하는데 요란한 물소리 뒤에 또 다른 묵직한 물소리가 있어 가던 길을 재촉했다. 이제는 계곡의 양편이 모두 수직에 가까운 드높은 절벽이다. 천인단애가 양편에서 조여드는데 순식간에 입을 다물어버리면 '빽!' 하는 소리도 한번 내지르지 못하고 암벽 속에 갇혀버릴 것만 같은 협곡이다. 물소리에 산새 소리도 매미 소리도 다 묻혀버렸는데 수목 사이로 저만치에서 은빛을 번뜩거리며 암벽을 기어오르는 꼬리 끝이 보였다. 잰걸음 몇 발을 내딛자 하늘을 향해 은빛 찬란한 날씬한 몸통과 부챗살 같은 꼬리 끝을 힘차게 휘젓는 폭포의 물줄기는 수십 길 절벽을 솟구쳐 오르는 승천의 몸부림이 확연히 한 마리의 백룡이었다.

6

만어사를
찾아서

여름휴가를 맞은 피서 차량들이 태풍이 오든 가든 아랑곳없이 고속도로를 가득 메운 채로 어디론가 향해 꾸역꾸역 밀어붙이고 있어 아침 TV 화면이 터질 것만 같다. 바다로 가려는지 계곡으로 가려는지 아니면 강으로 가려는지 저마다 갈 곳 찾아 줄지어 늘어섰다. 모처럼의 휴가에 준비물 챙기고 설레는 마음까지 다스리느라 밤잠까지 설쳐가며 떠나는 여행일 게다.

바다는 작열하는 태양과 거친 파도로 열기와 박력이 넘치는 젊음의 축제장이고 강과 계곡은 가족들이 오붓하게 즐길 수 있는 피안의 도원이며 여름의 산은 새로운 도전과 성찰의 길이다. 휴가철인 이맘때면 명소가 아니라도 어디를 가나 북새통이라서 '나 홀로 객'은 피서객이나 구경하는 속절없는 관람객 신세가 되고 만다. 그래서 간섭받지 않고 눈치 볼 것 없는 심산 고찰이 여행자의 멋까지 부려가며 선경에 빠질 수 있어 딱 들어맞는 제격이다. 바다 아니라도 수많은 고기떼가 골짜기를 가득 메운 만어사를 찾아 삼랑진읍을 향해 길머리를 잡았다.

만어사 미륵전

만어석 너덜겅

삼랑진읍에 들어서자 삼랑진역이 저만큼에서 보였다. 역에서 만어사까지는 8km에 불과하다는데 그럴 바엔 진주에서 무궁화 열차를 타고 삼랑진역에 내렸으면 여행하는 맛이 제격일 건데 달리 방법이 없는 줄만 알고 철마를 몰고 길을 나섰다.

삼랑진읍을 벗어나면 온통 복숭아 과수원이 들을 덮었고 길섶에 내놓은 좌판에서 빛깔 고운 늦복숭아가 상큼하고 향긋한 향을 내뿜는 것 같아 군침이 절로 난다. 과수원 날머리에서 비탈이 완만한 산길로 접어들자 짙푸른 활엽수가 하늘을 가리고 시멘트로 포장된 길은 간간이 교행을 위한 공간이 마련돼 있을 뿐 조붓한 길이다. 모롱이를 돌면 또 한 모롱이가 끊어질 듯이 이어지며 우거진 숲의 터널이 별천지를 예비한 듯 틈틈이 햇볕의 빛살 줄기가 얼기설기 내려꽂혀 장관을 이룬다.

하늘이 훤하게 뚫렸기에 절집에 닿았나 했더니 가무잡잡한 빛깔의 커다란 바윗돌이 너덜겅을 이루고 산길을 가로막고 길게 산 아래로 뻗어있다. '만어산의 암괴류'라며 천연기념물 제528호로서 반출이나 손괴하면 엄히 다스리겠다는 경고문이 겁을 주며 버티고 섰다. 자세히 볼까 하고 느티나무 그늘 아래에 차를 세우려니 숲속에 파묻힌 토종닭 백숙 전문이라는 식당 주차장이라서 길동무 생기면 대나무 평상에 자리를 잡기로 하고 가던 길을 재촉했다.

도토리나무와 소나무가 어우러진 틈새마다 느티나무의 짙푸른 기세가 하늘을 넓고 있어 어디만큼이나 가는지도 모르고 끝이 닿는 곳에 만어사가 있겠지 하고 앞만 보고 산길을 기어올라 작은 고갯마루에 닿자 멀리 겹겹의 산들이 하늘 아래에 깔려 있다. 훤하게 하늘이 열린 우람한 느티나무 뒤로 커다란 돌덩이들이 펑퍼짐하게 드넓은 골짜기를 한가득 메우고 시원스럽게 비탈을 지운 너덜겅이 드넓게 펼쳐졌다. 만어사의 절집보다 먼저 눈에 들어오는 두루뭉술한 바윗덩어리의 거대한 너덜겅이다.

널따란 주차장에 차를 세우자 염불 소리가 나직하게 깔리면서 네댓 동의 절집 건물이 듬성하게 자리를 잡고 드넓은 돌너덜을 길게 산발치로 드리우고 나직나직한 겹겹의 산을 시원스럽게 굽어보고 앉았다.

만어산을 찾아들어 만어사에 들렀으니 우선 대웅전에 들어서 예를 먼저 갖출까 하고 높다랗게 쌓은 돌계단을 오르니 두어 아름은 족히 넘을 것 같은 커다란 느티나무가 그늘부터 내어 주는데 먼저 온 탐방객들이 빙하니 둘러섰다. 바쁠 것도 없는 몸이라 기웃거렸더니 돌을 한번 들어 보란다. 농짝만 한 펑퍼짐한 바위 위에 럭비공만 한 돌이 놓였는데 돌이 쉽게 들리면 소원이 이루어지지 않는 거고 무거워서 들어지지 않으면 소원을 이룬다는 소원 돌이란다. 얼마나 많은 사람들이 소원 성취를 점쳐보려고 들기를 했기에 손때가 묻어 저토록 반들거릴까. 손사래로 사양을 하자 잽싸게 중년 부인이 자리를 잡더니 돌부처에 합장하고 소원 돌을 두 손으로 움켜쥐고 숨을 가다듬는지 간절한 소원을 비는 건지 그대로 멈춰버렸다. 부군의 쾌유일까, 자식의 일자리일까. 간절한 소원이 누군들 없으랴만 애타는 심사를 아는지 모르는지 복전함을 앞에 놓은 돌부처는 지긋한 미소를 머금고 지키고 앉았다.

"그저 천근같이 무겁기만 하소서!"

돌아서는 길손의 진심 어린 기도였다.

상념에 잠긴 채 발길을 돌려서 고개를 들자 회색 빛깔의 베 삿갓을 깊숙이 눌러쓰고 먹장삼을 길게 드리운 팔척장신의 스님이 코앞에 막아섰다. 보물 제466호인 삼층 석탑이다. 단아한 기품과 수려한 용모라고 하면 어울리는 표현일까. 옥개석이 조금은 두툼하지만 투박하다는 느낌은 전혀 없이 안정감이 완벽하고, 층층의 균형감이 눈 가는 곳 없이 단정하다. 삼국유사에 실린 전설에는 가락국의 수로왕이 만어사를 창건했다고도 하나 1181년에 만어사가 창건되었다는 삼국유사의 또 다른 기록이 전한다며 안내판에는 고려 시대에 만어사의 창건과 함께 조성되어 제자리에서 오늘에 이른다는 3층 석탑이라고 일러준다.

'똑도그르 똑도그르' 둔탁한 목탁 소리에 섞인 염불 소리를 따라서 또 하나의 돌계단을 올라서니 세월에 빛이 바랜 맞배지붕의 자그마한 목조 대웅전이 고색창연한 옛 멋을 풍기며 덩그렇게 높이 앉아 길손을 반긴다. 열려진 문 안으로 여신도들이 빼곡했다. 가사 장삼 드리운 스님의 염불에 맞추어 나직한 소리로 따라서 해댄다. 사시마지 예불로 법당 안이 빼곡해서 문밖에서 합장으로 예를 가름하고 오른쪽 삼성각을 지나서 깎아지른 암벽에 양각된 아미타마애대불 앞으로 발길을 돌렸다.

푸르스름한 돌의 빛깔이 근작임을 일러주는데 바닥의 배례석은 반질반질 닳아서 윤기가 흐른다. 백팔 배를 했을까 삼천 배를 했을까 얼마나 많은 사람들이 무릎을 꿇었기에 바닥 돌이 닳아서 반들거리는 걸까. 부디 중생들의 간절한 기도를 들어주십사고 합장으로 예를 갖추고 소나무 숲 사이로 비켜 앉은 미륵전으로 행했다.

2층으로 된 팔작지붕의 전각은 위층의 높이가 납작하게 반으로 내려앉은 특이한 건물인데 미륵전의 문을 열고는 깜짝 놀랐다. 커다란 미륵불상이 있겠거니 했는데 이게 웬일인가! 얼토당토않게 배를 바닥에 붙이고 머리와 가슴팍을 곧추세운 채 연방이라도 2층 천장을 뚫고 하늘로 치솟을 것만 같은 거대한 바위가 아닌가! 마치 흰긴수염고래가 거대한 몸집을 수면 위로 솟구쳐 오르는 형상인데 턱밑에서부터 가슴팍까지가 밋밋하고 반반하며 옆구리는 길게 모가 났고 머리는 유선형의 타원으로 약간 뾰족하며 등줄기는 날이 섰다. 높이가 5m를 넘는 거석이라서 전각 건물을 2층으로 세운 까닭을 알 수가 있었는데 그래도 엉덩이 부분은 뒷벽을 뚫고 바깥으로 나앉았다.

모가 나고 날이 선 거석을 어찌하여 미륵 부처라고 했을까. 사람들의 키 높이인 옆구리에는 수많은 사람들의 손때가 묻어 지극한 믿음으로 반들거리고, 간절한 기도는 미륵불의 턱밑에서 향불의 연기가 되어 피어오르고 있었다. 동국여지승람과 택리지에서 용왕의 아들이 목숨을 다한 것을 알고 인근 무척산의 신통한 스님께 새로이 살 곳을 일러 달랬더니 가다가 머무는 곳이 인연이 있다 하여 왕자가 머문 곳이 바로 이 자리였고 후세불인 미륵불이 된 바위라고 안내판이 일러준다.

미륵전을 나서자 발끝에서부터 까마득한 산기슭까지 온통 너덜 지대가 무진장으로 펼쳐졌다. 간간이 농짝보다도 더 큰 덩치도 있지만 너무 많은 바윗덩어리가 빼곡하고 촘촘히 뒤엉켜져서 한눈으로 보아서는 크기도 엇비슷하고 주둥이를 치켜세운 모양새까지도 비슷한데 그 빛깔도 하나같이 거무스레하고 모난 곳이 없이 두루뭉술하여 물범이나 바다코끼리가 뒤엉켜서 꿈틀거리는 것만 같다. 용왕의 아들이 만어산을 찾아들자 수많은 고기떼가 왕자를 따라 이곳으로 와서 바윗덩어리로 변했다니 무슨 조화인가. 더구나 두들기면 카랑카랑한 쇳소리가 난다. 범종의 소리처럼 울림은 없으나 작은 동종의 소리 같기도 하고 운판을 치는 소리 같기도 하니 속절없이 불국 정토를 위한 미륵불의 선경인 모양이다. 얼음골의 결빙과 표충비의 땀 흘림과 함께 만어산의 만어석이 밀양의 삼대 신비로 알려진 사실이다. 암괴가 뒤엉킨 너덜겅으로 깊숙이 들어서니 천군만마라도 거느린듯하여 크게 군령이라도 내지르면 수만 군졸의 함성이 터질 것만 같다.

7

윤경남 선생 생가와
심소정을 찾아서

고추잠자리 떼가 가을 마중을 나와서 하늘 나직하게 바쁘게 휘젓고 다닌다. 빗속에 파묻혀 철 가는 줄을 몰랐던지 성큼 다가온 가을 앞에서 놀란 토끼 눈을 한 태양이 여름의 끝자락을 붙들고 다급하게 오곡을 익히느라 볕살을 쏟아붓는다. 이맘때면 배롱나무인 목백일홍이 장관을 이루는 정자가 있어 35번 고속도로에서 88고속도로로 길을 바꿔서 거창 요금소를 지나 2km 남짓한 거리에 있는 거창군 남하면 양항리의 심소정을 찾아 길을 나섰다.

합천호로 흘러가는 황강을 건너서면 강둑길 너머로 우거진 숲이 작은 골짜기를 한가득 메우고 뒷산의 주봉에서 양 갈래의 긴 산등성이를 타고 울울창창한 소나무 숲은 산발치까지 아름드리 노송으로 빼곡한데 듬성듬성 배롱나무의 빨간 꽃송이가 나뭇가지 틈새마다 선혈처럼 영롱하다.

소나무 숲속에 마련된 주차장에 차를 세우자 비 갠 뒤끝의 싱그러움이 송진 내음을 물씬 풍기는데 작은 골짜기의 비탈진 길 위로 날아갈듯 날렵한 2층 누각이 고색창연한 옛 멋을 풍기며 만개한 배롱나무 꽃무리를 거느리고 덩그렇게 앉았다.

소심루와 심소정

윤경남생가의 사랑채

단청은 세월에 빛이 바래 찬란하지는 않으나 은은하고, 계자 난간은 연약한 듯하면서도 다부짐이 묻어나고 곡선이 멋스러운 익공포의 운치는 더할 나위 없는데 귀공포마다 봉황과 청황룡이 정교하고 섬세하여 날렵한 추녀 밑에서 힘찬 비상을 준비하는데 소심루의 현판은 위풍당당하게 내려다보고 있다.

고개를 젖혀 쳐다보는 누마루는 세월의 정취가 정겨움으로 넘치는데 2층 누마루엔 연방이라도 큰 갓 쓰고 도포 입은 근엄한 선비들이 막중대사를 논의하는 것 같은 것 같은 착각을 일게 한다.

정면 3칸에 측면 2칸인 소심루는 산비탈의 언덕배기를 올라 돌계단으로 이어진 심소정의 문루인데 웅장하지는 않으면서 엄숙함이 묻어나고 균형의 안정감이 그림같이 수려하며 단아한 짜임새가 더없이 날렵하여 추녀는 연방이라도 날개를 퍼덕이며 하늘을 날 것 같다.

나무 계단을 밟고 누마루에 올라서자 천장의 화려함이 기막히게 아름답다. 대들보를 걸탄 육중한 청황룡은 여의주를 물고 서로를 마주하고, 보 머리마다 올라앉은 봉황과 연꽃봉오리의 섬세한 조각은 생동감이 넘치는데 대들보에 그려진 호랑이는 포효의 우렁찬 소리를 내지를 것 같고 주심도리 위의 화반에는 신선도가 아련하다. 종도리와 대들보밖에 모르는 문외한으로서는 짜임새의 설명은 언감생심이고 장인들의 옛 솜씨에 그저 놀라는 것만으로도 흡족할 뿐인데 아기자기한 짜임새와 화려하면서도 포근한 정감이 어려서 외모는 근엄하고 내면은 온화하여 다정다감의 정취가 그윽한 누각이다.

소심루 밑으로 통과하면 빤하게 비탈을 이룬 자연석 돌계단의 층층대 위에 '심소정'이라는 현판이 붙은 커다란 정자가 화려한 단청은커녕 어떠한 채색의 흔적도 없이 세월에 바래져서 윤기조차도 없는 옛 모습 그대로 중후한 자태로 근엄하게 앉았다. 돌계단을 올라서면 정자의 왼편으로 좁다란 잔디밭이 배롱나무의 그늘에 짙푸른데 수백 년 노송은 풍진 세월에 허리 굽고 등이 굽어 애환에 얽힌 옛이야기라도 일러 줄듯이 양팔을 벌리고 반기고 섰다. 노송의 휘어진 가지 아래로 '고 현감 화곡 윤공지단'이라는 용머리가 커다란 비석을 등에 진 거북은 세월의 무게가 버거운지 화곡 윤경남 선생의 충의 학덕이 높고도 깊어선지 꽤나 큰 덩치건만 납작하게 엎드려 입을 벌린 채 안간힘을 쓰고 있어 눈이 퉁방울같이 튀어나왔다.

정면 4칸에 측면 2칸의 계자 난간을 두른 누마루에 올라서니 발끝 아래로 황강이 흐르고 볏논이 널따랗게 펼쳐진 건너로 거창읍이 한 눈에 들어온다. 세종 32년 단성 현감을 지낸 윤자선 선생이 낙향하여 지내다가 세조 4년에 건립하여 후학과 후진을 길러낸 정자라고 안내판은 간단하게 일러주는데 후일 3·1 독립선언에 유림들이 빠진 것을 아쉬워하며 망국지탄에서 털고 일어나 비분강개한 유림들이 '파리 강화 회의'에 독립 청원서를 은밀하게 제출하여 세계만방에 호소한 파리장서 거사를 논의한 유서 깊은 곳이며 옛 거창 국민학교의 전신인 '남창의숙'의 교육장이기도 했다.

누마루에 오르면 우물마루의 마루청 바닥은 투박한 널빤지가 큰 자귀질의 흔적이 또렷한데 선현들의 발끝에 닳고 닳아 반들거리는데 목재의 전부는 세월에 닳고 닳아 윤기라곤 없다. 그 옛날 먼 길 손님들의 유숙과 사계설용으로 두 칸의 방은 아래층에 아궁이를 마련한 온돌방으로 꾸며져 툇마루까지 붙었다. 정자라기보다는 누각 같은 웅장한 건축물로 문화재 자료 제58호이다.

계자 난간에 걸터앉아 사방으로 활짝 핀 선혈 같은 목백일홍에 깊이 묻혀 만고상청 푸른 솔을 등지고 황강을 굽어보면 온고지정에 흠뻑 빠져 신선이 된 듯하다. 아무리 고운 꽃도 십 일을 넘기지 못한대서 화무십일홍이라 했건만 목백일홍은 어찌하여 백일을 마다 않고 고운 빛을 내는 걸까. 끈질긴 은근함을 말하렴인가, 불변의 지조를 뜻하렴인가. 원줄기도 구분 없이 틈새마다 가지를 내어 이리저리 굽었어도 선현들이 가까이한 까닭은 무엇이었을까. 만고불변 절의일까, 불원천 불우인(不怨天不尤人)의 깊은 뜻이 서렸을까. 목백일홍 심은 뜻은 고고한 선비의 유훈이 아니런가.

비바람 모질어서 이리저리 굽었어도
원줄기 구분 않고 두루두루 가지 뻗어
오뉴월에 꽃 피워서 삼복염천 마다 않고
무서리 오는 날까지 두고두고 붉으리라

심소정에서 불원지간에 있는 상촌마을의 윤경남 선생 생가를 찾아서 발길을 돌렸다.

심소정 솔숲의 산모롱이를 돌아들자 작은 도랑 건너편으로 언뜻 보아도 백여 그루는 넘을 것 같은 소나무 숲이 아름드리 노송들로 들판 가운데 섬처럼 떠 있다. 산기슭을 밟으며 도랑을 끼고 샛길로 접어들자 늦여름의 장대비가 국지적으로 폭포수같이 쏟아져 남부 지방을 할퀴고 간 생채기는 아랑곳없이 모처럼의 햇살을 받은 올된 코스모스는 일찌감치 길섶에 자리를 잡고 서서 길게 목을 늘이고 빵긋하게 피었고, 여름 내내 비에 젖어 신명 나게 한 번 울어보지도 못한 매미 소리는 벌써부터 시들먹하게 풀이 죽어 가엽기도 하다.

빨간 고추를 널어놓은 마을 초입에 들어서자 대궐 같은 기와지붕이 마을 한가운데서 추녀를 맞대고 무리지어 있다. 지금은 주차장이 된 바깥마당을 앞에 두고 솟을대문이 덩그렇게 솟았다. 대문을 들어서면 대청 누마루가 딸린 'ㄱ'자의 사랑채가 바닥의 경사를 이용하여 절반은 축대를 쌓아 덩그렇게 높이 솟아 누각같이 웅장하게 보이는데 사방으로 난간을 둘러 운치를 더한다.

안대문을 열고 들어서면 산을 등지고 비탈진 곳을 축대로 쌓아서 역시 'ㄱ'자형으로 사랑채보다는 높게 자리하여 대청마루 두 칸에 안방 두 칸은 다락으로 이어진 아랫방을 끼고서 다락 아래엔 두 칸의 부엌까지 거느렸다. 지형을 절묘하게 이용한 특이한 구조로서 한옥 연구사에 중요한 고택이라며 파평 윤씨 33세손인 윤원생 씨가 일러준다. 임진왜란이 일어나자 생가는 군기를 비축하는 장소로 내놓고 선생은 의병을 모집하여 크게 활약하며 진주성까지 참전하여 그 공으로 장수 현감을 역임하였으며 사후엔 대사헌으로 벼슬이 더해졌다고 자상한 설명까지 덧붙인다.

선생은 벼슬보다는 학문을, 부귀보다는 후진 양성을 우선하여 일생을 바쳤으니 이는 나라를 위한 충성이었고 백성을 위한 보우였으며 가문을 위한 명예였고 장부로서의 기개였으며 후세를 위한 희생이었다. 텃밭을 내려다보는 선생의 사당 아래에는 대를 이어 을사조약을 반대하며 을사오적을 통렬히 비난하는 '기사의 소'를 올리고 국권을 되찾아 외세를 배척하여 자주정신을 확립하자는 동지문(同志文)을 지어 뜻을 같이하자고 전국의 교우 동지들께 촉구한 교우 윤주하 선생 문집 판각이 파란만장했던 긴긴 역사를 지켜보고 섰다.

8

상림의 꽃무릇과
승안사지를 찾아서

옛정의 따사로움이 그리움으로 되살아나서 지난날이 아련해지는 가을의 초입이다. 아침저녁의 서늘함이 외로움을 불러오고 높아 버린 하늘은 허전함을 안기는데, 떠가는 흰 구름이 옛 생각에 젖게 하고 코스모스의 하늘거림이 잊어버린 옛사람들을 줄줄이 불러온다. 두고두고 아련한 옛이야기가 길섶마다 도란거리고, 역사의 향기가 청솔가지마다 품어내는 지금쯤의 함양에는, 상림의 꽃무릇이 지천으로 피었겠다 싶어 홀가분한 차림새로 길을 나섰다.

35번 고속도로 함양 요금소를 빠져나가자 함양읍의 들머리부터 소공원이 조성되어 길 따라 줄지어 선 코스모스랑 억새꽃이 듬성듬성 섞여서 길손을 반긴다.

읍내로 들어서자 군청 앞의 학사루가 소맷자락을 붙잡는다. 고운 최치원 선생께서 자주 올라 시를 지으셨다는 고색창연한 학사루는 성리학자로 영남학파의 종조이신 점필재 김종직 선생의 지조가 가슴 뭉클하게 되살아나서 지나는 걸음마다 발길을 멈추게 한다. 유자광이 함양에 들러 한시를 지어 걸었던 주련을 함양 군수이신 선생께서 모조리 떼어내어 불살라버렸던 것이 훗날 역사에 피를 적신 무오사화로

승안사지 석탑

승안사지 옆 정여창선생 묘소

이어진 애달픈 사연을 머금은 채 고고한 자태로 날렵한 추녀를 활짝 펼치고 하늘로 치솟는다. 지금의 주련은 지은이는 알 수 없으나 "학사이승황학거(學士已乘黃鶴去) 행인공견백운유(行人空見白雲留), 학사는 이미 황학을 타고 가버렸는데 행인은 부질없이 흰 구름만 바라보네."라고 하니 먼 훗날 찾아올 길손의 심사까지 꿰뚫는 것은 글귀에 온고지정이 두고두고 새롭다.

학사루에서 고운로를 따라 200m 남짓 가다가 위천강을 가로지르는 돌복교 앞에서 강을 따라 거슬러 오르면 고운교를 앞세우고 울창함 활엽수의 상림이 말끔한 주차장을 마련하고 길손을 반긴다. 강의 상류를 따라 이어진 숲은 끝이 보이지 않지만 지금의 들머리도 아래쪽까지 길게 이어졌던 숲이었는데 홍수와 인위로 훼손되어 아래쪽은 몇 그루의 흔적만 남긴 채 하림으로 떨어져 나갔으니 예전의 모습이 참으로 아쉽다. 고운 최치원 선생께서 이곳 천령군 태수로 재임 시에 홍수의 피해를 막으려고 만드셨다니 선생께서 가신 지 천년 하고도 200여 년이 지났으니 그 세월 얼마인가 가늠조차 어렵다. 갈참나무와 졸참나무에다 너도밤나무와 개서어나무 등 일백여 종이 넘는다는데 문외한의 눈에는 그게 그것 같은 활엽수지만, 2만여 그루라니 숫자의 개념은 의미조차 없고 최초의 인공림으로 문화와 역사의 기념물로서 천연기념물 제154호로서 18만여 평방미터라니 6만 평의 드넓은 숲이다.

숲속으로 들어서자 붉은 양탄자를 깔아놓은 듯이 바닥이 온통 꽃무릇으로 뒤덮였다. 또랑또랑한 개울물 소리를 듣고 자라서인지, 잎도 없는 외줄기의 기다란 꽃대 끝에 예닐곱 송이가 또렷또렷하게 한 송이처럼 촘촘하게 둘러붙어, 빨간 꽃잎을 크기도 모양새도 똑같은 모습으로 또르르 뒤로 감고, 길쭉길쭉하면서 실낱같이 가는 암술과 수술도 꽃잎같이 빨간 빛깔인데, 수술의 끝에 맺힌 노란 화분 주머니가 작은 점 하나를 찍은 듯 마는 듯 보일락 말락 아롱아롱하여, 공작새의 꼬리 깃털같이 우아하고 화려한 모습으로 활짝 피었다.

지리산이 보인다고 하여 '망악루'라는 옛 이름을 지닌 함양 읍성 남문의 문루였던 함화루 뒤에도 지천으로 피었고, 고운 선생의 시호를 색인한 '문창후최선생신도비' 옆으로도 활짝 피었고, 고운 선생을 그리워하며 현판으로 남긴 옛 문인들의 시가 즐비하게 걸린 사운정 둘레에도 만개를 했는데, 경상대학교 강희근 교수는 '사운정에서'라는 근작의 시에서, "보라 사운정/ 최고운의 문장이 허리로부터 흘러내리면서/ 맞받아 맞받아서 점자로 짚어내고 있다."라고 사운정에 올라서 선생을 그리워했다. 선생을 그리워하던 많고 많은 이들이 상사화로 피었을까.

꽃무릇은 발들일 틈도 없이 바닥을 덮어 말 그대로 지천인데, 천 년의 살림살이가 다기도 향로도 한 점 없이 만고풍상 오죽해서 양손마저 잃은 채, 상림 속에 정좌하신 '이은리 석불' 아래에도 만개를 했으니 헌화일까 보시일까 불꽃같이 피어났다.

잎과 꽃이 일생 동안 서로를 못 보고, 꽃이 피기 전에 흔적 없이 잎이 지고, 잎이 피기 전에 흔적 없이 꽃이 지니, 서로를 그리워한대서 상사화라도 불린다니 아리땁고 화사한 자태는 세속을 위한 사랑이라 하더라도 말없이 앓는 속내는 애처롭고 안타깝다.

해 짧은 늦가을에 간신히 새 움 돋아
무서리도 견뎌내고 된서리도 참아가며

꽁꽁 언 땅에 애달프게 뿌리박고

한겨울 폭설 속에 없는 듯이 푸른 잎은

봄볕일랑 한가득 품어보고 싶었건만

나뭇가지 사이로 꿈길같이 얼핏 보고

오뉴월 뙤약볕도 한없이 바랐건만

무심한 나뭇잎은 그마저도 가려버려

떠나야 할 육신을 흙 속에 묻으면서

작별인사 한마디도 나누지 못한 채

만나지 못하는 가슴 아린 그리움이

설움의 한으로 남을 법도 하건만

오롯이 남긴 정이 팔구월의 꽃대 되어

사무친 그리움이 상사화로 피었구나

상림을 뒤로하고 보물 제376호 교산리 석조여래좌불이 교정에 있는 함양중학교 앞을 지나 24번 국도를 따라서 지곡 방향으로 승안사지를 찾아서 차를 몰았다. 작은 고갯마루를 넘어서자 들녘 풍광이 좋으니 한숨 돌리고 가라며 청암 공원이 노송의 그늘을 깔아놓고 어유정으로 오르란다. 필까 말까 한 억새꽃 틈새에서 길게 목을 늘인 코스모스까지 거들고 나서기에 어유정에 오르니 발끝의 낭떠러지 아래로 누릇누릇한 가을 들녘이 노송의 가지 사이로 풍년의 꿈을 일렁이고 있다.

정여창 선생의 고택을 비롯한 하동 정씨, 풍천 노씨 등 마을 전부가 고택들로 즐비하고 역사의 정취가 어린 개평마을이 옷소매를 붙잡는데, 훗날을 기약하고 지곡면사무소 앞에서 우회전을 하여 강을 건너서 거창 방향으로 4차선 3번 국도를 따라 1km 남짓 가다 보면, 승안사지를 알리는 작은 안내판이 화살표를 안고 출구를 알린다. 출구 앞으로 단청이 화려한 두 개의 비각은 정여창 선생의 신도 비각과 의병을 일으켜 무신란의 평정에 공을 세운 아홉 분의 하동 정씨 구충비각인데, 비각까지 가지 말고 다섯 시 방향으로 난 시멘트 길을 따라 좁다란 골짜기를 1㎞가량 오르면, 세월의 무게를 고스란히 짊어진 솟을대문의 고택 앞으로 단청이 고운 전각 안으로 경상남도 유형문화재 제33호인 석조여래좌상이 좌정하고 계신다. 땅에 묻힌 하반신을 빼고도 상반신의 높이가 2m 80cm의 거대한 석좌불이다. 통일 신라 때 번창했다는 승안사의 기록으로 보아 온갖 전란과 만고풍상에 오른쪽 팔이 떨어져 나갔으나 선이 굵고 자태가 근엄하여 합장의 예가 절로 난다.

작은 개울을 건너 맞은편 석탑으로 발길을 옮겼다. 옥개석의 귀가 더러는 떨어져 나갔어도 범상치 않은 석탑이다. 사면에 양각된 부처와 보살 그리고 비천상의 돋을새김이 두텁고 또렷하며, 탑신의 높이가 4m를 훨씬 넘는데도 균형 잡힌 장엄한 조형미가 껴안고 싶을 만큼 멋스러운 3층 석탑으로 고려 시대에 조성됐다는 보물 제294호란다. 탑돌이 세 바퀴로 예를 갖추고 고승의 발자취를 더듬으며 산등성이로 이어진 돌계단을 밟았더니, 등줄기를 따라 웅장한 묘역이 줄을 지었는데 경상남도 기념물 제268호란다. 쌍으로 선 우람한 문인석과 망주석이며 삼단의 상석 앞에 동물상이 마주한 네모진 분묘 옆으로, 팔작지붕의 갓머리 비석에는 '유명조선국일두정여창선생지묘'라 쓰였으니, 무오사화로 유배 중에 세상을 뜨셨는데 갑자사화로 부관참시의 현장이고 보니 참연한 감회가 만감으로 교차한다. 중종반정으로 복관되어 훗날 문헌공의 시호와 함께 우의정으로 추증되셨고 정경부인 완산 이씨의 묘는 위쪽에 있다. 이웃 고을 동계 정온 선생께서 비문을 지으신 커다란 귀두의 돌거북이 짊어진 용두의 비석 옆에서, 선생을 우러러 재배의 예를 올리니 만고상청 선생의 충의학덕에 노송은 더욱 짙푸르고 승안사의 범종 소리가 거룩한 역사 속에서 장엄하게 들려온다.

9

보천사지와 대동사지의
보물을 찾아서

요새는 방방곡곡에서 온갖 축제를 하느라 전국이 들썩거리고 도로마다 오고감의 차이도 없이 차량 행렬로 길이 미어진다. 축제장은 언저리에서부터 들고나는 사람들로 뒤죽박죽이 되어 인산인해 속에 파묻혀서 떠밀리다 보면 사람 구경만 실컷 하고 무엇 하나 제대로 볼 겨를도 없이 가장자리로 밀려나기 일쑤다. 앞사람의 등짝만 보고도 불만 없이 즐거운 까닭은 축제라는 함께하는 열린 마음이 우리를 하나로 묶어주기 때문일 게다. 시월을 맞이한 진주를 두고 한 이야기지만 전국이 이맘때면 매한가지다. 공연과 전시가 어우러지고 난전까지 범벅이 되어 시끌벅적했던 축제의 거리를 벗어나서 한숨 돌리고 싶은 마음에 애환 서린 천년 역사를 오롯이 안은 채 찬이슬 맞으며 노천에 홀로선 문화재를 찾아 가을 길을 나섰다.

단풍은 아직 이르지만 가지가 휘도록 열린 감이 볼을 붉히느라 가을 햇살을 한가득 안고 담장 너머마다 주렁주렁 열린 지수면 소재지를 벗어나자 남강이 가로지른 들녘은 온통 노랗게 물들었다.

1037번 도로와 1040번 도로가 잠시 만났다가 화양 삼거리에서 다시 떨어지는 1037번 도를 따라 화양리를 벗어나 의령읍으로 향하는

백암리 석불과 석등

보천사지 승탑

꼬불거리는 산길에는 초입에서부터 억새꽃의 틈새에서 드문드문 피어난 들국화가 가을의 정취를 한가득 안겨준다.

꼬부랑 산길을 넘어서서 하리마을 입구에 닿으면 '수암사'를 알리는 표지판에 보천사지 3층 석탑과 승탑을 안내하는 화살표가 좌회전을 하란다. 띄엄띄엄한 예닐곱 집의 마을 안길로 들어서서 작은 저수지를 지나면, 기와지붕이 골짜기를 가득 메운 들머리에 반듯하게 드넓은 빈터가 그 옛날의 보천사지임을 우뚝 선 석탑이 말없이 일러준다.

다리가 놓인 도랑 말고는 전부가 평평하게 정비된 빈터인데 수암사로 들어가는 지붕 없는 불이문 옆으로 보물 제373호인 보천사지 3층 석탑이 가을 햇살 아래 단정한 자태로 우뚝하게 홀로 섰다. 기단에서부터 상대석까지는 우람한 몸집으로 안정감이 돋보이고, 탑신과 옥개석은 간결한 멋이 아름답기까지 하다. 아무런 문양도 없는 탑신은 모서리의 기둥만 도드라지게 조각되었고 옥개석은 밑면을 겹겹의 층으로 정교하게 단을 둘렀는데 추녀 끝은 버선코마냥 날렵하게 하늘을 치받아 그저 깔끔한 맛과 균형의 멋이 어우러져 황홀감이 넘쳐난다. 안내판에는 통일 신라에서 고려 초기의 석탑이라는데 천년 세월이 흘렀건만 세월을 건너뛴 듯 빛깔 한 점 변함없이 초연히 홀로 섰다.

3층 석탑에서 아래쪽으로 100여m 떨어진 산기슭의 승탑을 찾았다. 팔각으로 된 3단의 승탑은 기단부터가 돋을새김으로 하단을 받쳤는데, 구름 문양과 뒤엉킨 용 문양의 돋을새김이 빼곡한 하단과 연꽃잎 문양이 두툼한 가운데 층에서 상층부의 옥개석까지 그린 듯이 섬세하고 빚은 듯이 간결하여 중후한 멋까지 품고 있으니 조각 예술의 극치를 보는 듯하다. 통일 신라 말이나 고려 초기의 작품이라는데 지붕 끝 말고는 마모나 훼손된 흔적도 없이 천년 세월을 오롯이 지켜온 보물 제472호 보천사지 승탑이다. 흙으로 빚고 나무로 깎는다고 해도 뉘라서 옛 솜씨를 따를 수 있을까! 단아한 기품과 수려한 외모는 보는 이의 넋을 빼는데 천년의 세월 앞에 고작 칠팔십 생애가 촌각인 양 부질없어, 불전에 헌향하고 알면서도 지은 죄업 참회라도 할까 하고 수암사로 들어섰다.

　오래전 용국사로 기억되는데 지금은 벽화산 수암사로 개명된 지붕 없는 불이문을 들어서자 길 양쪽으로 훤칠한 키의 관음보살 입상이 절문 입구까지 길게 늘어섰는데 삼백서른셋이라서 한참을 걸어야 했다.

　과거의 용국사 절집이 어렴풋이 기억나서 심산유곡의 절집이 엇비슷하겠지 했는데 이게 웬 별천지란 말인가. 석성의 문루 같은 천왕문을 들어서자 화강암으로 널따란 마당을 깔고 단청이 현란한 관음전과 극락전이 좌우로 웅장한데 멀리 돌계단 층층대 위로 화려한 단청의 대웅보전이 우람하게 높이 섰다. 골기와 용마루가 한일자(一)를 길게 늘인 대웅보전을 들어서니 어찌 된 영문인지 엄청난 너비의 원형으로 된 법당이 펼쳐졌다. 천장의 높이와 바닥의 면적은 기둥을 헤아려도 가늠조차 어렵고, 본존불이 안치된 맞은 편 불단이 까마득한데, 맨 뒷줄 제일 높은 곳엔 비로자나불을, 그 앞줄 아랫단의 좌우로는 노사나불과 석가모니불을, 그 앞줄 아래의 좌우로는 문수보살과 보현보살을 모셨는데, 원형 벽면에는 개금으로 번쩍거리는 조그마한 불상이 천의 열 곱인 일만 불이 조성되어 있어 엄청난 규모가 놀랍기만 하다.

대웅보전을 나와 또 하나의 돌계단을 오르자 층수를 알 수 없는 웅장한 원형건물이 '도솔궁'이라는 편액을 달았는데 납골을 봉안한 법당식의 추모관이다. '도솔궁' 앞에 서서야 대웅보전이 한눈에 들어오는데, 팔각의 지붕에 모서리마다 용마루를 얹어서 마당에서 보면 그저 평범한 기와지붕처럼 보였던 것이다.

다음 행선지로 발길을 돌리려 하자 종무소에서 맨입으로 보내면 예의가 아니라며 차를 건하기에 종무실장과 찻잔 앞에 마주했다. 속세와 절연했던 시대는 이미 지났고 이제는 중생과 더불어서 함께하며 망자의 영혼까지도 영원히 안주할 수 있게 무기한으로 납골 안치를 한다고 했다.

천왕문 밖을 나와 합장의 예를 갖추고 의령읍을 경유하여 정곡면 중교리의 석조여래좌상을 찾아 차를 몰았다. 경상남도 무형문화재 제6호인 석좌불은 정곡초등학교 화단 한편에 모셔져 있다. 당초에 미륵골 옛 절터에서 발견되어 옮겨왔을 땐 나란한 2기의 석불이었는데 어느 양상군자가 한 기를 실어가고 한 기만 남은 등신불이다. 인자한 미소가 빼어나게 잘 표현된 석좌불인데 오른쪽 팔과 겨드랑이 사이를 공간으로 띄워서 생동감이 넘쳐난다. 고려 초기의 작품이라는데 어쩌다 도반까지 잃으시고 노천에 홀로 앉아 비 가림도 못하는지 안타까운 마음을 뒤로하고 내친김에 백암리 대동사지 석등과 석불을 찾아 발길을 돌렸다.

궁류면을 경유하여 봉수면으로 넘어가는 굽이진 산길을 돌아, 합천의 대양에서 의령의 신반으로 이어지는 60번 도로와 만나 대양면 방향으로 4km 남짓 가다 보면, 백암마을 입구에 '백암리 석등'을 알리는 표지판이 목을 빼고 섰다. 좁다란 백암리 들녘을 거슬러 올라 상촌마을 입구에 닿으면 상촌 저수지 둑이 골짜기를 가로막고 누웠는데 그 아래로 커다란 느티나무 그늘에 석불과 석등이 나란하게 우뚝 섰다.

고구마를 캐다 만 밭머리에 차를 세우고 통통하게 살이 오른 메뚜기가 팔딱거리며 앞장서는 논두렁을 따라서 들어섰다. 연꽃잎 무늬의 좌대가 높다랗게 받혀진 위로 양손을 두 무릎 위에 가지런하게 올려놓은 석불이 결가부좌의 근엄한 자세로 높이 앉았다. 얼굴의 마모는 심한 편이나 뚜렷한 윤곽이 양호하고 법의의 주름까지도 선명한데 세월의 꽃이 전신에 피어나서 검버섯을 덮어썼다. 속절없는 세월은 천 년을 흘렀건만 잊혀진 향 내음 언제 한 번 맡아보며 김 오르는 사시공양 언제 한번 받아볼까!

석조여래 좌불 옆에 나란하게 선 석등은 사람의 키를 훨씬 넘는 높이다. 하단 받침돌 위로 팔각의 긴 기둥으로 받침돌을 세웠는데 신라 석등의 경쾌한 특징이라고 안내판이 일러준다. 부처의 빛을 밝히는 화사석은 네 개의 창을 내고 남은 면은 돌을새김을 한 사천왕상이 두텁게 도드라져 불끈불끈 힘을 과시하는데 팔각의 지붕돌이 밀반죽을 빚은 듯이 결이 곱고 산뜻하다.

보물 제381호인 석등 옆에는 또 하나의 좌대석이 석주를 꽂고 앉았는데 생김새가 특이하여 쓰임새를 알 수 없다. 가슴높이의 둘레가 4.7m인 수령 천 년의 느티나무는 어디 한 곳 삭은데 없이 건재하니 그 옛날 대동사의 흥망성쇠를 소상히도 알겠건만 오늘도 말없이 석조여래좌상에 해가림을 하면서 언젠가 석등에 불이 밝혀질 날을 하염없이 기다린다.

10

자굴산
관광 순환 도로를 따라서

 가을은 여행을 떠나는 계절이다. 청명한 하늘은 먼 풍광까지 즐길 수 있게 하고 춥지도 덥지도 않아 차림새까지 홀가분하여 좋은데 선선한 공기의 청량감은 기분까지 상쾌하고 오곡백과의 풍요로움이 마음의 여유를 갖게 하여 더욱 좋은 계절이다. 눈시울을 지긋이 감기게 하는 새금한 가을의 맛에 취하면 까마득한 세월 저편의 기억들이 뜬금없이 떠오르며 세월에 묻혀버린 얄궂은 지난날과 잊혀져 멀어져간 아련한 옛 추억이 옛사람들까지도 새삼스레 불러내어 그리움에 젖게 한다. 이럴 땐 호젓한 산길을 살갑게 걸으며 먼발치의 시골 풍경을 내려다보면 고향 마을이 아니라도 정겨움에 어리어 옛 세월 속으로 속절없이 빨려들어 살아온 과거사를 돌아보게 한다.

 지금이야 시골 길 어디를 가나 들녘은 풍성하고 높낮음을 가리지 않고 사방의 산들은 오색단풍으로 울긋불긋 치장을 하여 만추의 정취가 넘쳐서 숨이 갑실 때라서 먼 길 갈 것도 없이 의령의 자굴산 관광 순환 도로를 한 바퀴 돌까 하고 차를 몰았다.

 의령읍의 날머리인 서부 삼거리에서 두 시 방향의 의병로를 따라 1

백연암 고리쇠나무

백연암 껴안은 나무

㎞ 남짓 가다가 가례면 소재지 못 미처에서 우회전을 하여 곧장 가면 노랗게 물든 볏논들이 줄지어 선 좁다란 골짜기가 꽤나 길게 이어지는데 서암 저수지를 지나 청소년 수련원 조금 못 가서 자굴산 관광 순환 도로는 산길로 이어진다. 길섶으로 나와 선 들국화의 해맑은 영접이 일상에서 찌들은 온갖 시름을 개운하게 씻어주는데 비탈진 산길을 잠시 오르자 백련사를 알리는 표지판이 솔숲 사이로 난 시멘트 길로 접어들게 한다. 빼곡한 소나무가 하늘 높이 치솟은 산길은 산등성이를 타고 급커브에 급경사로 꼬불꼬불 이어졌다. 한눈을 팔 겨를도 없이 저속 기어로 숨 가쁘게 올라가는데 한참 만에야 경사가 완만해지기에 한숨 돌릴까 했더니 주홍 빛깔로 물이 든 활엽수의 가지 사이로 백련사의 기와지붕이 얼핏얼핏 보이더니 꽤나 널따란 주차장에서 노랗게 물든 노거수의 팽나무가 기다리고 있었다.

울긋불긋한 자굴산의 단풍이 천년고찰 백련사의 단청과 어우러져서 영롱한 빛깔로 길손까지 물들인다. 대웅전 앞에 선 두 그루의 고로쇠나무는 진주홍으로 곱게 물이 들어 황홀경을 이루는데, 오색영롱한 단풍 속에 파묻힌 심산 절집은 쥐죽은 듯 고요하여 고즈넉하다 못해 괴괴하고 적적한데, 축대 위로 대웅전의 쌍바라지 문이 열린 어두침침한 법당 안으로 가물거리는 촛불에 반사되어 반짝거리는 본존불은 엄숙함을 더하고, 축대 아래로 비켜 앉은 용왕각의 돌거북이 쏟아내는 청정수 떨어지는 소리만 고요한 정적을 더욱 깊게 한다.

대웅전의 협문으로 들어서서 헌향의 예를 갖추는데 먹장삼 차려입고 정갈하게 가사를 걸친 노스님이 사시마지 공양을 올리려고 놋그릇의 마지를 어깨 위로 받쳐 들고 들어섰다. 합장의 예를 갖추자 묵언의 미소로만 답을 하고는 마지를 올려놓고 염불을 하는데 기력의 쇠

진함인지 하심의 끝자락인지 모깃소리를 간신히 능가할 뿐이고 청아한 목탁 소리만 산사의 정적을 깨트리며 심산계곡으로 여울져 간다. 경건하고 엄숙한 분위기에 눌려서 나오지도 못하고 속절없이 마지 예불 동참자가 되어 원도 없이 절만 해댔다.

생각나는 소원도 없어 딱히 빌어보지도 못하고 '지심귀명례'와 '석가모니불'만 따라서 얼버무리는데 신중탱 앞으로 마지를 옮겨 놓은 스님의 염불 소리는 끝도 없이 이어졌다. 하마하마 하고 끝나기만을 기다리다가 어정쩡해지면 절을 하기를 한참이나 거듭해서야 '아제아제 바라아제 바라승아제 모지 사바하' 하기에 이제야 끝나는구나 하고 안도의 한숨을 내쉬었으니 부처님께서 꾸지람 꽤나 하실 것 같아서 넙죽 절을 하고 법당문을 나섰다. 요사채 옆으로의 기암괴석이 예사롭지 않아 커다란 바윗돌을 쌓은 석축의 모롱이를 돌아들자 커다란 바위들이 하나같이 납작한 육면체인데 커다란 책을 세워서 꽂은 것같이 바위들이 겹겹으로 꼿꼿하게 섰다. 바윗돌을 병풍 삼아 옴쏙하게 자리를 잡은 산신각이 옛 건물을 헐어내고 다시 짓는 중이었다.

바위마다 재단을 한 듯이 납작하고 길쭉한 육면체라서 예사롭지 않은데 대웅전 앞마당에 단풍이 곱게 물든 고로쇠나무가 눈길을 끈다. 기이하게도 밑뿌리의 새 움이 원줄기를 감아 돌아서 한 몸이 되었는데 도드라지게 감은 줄기가 어른 팔뚝만 하고 원목은 아름드리로 족히 수십 년은 된 것 같은데 높은 가지도 옆의 가지를 틀어서 감았다. 분재의 수형을 잡듯이 인위적으로 꼬았나 했더니 주차장 옆의 노거수인 팽나무도 바닥에서부터 두 그루가 끌어안고 붙어서 한 나무로 되었다. 참으로 이상하다 싶어서 지금은 흔적만 남은 정상으로 가는 등산로를 따라 잠시 올라가 보았더니 서어나무도 서로가 용틀임으로 꼬여서 하나의 나무가 되었고 또 다른 종의 나무도 서로를 껴안고 하나가 되어있다. 바닥에서부터 배를 맞대고 꼬여져 하나가 된 것도 있거니와 하나의 둥치가 중간에서 다른 가지를 틀어서 껴안은 것과 Y자의 가지 사이로 옆의 나무를 틈새도 없이 끌어안은 것과 별별 모양으로 서로가 한 몸처럼 얼싸안았는데 하나같이 같은 종의 나무끼리만 서로를 껴안았다. 연리목이고 연리지라고도 하겠지만 하나도 아닌 주변의 여러 나무가 서로를 부둥켜안았으니 구전 속의 '상사'가 붙은 '상사목'이라 해도 무방할 것 같다.

사전적 표제어는 아니지만 구전과 전설 속에는 끊임없이 전해 오는 뱀사(蛇) 자의 상사는 상사병으로 죽은 넋이 실뱀으로 변하여 상대에게 달라붙는다 하였는데 벼의 이파리 가운데로 흰 줄이 생긴 것을 '상사벼'라 하고 남해 금산의 상사바위는 치성을 드려 상사를 풀었다 하여 상사바위이고 하동과 사천의 경계인 이명산의 상사바위는 치성을 드려도 상사가 떨어지지 않아서 투신한 바위라고 해서 상사바위라고 하는데 이 말고도 상사바위는 얼마든지 있는 것으로 보면 이해가 되고도 남는다. 학술적인 분석은 학자들의 몫이고 이곳 산세의 기운이 서로를 끌어안는 곳이라면 연인들의 사랑 맹세를 외국 가서 다리 난간에 자물쇠를 매달 것이 아니라 이곳에 와서 맹세를 한다면 떨어질 일은 없을 것 같다.

멀리 내려다보이는 갑을리마을의 가을 풍경이 한 폭의 그림인데 겹겹의 산봉우리들이 물결같이 이어지는 골짜기마다 햇살을 받은 오색 단풍의 영롱한 풍광에 젖으며 왔던 길을 꼬불거리며 조심스럽게 내려와 이어지는 자굴산 관광 순환 도로를 따라 굽이굽이 모롱이를 돌아올라 한우산과 어깨를 마주한 쇠목재에 닿았다. 정상의 단풍은 이미 암갈색으로 빛이 바랬는데 등성이를 타고 흐르는 울긋불긋한 오색 물결의 단풍은 절정을 이루며 골짜기를 빈틈없이 찬란하게 물들였다.

자굴산과 한우산이 맞닿은 계곡으로 난 꼬불꼬불한 산길을 따라 내려오면 양편으로 형형색색으로 영롱한 단풍이 한껏 불타는데 길 양편으로 도열한 단풍나무의 가로수가 유난히도 빨갛게 물들어서 숨이 막힐 지경이다.

꼬불꼬불하게 이어지는 순환 도로를 따라서 원점으로 회귀하려고 작은 고갯마루를 넘어서자 빼곡하게 돌탑이 줄 지어선 '천지사'가 내리막길 옆으로 작은 계곡을 끼고 가을이 깊어 버린 만추의 들녘을 내려다보며 호젓하게 앉았다.

널따랗게 주차장을 마련하고 커다란 바윗돌을 층층이 포개서 높다랗게 쌓아 올린 돌탑이 줄지어 선 산문으로 들어서자 높다란 돌계단 위로 자그마한 대웅전이 굽어보며 반긴다. 크고 작은 서너 동의 당우들이 절집 마당을 사이에 두고 정갈하게 앉았고 대웅전을 돌아 층층 석계를 오르자 지천으로 널린 자연석을 촘촘히 쌓아서 독립문과도 흡사한 아치형의 문을 높다랗게 세우고 안으로 꽤나 널따란 산신당을 모셨는데 둘레에는 범종 모양의 웅장한 돌탑들이 장관을 이룬다. 두고 온 속세 인연 잊을 길이 없어서 그리움 올려놓고 돌 하나 눌러놓고, 눈물 젖은 장삼으로 흙먼지 닦아내며 설운 마음 올려놓고 돌 하나 올리면서, 천륜도 묻어 놓고 인륜도 묻으면서 질기고도 모진 인연 이 돌 저 돌 올려가며, 108 번뇌 떨치려고 불철주야 쌓았을까. 무슨 사연 그리 많이 이토록 쌓았을까!

헌향의 예를 갖추고자 대웅전에 들어서니 석가의 진신 사리를 품은 석조여래좌상은 사바세계를 향한 잔잔한 미소를 그윽하게 머금었다.

함벽루와
연호사

볕살이 따사로운 양지쪽의 속삭임이 달빛이 고운 밤이면 된서리 내려앉을 가랑잎 깔아 놓고 온돌방 아랫목으로 살며시 내려앉아 도란도란 야심토록 옛이야기로 무르익던 시절은 까마득히 멀어져간 잊혀진 세월인데 은행잎이 노랗게 길바닥을 덮으면 뜬금없이 되살아나는 추억들이 새삼스럽게 새로워져 옛 세월을 뒤돌아보게 하는 계절이다.

길든 짧든 뒤돌아보면 별의별 기억들의 들쑤심 속에는 더러는 치졸하여 민망스럽기도 하고, 괜스럽게 쑥스러워 혼자서도 무안해지게 하는 잡동사니들이라도 우리를 한걸음 성숙하게는 한다. 새삼스럽게 겸연쩍어 덮어두고 싶은 기억들도 있지만 뭐니 뭐니 해도 추억의 맛은 아련한 그리움이기에, 수수깡의 속살만큼이나 달짝지근한 맛을 내는 추억치고는 여행길의 풍광만 한 게 어디 있을까 싶다. 그래서 옛 모습을 다시 보고 싶어 하고 옛 가던 길을 다시 가보고 싶어 하는 계절이 바로 낙엽이 흩날리는 이맘때가 아닐까 한다.

진주에서 출발하면, 홍류동 계곡이 좋고 해인사가 좋고 매화산이 좋고 가야산이 좋아서 합천 들머리인 황강을 가로지른 제2 남정교를

함벽루

함벽루와 연호사 원경

지날 때마다 차창 밖으로 바라만 보면서 늘 지나치기만 했던 그림 같은 풍광이 언제나 짠했던 함벽루를 찾아서 낙엽 지는 가을 길을 홀로 나섰다.

중부내륙을 종단하는 33번 국도는 삼가면 말고는 새로운 4차선 도로가 잘 닦여서 합천 나들목으로 차를 내리면 드넓은 백사장의 황강과 맞닥뜨려진다. 강 건너 빤하게 건너다보이는 홀로 떨어진 야트막한 산이 마치 황소가 머리를 숙여 강물을 먹고 있는 형상이라서 황우산으로 불렀는데 석벽을 등진 벼랑 아래로 빨간 주칠의 함벽루가 단풍이 곱게 물든 수림 사이의 천년 고찰 연호사와 나란하게 오색단풍과 어우러진 그림자를 강물에 드리우고 그림 같이 떠 있다.

함벽루를 곧장 가려면 합천으로 들어서는 제2 정남교를 건너 우회를 하여야 하지만 건너다보이는 풍광이 너무 좋아 강변 백사장으로 내려섰다. 강섶은 운동 시설로 정비되어 있는데 드넓은 백사장은 흙먼지 한 점 없는 말 그대로 빛깔 고운 은모래다. 맨발로 뜀박질이라도 해보고 싶은 충동이 절로 나고 알이 굵은 모래가 발가락 사이를 까끌까끌 비집고 올라오는 듯 발바닥이 스멀거리는데 모래톱을 만들며 흐르는 강물도 함벽루의 절경에 취해 여기서는 잠시 흐름을 멈춘 듯이 거울같이 맑다.

황강물이 맑아서 백사장이 고운데 깎아지른 벼랑에는 함벽루가 날아갈 듯하고 기암절벽 틈새에는 연호사가 앉았는데 암벽의 틈새와 절묘한 조화는 풍광의 운치를 황홀경으로 자아내고 신라의 화랑 죽죽의 충절은 대야성 솔숲이 되어 만고상청 푸르렀고 황우산 단풍은 황강물에 영롱하다.

백사장의 모래톱을 한참을 거닐다가 함벽루를 찾아서 제2 남정교인 황강 다리를 건너서 표지판의 안내를 따라 황우산을 끼고 우회를 하였더니 이내 석축 위에 단청이 화려한 비각이 우뚝하게 높이 섰다. 하얀 안내판이 있어 예사롭지 않겠거니 하고 돌계단을 올랐다.

비각의 규모와는 달리 안에는 용틀임의 옥개석인 지붕돌도 없고 돌거북도 없이 네모진 돌 기단에 자그마한 말뚝 석비가 세월에 빛이 바래져 윤기조차 잃어서 음각된 비문은 간신히 판독할 정도인데 '신라 충신 죽죽지비'라는 비명 아래로 비문의 말미엔 '진양 강대수 기'라 씌었고 경상남도 유형문화재 128호라며 642년 신라 선덕여왕 11년에 이곳 대야성에서 백제군과 싸우다 성의 함락과 함께 장렬하게 전사한 신라 화랑 죽죽의 충절을 기리기 위해 인조 22년에 세운 비라는데 애달픈 사연이 안내판에 눈물겹다.

가던 길을 재촉하여 산모롱이를 돌아드니 단청이 고운 근작의 일주문이 우뚝 서서 반기는데 산기슭 언덕배기에는 명종 조에 세워진 '이증영의 유애비'는 극심한 흉년에 백성을 구휼하고 청렴한 관직 생활을 칭송한 비문은 남명 조식 선생께서 짓고 당대의 초서 명필가인 고산 황기로 선생이 쓰신 비석으로 경남도 유형문화재 367호라는데 이 말고도 줄지어 선 빗돌이 여럿이다. 더듬거리며 해독해 보며 애국과 공덕을 기린 즐비한 송덕비 앞에서 오늘이 부끄러워 고개를 숙였다. 이제라도 남들처럼 내 알 바 아니라고 모르고 살면 오죽이나 좋으련만 천 리 밖의 소리가 두 귀로 들리고 온갖 짓거리가 눈으로 보이니 타고난 팔자일까. 여의도는 아직도 자신들의 안위만을 위해 제 목소리 한마디 내지르지 못하고 오리반은 "꽥꽥" 참새반은 "쩩쩩" 하고 하나같은 목소리로 당리당략만을 위한 당쟁과 정쟁이고, 규정에만 목을 매며 밥그릇만 챙기는 천치가 되어버린 천재들인 공직자들이나,

감추고 빼돌리며 딴 주머니 차는 경제인들 하며, 내로라하는 그들 눈에는 머리 싸매어 연구하고 팥죽 같은 땀 흘리며 쉴 틈 없이 내달리는 수많은 이들의 삶이 보이기나 하는 건지 탄식만 절로 나니, 우리는 과연 송덕비를 하나라도 세울 일이 있을지 참담함이 앞선다. 남명 선생의 함자 앞에 오늘의 세태가 부끄럽기 그지없어 송덕비 앞에 서 있기가 민망하여 무거운 발길을 소리 없이 옮겼다.

울울창창한 도토리나무가 가랑잎을 흩날리며 길을 내어주는 돌계단을 내려서자 푸른 강물은 건너편 백사장을 깔고 유유히 흐르는데 기암절벽을 등지고 추녀를 하늘 높이 치받은 함벽루는 창공을 높이 날던 오색찬란한 공작새가 날개를 펼친 채로 이제 막 반석 위에 발을 붙이며 착지하는 모습같이 그 풍채가 고고하고 도도하다.

돌계단을 내려서자 들머리의 추녀 밑에는 '함벽루'라는 현판이 붙었고 강물을 내려다보는 정면의 처마 밑에는 '제일강산'이라는 흑판 백서의 현판이 붙어있다. 익공다포와 창방 위의 천장 전부는 칠보단장을 한 듯이 화려한 단청이 눈이 부시도록 찬란하다. 누마루에 올라서면 사면의 창방 위와 청황룡이 마주한 대들보에도 한시의 편액들이 빼곡하게 걸렸는데 남명 선생의 편액과 퇴계 선생의 편액이 들보에서 마주 보고 우암 선생의 편액이 창방에서 지켜본다.

남향 난간에 다가서자 햇살이 반사되는 백사장은 눈부시고 정량호의 옛 모습은 찾을 길이 없으나 푸른 물은 깊게 흘러 물결 없이 유유하며 반석의 끝자락에 주춧돌을 받쳤으니 누각의 처마가 강물 위에 비치고 낙수는 영락없이 강물 위로 떨어지니 명월이 있든 없든 명승지요 절경이니 어찌 시인 묵객들이 끊어질 날이 있었으랴.

한때는 합천 들머리인 황강변의 일해 공원에서 강변을 따라 걷는 길을 조성하며 함벽루의 낙수가 길바닥으로 떨어졌었는데 다행스럽게도 함벽루 앞에는 길을 걷어내고 나무 다리를 설치하여 길을 돌려서 낙숫물이 본래대로 강으로 떨어지게 강변을 다시 복원하였으니 예전만은 못해도 그나마 다행이다.

함벽루가 등을 기댄 수직의 절벽에는 우암 송시열 신생의 글씨라는 '함벽루' 말고는 낯선 이름들이 유난히도 빼곡하게 음각되어 있다. 세월의 흔적은 역력하지만 추앙인지 낯냄인지 알 수는 없으나 도배를 하듯 석벽을 덮었다. 원수의 이름은 모래에 새기고 은인의 이름은 돌에 새기라는데 가슴에 새겨진 이름이라야 만대불후의 불멸이 아닐까.

촉석루보다 앞서고 영남루보다 먼저 섰다는 함벽루와 추녀의 끝이 닿을 듯이 높이만 달리한 연호사는 절벽의 틈새를 정교하게 활용한 아기자기한 짜임새로 자리를 잡았는데 여느 절집과는 판이하게 다른 목조 한옥의 예술적 품위가 고상하고 정겨운 천년 고찰이다.

연호사가 강섶을 물고 황우산의 끝자락에 등을 기댄 정상에는 삼국시대 신라의 대야성의 흔적이 남아 경상남도 기념물 제133호로 지정된 곳이다. 매봉산 혹은 취적산이라고도 하는 이곳은 신라와 백제의 접경지로서 신라로서는 서부 지역의 중요한 요새여서 김춘추의 사위 김품석이 성주로 있었으며, 선덕여왕 11년에 백제의 침공으로 성이 함락되고 성주인 김품석과 그의 부인인 김춘추의 딸 고타소랑도 함께 죽어, 전몰한 신라인 2000여 명과 함께한 원혼을 달래기 위해 연호사를 세웠다. 이후 무열왕으로 등극한 김춘추의 복수심이 신라가 삼국 통일을 하게 된 단초가 되었고 이후로는 후백제가 점령했다가 최종적으로 고려가 점령하는 등 수차례의 뺏고 빼앗기는 피맺힌 원한의 우여곡절로 연호사의 흥망성쇠도 거듭되면서 애달픈 사연을 지닌 채 천오백 년의 역사를 함께하며 원혼을 달래 온 왕생기도 도량으로 강물도 쉬어가고 바람도 쉬어가는 그림 같은 절경인데 무릉도원이 여기 같을까 원혼도 쉬고 싶을 극락같은 비경이다.

　마루청이 반들거리는 극락전에 들어서 헌향의 예를 갖추니 한낮의 고요는 더욱 정적 속으로 깊어지는데 청아한 풍경소리만 애잔하게 여울진다.

12

지리산의 오지
영원사 가는 길

지리산 정상에 하얗게 눈이 왔다. 조망을 즐기며 아파트 뒤쪽 베란다에 서면 중중첩첩으로 포개진 물결 모양의 산들이 가물거리고 스카이라인의 정점에 있는 지리산의 천왕봉이 더 또렷하게 보이는데 오늘 아침엔 하얗게 눈이 덮였다. 불현듯 지리산의 오지산사 영원사가 생각나서 서둘러 길을 나섰다. 당장이라도 날이 궂어 산 아래에까지 눈이 오면 내년 삼사월까지는 오도가도 못 하는 고산 심처라서 지리산 눈바람이 골짜기 아래로 불기 전에 서둘러야 하는 첩첩산중 절집이다.

35번 고속도로 생초 IC에서 차를 내려 경호강으로 흘러드는 엄천강을 거슬러 올라, 산청의 화계장터에서 엄천교를 건너 천왕봉로인 60번 도로는 함양의 유림 삼거리에서부터 인월로 이어지는 지리산 관광 도로로서, 굽이굽이 이어지는 그림 같은 절경 속에 애환 서린 역사의 숨결이 곤하게 잠들어 있는 비경의 탐방로이다. 역사의 향기는 엄천강이 시작되는 곰내들을 돌아들면 강변길의 굽이마다 비운의 역사가 옛 세월을 뒤돌아보게 하여 그냥 지나치기에는 너무도 아까운 길이다.

영원사 전경

영원사부도

바쁠 것 없이 내친걸음이라 화계장터 삼거리에서 좌회전을 하여 왕산 자락으로 차를 몰아 종묘사직의 패망의 한을 품은 가락국의 마지막 왕조 구형왕의 영정을 모신 망자의 궁궐인 덕양전과 한국의 피라미드이라는 구형 왕릉을 찾았다. 왕조에 지은 망국의 죄업을 갚을 길이 없어서 흙 한 줌 올리지 말라는 유언에 따른 돌무덤은, 울창한 수림 속에서도 칡넝쿨 한 가닥 범하지 않고 가랑잎 한 잎 구르지 않으며, 산새도 능의 위로는 날지 않으니 만조백관 어디 두고 첩첩산중 돌무덤에 홀로 묻힌 왕에 대한 마지막 충정일까. 아니면 애달픈 사연에 미물도 애끓어서 감히 범접하지 못함일까. 긴긴 역사 속으로 깊이 잠든 가락국! 길손은 웅장한 석총 앞에서 옷깃을 여미며 예를 갖추고 홍살문을 나와 엄천강을 건너 함양 땅으로 들어섰다.

　강을 거슬러 올라 남호 삼거리에 닿으면 성리학적 정치 질서를 확립하려 했던 조선 초기의 문신이자 학자이며, 사림파의 사조이신 점필재 김종직 선생께서 당시 함양 군수로 재직하시며 녹차의 공납에 시달리는 백성들의 고충을 덜어주려고 관영으로 조성했던 옛 녹차밭에 목민관으로서의 선생의 업적을 찬양하는 웅장한 빗돌이 섰다. 조의제문으로 세조의 왕위 찬탈을 풍자하고 유자광이 함양을 찾아 글을 지어 손수 걸은 주련을 불살라버린 선생의 지조가 훗날 무오사화의 불씨가 될 줄이야 어찌 알았게냐만 부관참시의 비통한 굴곡진 애사를 돌이켜 보게 한다. 권력의 끈을 놓지 않으려고 절의는 개밥 주고 지조는 밑씻개고 영달을 위해 암투하고 보신을 위해 머리만 조아리는 대조되는 작금의 현실이 너무도 부끄러워 빗돌 앞에 깊숙이 고개를 숙였다.

저물어 가는 한 해를 새김질하며 을미년의 새 길을 묻고자 나선 길이지만 발걸음이 무겁다. 강섶을 물고 도로를 사이에 두고 동구 밖을 가로막은 낙엽 진 느티나무와 노송의 숲속에 '나박정'이라고 음각된 빗돌 옆으로 거북 등을 기단으로 삼은 커다란 비석은 '전주 이씨 세종 왕자 한남군 충혼비'라 새겨져 있다. 천륜을 도륙하던 세조의 칼끝은 천 리 유배지인 이곳 새우섬에서 살육만은 간신히 비켜갔건만, 비분 강개의 혈루로 오지랖을 적시다 병약하여 세수 삼십으로 순절하였으니, 왕자의 군호를 딴 한남마을 성황단 돌탑은 비운의 역사 속에 피눈물이 이끼가 되어 무성히도 얼룩졌고, 한남군의 유배지였던 새우섬은 강물의 흐름에 지형까지 바뀌어서 산자락의 발치가 되어 휘감고 흘러가는 강물에 젖어 있다.

국토교통부가 댐을 막고 싶어 식수 댐이니 홍수 조절용이니 하며 안달을 하는 문정으로 접어들면 짙푸른 엄천강은 까마득한 절벽 아래에서 간간이 소를 만들며 태고의 자연을 오롯이 간직한 기암괴석들로 장관을 이룬다. 송전마을로 건너가는 용류교 아래는 수심이 깊어 물빛은 더욱 짙푸른데 물 가운데 떠 있는 커다란 자라바위는 새끼까지 거느리고 콩알 반쪽도 나눠 먹던 옛사람들을 그리며 유아독존적인 인정머리 없는 현대인들은 거들떠보지도 않고 일광욕을 즐기는지 아니면 그 옛날 달궁사 옆 돝못에서 살다가 가을이면 이곳 용류담으로 내려와서 봄이면 다시 돝못으로 올라간다는 스님의 가사를 걸친 모양을 닮은 '가사어'를 기다리는지 길게 목을 늘이고 꿈쩍도 않는다. 용류담 위쪽은 기기묘묘한 바위들이 빈틈없이 빼곡한데 그 크기가 하나같이 웅장하다. 예닐곱 명이 들어앉아도 될 것 같은 가마솥같이 옴쏙하게 파여진 바위하며 항아리 속같이 밑이 더 넓게 파여진 바위가 있는가 하면 둘이 붙어서 땅콩 속 같은 바위도 여럿이다. 강물의 소용돌이가 억겁의 세월을 두고 만들어 낸 비경이라지만 청자나 백자를 굽던 도공의 솜씨인들 이토록 매끄럽게 빚을 수가 있을까. 아홉 마리의 용이 노닐었다는 신비한 절경을 문화재청은 국토교통부의 눈치를 보는지 명승지 지정을 유보하고 있다. 손괴는 한나절이면 족하지만 이루려면 수천 년이 걸려도 될까 말까다. 보고 또 봐도 신비로운 절경을 뒤로하고 가던 길을 재촉했다.

  마천면 소재지의 들머리에 닿으면 오른쪽 산길로 이어지는 도로가 등구마천 오도재로 넘어가는 길이다. 신라의 김유신 장군 증조부이신 가락국 구형왕이 오백 년 도읍지를 되찾기 위해 은거했던 등구사에서 황후 계화부인은 매일같이 고갯마루에 올라 천왕봉을 향해 제단을 쌓고 망국의 한을 달라며 왕조의 재건을 빌고 빌던 성황당 고갯길이며, 서산 대사는 승병을 이끌고 넘던 길이고, 변강쇠는 나뭇지게를 지고 쉬어 넘던 길이며, 소박데기는 눈물 젖은 보따리를 안고 돌아보며 넘던 길이고, 야심한 밤이면 화적떼가 숨죽이고 넘던 길이지만, 김종직 김일손 정여창 유호인 최익현 남명 등 시인 묵객들이 지리산을 찾아 수도 없이 넘나들던 고갯길이다.
  꼬불거리는 오도재 고갯길을 뒤로하고 마천 오일장터를 지나 벽소령 가는 길로 이어진 양정마을 입구에 닿았다. 영원사로 가는 길은 시멘트로 포장은 되었으나 가파른 길은 인공의 손때가 묻지 않은 태초의 모습을 오롯이 지닌 자연 계곡을 거슬러 오르며 끝없이 이어졌다. 끊어질 듯 이어진 산길이 멎은 작은 분지에 서너 채의 목조 건물이 단청도 마다하고 정적만을 깔고 앉아, 지리산의 암자 중에 제일 먼저 눈이 온다는 상무주암을 고산준령 영원령 정상 밑에 감춘 듯이 등에 지고, 미륵불의 정토인 도솔천의 한 자락을 건너편에 옮겨와서 울울창창 수림으로 없는 듯이 덮어 놓은 도솔암을 지켜보며, 신령들의 고향인 영원령 깊은 골에 속세와 절연하고 오로지 수행 정진만을 위해 통일 신라 시대 영원 대사가 창건한 천년 고찰 영원사가 그림같이 앉았다.

사계절의 풍광과 변화무상한 풍운 조화가 절경이고 비경이라며, 신령의 고향이자 미륵불의 정토인 도솔천이자 선경이라는 주지 현조 스님은, 천이백 년 전 창건하신 영원조사를 비롯하여 서산 대사, 청허 화상, 사명 대사, 송운 화상, 그리고 청담 화상 등 일백아홉 분의 고승들이 수행 정진하며 남기신 자필 '영원안록'이 잘 보존되어 있다고 일러준다. 지금은 입산 통제 기간이라서 상무주암과 도솔암 탐방은 후일로 기약하고 법당으로 들어서자 여느 절집과는 달리 화려함이라고는 찾아볼 수 없이 소박한데 법벽에 걸린 후불탱화 속의 불보살은 사바세계를 향한 자비의 미소만 가득하게 머금었다.

13

영암사지를 찾아서

숨 가쁘게 내달리던 말띠 해의 청마는 저녁노을 붉게 타는 영마루에 올라서서 회한에 젖은 눈시울로 말없이 뒤돌아보더니만 멀리 떠나갔다. 미처 피어보지도 못한 꽃봉오리들을 짓밟지만 않았어도 휘날리는 말총은 분명 광영이었을 것인데 보내면서도 두 손 흔들지 못하는 가슴 아픈 사연이 유난히도 많았던 한 해여서 을미년 새해맞이를 하면서는 이제는 제발 원통한 일만은 없게 해달라고 천지신명께도, 일월성신께도 간절히 빌었다. 가지려는 욕망의 기도가 아니라 마음을 닦는 기도를 하라는 황매산 황룡사의 비구니 노스님의 말씀이 불현듯 생각나서 그간의 안부도 궁금하고 새해의 화두도 듣고 인접한 영암사지도 찾아볼 겸 길을 나섰다.

합천군 가회면 소재지에서 영암사지와 모산재의 표지판을 따라 가회중학교 앞을 지나 작은 고갯길을 넘어서면 마주하는 산세가 갑자기 별천지로 변한다. 야트막하고 두루뭉술한 지금까지의 산과는 달리 깎아지른 절벽이 하늘의 끝을 병풍처럼 막아서며 기암괴석들은 검푸른 소나무를 듬성듬성 깃발처럼 곧추세우고 결전장을 향한 출정식이라도 하는 듯이 위풍당당하게 결의에 찬 모습으로 빼곡하게 늘어섰

모산재 가는 길

영암사지 3층석탑

13. 영암사지를 찾아서 _____ 91

다. 대기 저수지 둑에 마주 서서 "전체 차렷!" 하고 구령이라도 냅다 지르면 지축을 뒤흔드는 군장 소리를 내면서 일사불란하게 부동자세를 취할 것만 같다.

60번 도로를 따라서 대기마을 앞을 지나 꼬부장한 고갯길을 돌아서 오르면 모산재 주차장이 마련돼 있고 마주한 매점 앞의 갈림길에는 영암사지와 모산재를 알리는 표지판이 섰다. 항룡사나 영암사지까지는 600~700m에 불과하지만 비스듬한 산길의 초입에는 네댓 집이 이루는 마을 안길이라서 승용차의 교행도 안 되는 좁은 골목길로 굽어 있어 예감이 들어맞지 않으면 어느 한쪽은 한참을 후진해야 하는데 주차장이 마련된 작은 화장실 앞에서 솔숲이 우거진 황룡사로 들어가는 샛길까지 용케도 차를 몰았다.

완만한 경사의 시멘트 길을 200m쯤 가다 보면 철책으로 된 커다란 쌍바라지의 철문이 활짝 열려 있다. 철문 안으로 자그마한 주차장이 마련되어 있는데 진 잎이 된 노란 잔디가 흠집 하나 없이 융단같이 정갈하게 깔린 것으로 보아 차량의 내왕이 없었음을 일러준다. 방석떼기만 한 자연석의 층층 돌계단이 꽤나 높은 석축으로 이어진 위로 좁다란 마당을 사이에 두고 좌우로 작은 요사채가 자리를 잡았고 또 하나의 석축 위로 대웅전이 자리를 잡고 내려다보는데 그 크기가 여느 절집의 산신각보다 작으면서 정면 삼 간에 팔작지붕으로 단아한 기품으로 모양새를 갖추고 있어 위압적이지 않고 온화하여 정겨움이 넘쳐난다. 뒷산 모산재의 기암괴석들은 거북인지 자란지 목만 내민 녀석이 있는가 하면 곰 같기도 하고 사자나 호랑이 같기도 한 온갖 형상의 바위들이 소인국의 모형 같은 작은 절집을 병풍처럼 둘러싸서 일거수일투족을 낱낱이 지켜보며 내려다보고 있다. 심산 절집에 무슨 해코지를 할까마는 '칵!' 하고 주먹이라도 내밀며 견주기라도 한다면 일순간에 뛰어내려 덮칠 것만 같다.

대웅전 안으로 들어서니 단출하기 그지없다. 닫집도 없이 협시불도 없는 관음보살 좌상은 신중탱화와 산신탱화를 옆에 두고 향로와 촛대에 다기 한 점이 불단 세간의 전부이고, 벽면에 대나무 장대를 매달은 횃대에 고이 접어 걸쳐놓은 가사 장삼이 실내장식을 대신하는데 비구니 스님이라선지 거울 하나가 걸려있다. 절집마다 빼곡한 연등도 하나 없는 텅 빈 천장은 물욕을 건너뛴 사바세계의 저편일까, 향불의 연기만 가늘게 타오른다.

요사채로 들어서자 주방을 겸한 널따란 거실이 꾸밈없이 정갈하여 스님의 성품을 일러주는데 계룡산 동학사에서 삭발하고 올해로 팔십팔 세의 미수를 맞으니 법랍 62세인 진승 스님은 황룡사를 세운 지도 30년의 세월이란다. "청춘의 꿈도 접고 젊음의 뜻도 접고 속세와 절연하고 일생을 오롯이 불보살에 귀의했으니 무엇을 남기고 가시렵니까?" 했더니 "누더기 한 벌 남기고 떠나면 중노릇 잘한 게지" 하신다, 시봉을 들어 줄 상자가 있어야지 않겠냐고 걱정을 할라치면 "호사를 바라면 중노릇을 말아야지"로 똑같은 답이라서 생뚱맞은 질문을 더러 하는 터이라서 "기도를 해도 부처님이 소원을 잘 들어주지 않는데요?" 하고 뜬금없는 질문을 했더니 탐하는 기도를 말고 마음을 닦는 기도를 하라시며 "삼일수심천재보(三日修心千載寶) 백년탐물일조진(百年貪物一朝塵)이라 사흘 닦은 마음은 천 년의 보배가 되고 백 년을 탐낸 재물은 하루아침에 티끌이 된다네." 하시며 창밖의 먼 산을 바라보는 스님의 얼굴은 티 없이 맑고 밝지만 골 깊은 주름살과 좁아진

어깨는 장삼마저 헐렁하여 미수의 노구가 더욱 안심찮다. 아프지 말고 건강하시라며 몇 번이고 꾸벅꾸벅 절을 해도 노스님을 홀로 두고 떠나려니 발길이 무겁다.

황룡사를 나와 영암사지로 가는 길로 작은 모롱이를 돌아들자 모산재 1.3㎞라는 등산로 표지판이 작은 도랑을 끼고 오르라고 일러준다.

점심때도 이른 데다 김밥까지 한 줄 챙겼으니 이참에 모산재까지 올라갈까 하고 솔숲이 울창하고 솔가리가 수북하게 깔린 산길을 따라 한참을 올랐다.

두루뭉술한 바위들이 여기저기서 띄엄띄엄 보이기 시작하더니 숨이 가쁘기 시작할 무렵에는 한층 덩치가 더 커진 바위들이 넙죽넙죽 엎치기도 하고 펑퍼짐한 등을 내놓고 돌아앉은 바위 하며, 남산만 한 배를 안고 벌러덩 누워버린 무례한 녀석까지 엎어지고 자빠져서 흙 한 줌 없이 거석들만 뒤엉킨 바위산이다. 틈새마다 뿌리를 박은 소나무들이 앵돌아지고 뒤틀려서 껍질의 굳은살이 울퉁불퉁 앙살궂어 삶의 고단함이 역력하건만 발 디딜 곳이 마땅찮은 곳마다 뒤틀린 뿌리를 발판으로 내놓아 하얀 속살까지 드러났으니 깊은 속내가 고맙기 그지없다.

경사가 급한 곳마다 밧줄이 드리워져서 반이나 올랐을까 하는데 바위틈 사이로 이어지는 길이 온통 빙판으로 얼어붙어 장비도 없이 오르기에는 무리라서 산행을 멈추고 깊이를 알 수 없는 아찔한 낭떠러지의 좁다란 골짜기를 사이에 두고 모산재의 주 능선과 마주했다.

금강산의 만물상을 옮겨온 것일까. 만폭동을 그린 열두 폭의 병풍을 펼친 것일까. 회색빛의 기기묘묘한 형상의 바위들이 몸집의 굵기와 높이가 다를 뿐 하나같이 하늘을 향하여 꼿꼿하게 서 있는 모양새가 임진란의 승병들이 창검을 들고 도열한 것 같기도 한데 수직의 석벽이 아기자기한 형상으로 장관을 이루어 비경이요 절경인데 코앞에서 마주하니 웅장하고 장엄하다.

아쉬움을 달래며 왔던 길로 되돌아서 천 년의 숨결이 곤히 잠든 영암사지로 찾아들었다.

황매산 끝자락을 겹겹으로 끌어다가 이모저모 접어 올려 연화 좌대 높게 깔고, 모산재 기암괴석 불보살을 아로새겨 중천에 드높이 후불탱화 걸어두고, 입석 거암 우쭐우쭐 금강역사 앞세우고 몽실한 바윗돌로 오백나한 거느리며, 봉마다 거암 거석 십대 제왕 앉았으니 첩첩산중 영암사지 대가람의 불국 정토, 수미단을 점지하고 빼어나고 장엄한 황매산이 품었구나. 십여 단씩으로 쌓아 올린 화강석 축대들은 두부 모를 자른 듯이 반듯반듯한데 간간이 무너짐을 방지하려고 거멀장의 돌을 끼워서 천년 세월을 오롯이 이어오는데 홀로 선 석탑과 쌍사자 석등이 옛 세월을 그리며 서로를 달랜다. 천공의 절대 명당인 금당의 옛터에는 좌우로 커다란 귀부인 돌 거북은 여의주를 물고 있는 용의 머리를 하고 보물 제489호로 온전하게 남았는데 짊어졌던 석비는 간 곳이 없다. 인접하여 근작의 영암사가 화려하게 단청을 입혀 큼직하게 자리를 잡았으나 옛 정취는 흔적 없고, 뒷발을 곧추세워 마주 선 두 마리의 돌사자는 안간힘을 다하여 석등을 받쳐 들고 천년을 버티면서 사바세계를 밝힐 촛불이 다시 켜지기만을 애타게 기다린다.

14

신흥사를
찾아가며

잊지는 말아야 할 몸서리쳤던 지난날을 기억의 외진 곳에 깊숙하게 묻어두고 어차피 잊고 살아야 할 오늘이라서 내일을 바라보며 바둥거려야 할 나날이 빼곡한 을미년 새 달력을 밥상머리에서 빤하게 보이는 벽에 걸었더니 커다란 글자가 요령 방울처럼 또록또록해서 새로운 변화에 새봄이 서둘러 찾아온 것 같아서 밥숟가락을 놓기가 무섭게 주섬주섬 챙겨 입고 짚이는 곳이 있어 집을 나섰다.

남녘의 봄소식은 뭐니 뭐니 해도 낙동강 강변의 양지쪽인 원동의 순매원으로 아직은 이르겠지만 선이라도 보고 싶고, 신흥사로 찾아들어 천년 고찰 보물인 대광전과 벽화를 신년 벽두에 친견하고 싶어서, 반기며 부르기라도 하듯이 망설임도 없이 차를 몰아 삼랑진에 닿았다. 옛날 같았으면 진주에서 기차를 타고 원동역까지 '칙칙폭폭' 석탄 연기 내 품으며 귀청이 뚫어져라 냅다 지르는 기적 소리와 "오징어가 왔어요. 땅콩이 왔어요." 하던 갱생원들의 톤이 낮은 목신 소리가 정겨웠으련만, 요새도 무궁화호 열차는 원동역에 서지만 주변과의 교통편이 불편하여 차를 몰아서 동창원 IC를 나와 삼랑진을 벗어나서 원동으로 행했다.

신흥사 대광전

작원관

삼랑진 중심가를 막 벗어나자 작원관지라는 황토색 표지판이 있어 약속이라도 한 듯이 강둑길을 접어들자 이내 단청을 곱게 입힌 자그마한 2층 문루가 낙동강변의 기찻길을 사이에 두고 단아하게 앉았다. 신작로도 없던 당시로는 천인단애의 낙동강 벼랑에다 홈을 파서 시렁가래로 선반을 걸치듯이 장목을 걸치기도 하고 석축과 석주를 쌓고 세워 아찔한 벼랑길을 내어 동래에서 한양으로 가는 영남대로의 지름길이었으니 낙동강의 옛 이름인 황산강의 옛길로서 황산잔도에서 작원관으로 이어진다고 하여 작원잔도라고 불리었던 벼랑을 돌아 나오면 길목을 가로막은 요새 같은 지형을 이용하여 이동하는 관리들의 숙소와 일반인의 검문검색을 겸하는 관이 있었으니 오가는 이들로 북적대던 곳이었다.

성각의 문루와도 흡사한 출입문은 아치형의 대문으로 출입의 유일한 통로이고 2층의 누각은 난간을 두른 망루이자 지휘나 통제소의 역할을 하는 넉넉한 마루청으로 꽤나 널따랗다. 단청이 화려한 문루에 올라서자 드넓은 낙동강의 푸른 물이 망망대해와 흡사하고 지금은 경부선 철도가 벼랑의 끝자락을 뚫고 터널의 출입구가 되어 눈 깜작할 새 KTX 열차가 총알같이 튀어나와 쏜살같이 사라지는가 하면 무궁화호 열차와 화물 열차가 강바람을 가르며 신바람 나게 오가는데 낙동강과 어우러진 그림 같은 풍광에 홀려 황홀경에 젖어든다.

사흘 밤낮을 쉬지 않고 넘어야 할 토곡산과 천태산 준령 말고는 이 길밖에 없었으니 동서의 관문이요 남북의 통로였으니 오가는 이들의 애환인들 오죽하였으랴. 술이 달린 관모 쓰고 육모 방망이 허리춤에 찼으니 딴에는 관속이랍시고 검문하던 나졸들의 거드름인들 오죽하였겠나. 어디 미곡 오곡 초근목피 피륙만이 오갔으랴. 시집가고 장가 가던 신행길의 길목이고 오일장의 보부상도 끊임없이 오갔으며 판돈 떨어진 투전꾼도 야반도주했겠지만 벼슬 자리 사겠다고 나귀 등에 엽전 싣고 새벽길을 재촉하던 바쁜 이도 없었겠냐만, 눈 한번 감아주는 장님 흉내 닷 량이고 돌아서서 한눈팔면 열 냥 받던 세상사라 하였으니 세상사 요지경이 어제오늘 이야기일까만 낙동강 푸른 물은 순리를 보란 듯이 소리 없이 아래로만 조용조용 흘러간다.

둔덕에 선 비각으로 발길을 옮겼다. 세 기의 석비는 세월에 빛이 바래 음양각의 선이 흐려 판독이 어려운데 안내판의 간략한 내용은 임진왜란 당시 밀양 부사 박진 장군이 작원관지에서 양산을 거쳐 침범해 들어오던 일만 팔천여 명의 소서행장의 왜적을 막기 위해 군관민 300명으로 방어선을 구축하여 열흘간을 결사 항전하였으나 중과부적으로 장렬하게 최후를 함께한 격전지로서 숭고한 호국의 역사가 깃든 유서 깊은 현장이란다.

비각의 위로 높이 솟은 위령비 앞에 서니, 유유히 흐르는 역사의 강, 설움이 북받쳐 일렁이던 강, 애달픈 사연에 가슴을 저린 강, 호국의 피로 물든 통한의 강. 울분에 눈물 젖은 한 많은 강, 민족의 애환을 함께하며 출렁거렸던 낙동강! 쇠락한 국력의 통절함이 한이 되어 허리띠 다시 매고 기어이 출렁이며 새 역사를 이어가는 낙동강은 흘러간다. 위령비 앞에 술 한 잔 올렸으면 더없이 좋으련만 옷매무새 고쳐서 예를 가름하고 천태산 굽이진 준령을 향해 차를 몰았다.

끊어질 듯 이어지는 몇 굽이를 돌아서 끊임없이 오르는데 간이 찻집이 주차장을 마련하고 마음의 짐도 내려놓고 쉬어가라 반긴다. 빨갛게 달궈진 난로 가에 다가앉아 종이컵을 움켜쥐고 굽이굽이 오른

길을 내려다보니 온갖 옛 생각이 구름처럼 몰려온다. 옛 생각을 많이 하면 인정이 넘쳐나고 앞만 보고 내달리면 야욕에 정복된다. 방물장사 밥 먹여서 아랫목에 잠재웠던 그 세월이 요새라면 끔찍한 사건 사고 일어날 리 만무하고, 너와 내가 만나면 우리가 되었던 흘러간 그 세월이 아쉬울 뿐이다. 지나는 길이면 또 들리마고 작별하고 가던 길을 재촉하여 신흥사로 가는 길과 원동역으로 가는 갈림길에 닿았다.

우선 가까운 원동역으로 향했다. 원동역과 한데 어우러진 순매원은 아직은 이른 때라 그저 고즈넉한 과수원 속의 외딴집에 불과하지만 봄을 기다리는 매화 가지는 볼통볼통한 자줏빛 꽃망울이 부풀고 있다. 매향 그윽하게 만개하면 다시 오마 기약하고 왔던 길을 돌아서 신흥사를 향해 차를 몰았다.

불과 8㎞ 남짓한 영포마을 들머리에 신흥사를 알리는 이정표가 길 마중을 나와 섰다. 작은 도랑을 따라 골짜기로 접어들자 우뚝한 일주문이 화려한 단청으로 길손을 반기는데 일주문을 지나자 대궐 같은 절집의 전각들이 빼곡하게 골을 메웠다. 첫눈에는 여느 절집과는 다를 게 없이 소나무 숲이 우거진 산을 등지고 화려한 단청을 입힌 근작의 전각들이 서로를 마주하거나 추녀를 맞댔는데 '대광전'이라는 커다란 편액이 붙은 고색창연한 맞배지붕의 목조 건물이 눈길을 사로잡는다.

위압적인 크기도 아니면서 웅장하고, 투박한 듯 정교하여 옛 멋이 넘치는데, 우람하지도 않으면서 육중한 듯 장엄하고, 목침을 쌓은 듯한 공포의 짜임새가 세월의 흔적까지 중후하고 멋스러워 보는 이의 넋을 뺀다. 불력이 아니고서야 장인의 솜씨들 이토록 조화로울 수가 있을까 하고 법당 참배는 뒷전이고 대광전 사면을 둘러보느라 넋을 놓았다.

　방풍벽 안쪽의 외벽에는 불보살의 벽화가 빈틈없이 그려졌건만 거미줄을 걷어내던 대빗자루의 빗질 흔적인지 세월의 흔적인지 탈색으로 흐릿해서 참으로 안타깝다.

　대광전과 내벽의 벽화도 보물로 지정되어 보물 제1120호와 1757호라는데 뒷면의 벽에도 세 개의 문이 달린 것으로 보아 법당 안의 후불벽 뒤에도 불보살이 모셔진 게 분명하다 싶어 법당으로 들어섰다. 비로자나 본존불에 예를 갖추니 약사삼존도와 아미타삼존도가 동서의 벽면에서 서로를 마주하고 사방의 벽면마다 화방에도 창방에도 불보살의 벽화가 빈틈없이 빼곡하고 우물 천장과 대주와 평주를 가리지 않고 불보살의 벽화여서 사면과 천장에서 불력의 가피가 쏟아지듯 충만감이 전신을 감싼다. 닳고 닳은 바닥의 마루청은 세월의 무게가 버거워선지 걸음마다 삐걱거려 까치발로 조심스럽게 후불벽으로 돌아들자 천장 높이까지 닿는 커다란 관음보살삼존도가 비천상의 옷깃을 하늘거리며 연방이라도 하늘 높이 날 것만 같은데 사바세계를 향해 자비의 미소를 살포시 지으시며 굽어보고 계셨다.

　임진년 전란의 화마도 차마 범하지 못한 대광전은 향불의 연기가 천상으로 오르는데 국태민안 발원하고 중생 발복 기원하는 주지 영규 스님의 독경 소리는 속세로 여울진다.

15

천성산
가는 길에

매섭게 날을 세우던 바람결의 뒤끝이 어느새 순하고 부드러워지더니 아침 환기를 위해 창을 열자 향긋한 듯 야릇한 흙냄새가 봄나들이를 부추기는 바람에 들썩거려지는 엉덩이를 몇 번이고 누르면서 행선지를 잡느라고 한참의 고민 끝에 길을 나섰다.

어설프게 길머리를 잡으면 좋알거리는 내비게이션과 신경전만 벌리다가 애꿎은 연료만 실컷 태우고 하루해를 보낸다. 그렇다고 오갈길을 치밀하게 계획하면 길손의 멋도 없고 길 떠난 맛도 없다. 대략의 행선지만 잡고 가다 보면 사이사이 볼만한 곳은 표지판들이 미리나와 님을 맞듯 반긴다. 그래서 봄이 오는 길목을 따라 봄 마중이나할 요량으로 삼랑진을 거쳐 원동을 지나는 양산의 천성산 가는 길로길머리를 잡았다.

고속도로 양산 IC를 이용하면 천성산이 코앞이지만 굳이 삼랑진을경유하는 까닭은 봄이 오는 낙동강의 풍광도 즐기면서 아련한 옛 세월을 더듬고 싶어서다. 옛 시절엔 누구나 애잔하게 가슴 저리던 삼랑진역에 닿았다. 왜식 건물은 헐어내고 현대식 건물의 정갈한 대합실이 왠지 낯설지만, 자판기 종이컵의 온기를 감싸 쥐니 하염없는 옛

홍룡사의 홍룡폭포

홍룡폭포 가는 길

생각이 속절없이 젖어온다. 이별이 서러워서 눈물 젖은 대합실! 떠나지 말았어야 할 사람들이 떠나갔던 플랫폼! 보내지 않았어야 할 사람들을 보내야 했던 삼랑진! 기적도 목이 메어 울고 떠난 삼랑진! 이제는 긴긴 세월의 뒤안길을 돌아서 떠나갔던 그들이 KTX를 타고 와 플랫폼을 나올 것만 같은 그리움만 젖어든다.

새금한 추억의 맛에 눈시울이 지긋한데 삼랑진역을 뒤로하고 인생사 열두 굽이인 양 천태산 굽이진 길을 굽이굽이 돌고 넘어 원동으로 접어들자, 아니나 다를까 남향받이 비탈밭엔 매화가 만발하고 순매원을 찾은 탐매객들이 전망대를 빼곡히 메웠는데, 낙동강 강변 따라 오고 가는 기차는 매향을 나르느라 강바람을 가르며 쏜살같이 내달리고, 지천으로 피어난 백매화의 틈새에는 선홍빛 홍매화가 간간이 어우러져 그림 같은 풍광이 별천지를 이루었다. 맹추위의 설한풍이 제아무리 모질어도 잎도 피기 전에 꽃부터 미리 피워 도리행화 만화방초 어우러질 봄을 위해 잔설도 마다하지 않고 고고하게 피었으니 매화의 기품에 흠모의 정이 겹다.

매향에 젖은 오지랖을 여미고 가던 길을 재촉하여 낙동강을 굽어보며 굽이진 강변길을 감돌아서 가노라니, 산과 산은 병풍이고 강촌은 그림 같고, 정겨움이 넘쳐나는 풍광에 매료되어 세상사 뒤로 한 채 신선 같은 객이 되니, 마음이 앞장서서 길 안내가 바빠졌다. 1㎞ 남짓한 거리에 오봉산 자락을 낙동강에 드리우고 성벽같이 높다란 석축 위로 작은 망루 같은 높다란 정자가 길손을 붙잡는데 안내판이 나서면서 날 좀 보고 가라 한다.

양산팔경 중의 '임경대'란다. 통일 신라 시대의 정자로서 '고운대'

또는 '최공대'라고도 하는데 낙동강의 옛 이름인 황산강 서쪽 절벽 위에 자리를 잡았다며 절벽의 석벽에는 고운 최치원 선생의 시가 새겨져 있으나 오랜 세월로 조감하기 어렵고 '신증동국여지승람'에 선생의 시가 전한다고 일러준다.

낙락장송이 우거진 솔숲을 따라 강변으로 내려서자, 길은 나무 데크를 깔아서 벼랑 위의 정자로 이어졌는데, 2층 누각의 정자는 단청도 하지 않은 근작이지만, 낙동강 전경이 한눈에 들어오는 조망이 선경이요 비경이다. '대동여지도'의 해석서인 '대동지지'에서는 황산역 서쪽 황산강 강변에 임경대가 있다는 기록이 있고, 양산 시지에서는 고운 최치원 선생이 돌을 직접 쌓아서 만들었다 했으며, 고문헌에는 경상좌도의 최고의 명승지로서 관동의 '사선정'에 비길 만한 기상이 있다고 했다니, 고운 선생의 풍모를 연상하며 정자에 올라 낙동강을 바라보니, 고산준봉이 아니라도 일망무제로 트인 굽이진 낙동강이 끝없이 드넓어서, 호연지기의 기상이 가슴 벅차게 충만하여 백구처럼 날 것 같아 신선 같은 기분이다.

임경대를 뒤로하고 오봉산 자락을 돌아 양산 시가지로 접어들자 '박제상 유적 효충사'의 안내판이 길손을 인도한다. 양산천을 거슬러 오르면서 양산 IC 건너편에 이르자 단청이 화려한 높다란 사당이 고래 등 같은 기와집을 끼고 작은 공원이 말쑥하게 조성됐다. 박제상 유적 '효충사'라는 안내판이 경상남도 기념물 60호라며 삼국사기를 빌어 박혁거세의 후손으로 이곳에서 태어나 고려와 왜에 잡혀갔던 눌지왕의 동생인 복호와 미사흔을 탈출시키고 자신은 왜의 포로가 되어 왜왕이 신하로 삼고자 하자 계림의 소나 돼지가 될지언정 왜왕의 신하가 되지 않겠다 하여 사지가 불타는 비참한 죽음을 맞은 신라의 충신으로 절의를 지킨 충절이었으니 사당에 모셔진 진영에 예를 올리고 싶었으나 주먹만 한 자물쇠가 발길을 돌리란다. 선생의 아들이 거문고의 방아타령으로 유명한 백결선생이신데 의복이 남루해도 덧댈 천조차 없어 제 살을 꿰매다 보니 마치 메추리가 매달린 것 같이 꿰맨 곳이 백 군데나 되었다 하여 백결이라 했다니 청빈도 유분수지 애달고도 애달프다.

양산 시가지를 가로질러 천성산을 향해 대석리 길로 접어들자 '물안뜰' 당산 기슭에 목장승이 버티고 서서 딴에는 수문장이랍시고 뻐드렁니를 들 내고 한껏 겁을 주며 거드름을 피운다. 가던 길을 멈추고 안내판을 마주하니 서기 661년 원효대사가 천성산을 찾아들며 이곳이 성지라고 일러줬다며 한 바퀴 돌면 심신이 맑아지고 두 바퀴 돌면 무병장수하고 여섯 바퀴 돌면 액운이 소멸되고 열두 바퀴 돌면 아기가 생기고 스물네 바퀴 돌면 소원 한 가지는 이뤄진단다. 고분보다는 약간 크지만 야트막하고 봉긋한 정수리에는 여남은 그루의 아름드리 노송 아래 둥글넓적한 바윗돌이 제단인 성싶은데 둘레길은 얼마나 많은 사람이 소원을 빌며 돌고 돌았는지 빈 지갑 껍데기만큼이나 반들거렸다. 딱히 빌어볼 소원이 생각나지 않아서 한 바퀴를 돌아서 내려오자 그제야 목장승이 입을 헤벌쭉하게 벌리고 서먹해 한다. 진작 알아보지 벅수 같은 녀석! 헛기침을 크게 하고 가던 길을 재촉했다. 홍룡사 이정표가 먼저 나와 반기기에 집채 같은 바윗돌이 여기저기 웅크린 계곡 길을 따라 편백나무 우거진 숲속을 가르며 단숨에 일주문 앞에 차를 세웠다.

아름드리 노송이 빼곡하게 하늘을 뒤덮고 계곡 건너편의 짙푸른 대숲 속에 심산 절집이 숨은 듯이 앉았는데 조망의 쉼터 옆으로 '가홍정'이라는 뜻밖의 정자가 경내에 앉았다. 정자를 돌아들자 맞은편 계곡 위로 아치형의 석교가 줄기차게 쏟아지는 폭포의 위세에 주눅이 들었는지 하얗게 질려서 활처럼 굽었는데 건너편의 산신각이 석주를 바쳐 세운 벼랑 끝에 앉아서 안쓰럽게 보고 있다.

계곡을 이은 다리를 건너 대웅전 뜨락으로 들어서니 경내가 좁아선지 웅장한 전각들이 오밀조밀하게 추녀를 맞대었다. 원효대사와 의상대사의 관음보살 친견 설화가 전해지는 관음성지로서 산신각을 돌아 천인단애의 절벽 아래로 계곡을 따라 오르면 이백육십 척의 장엄한 홍룡 폭포가 물보라를 흩날린다. 오색 무지개가 천상으로 이어지는 석벽 아래에는 단아한 관음전이 그림같이 앉았다. 물욕의 저편에 계신 불보살도 자연의 비경만은 탐하지 않을 수 없었던가! 기막힌 절승이요, 넋을 빼는 비경이다.

이참에 원효암을 들러서 천성산까지 오르려고 했는데 절경에 매료되어 해가는 줄 몰랐는데 서산에 걸린 해는 길손의 그림자를 길게 늘이며 석양은 내일을 예비하며 바쁘게 살라 말고 우거진 송죽은 청풍을 내려주며 욕심을 버리란다. 훗날을 기약합니다. 나무관세음보살.

16

밀양 소태리
오층 석탑을 찾아가며

　문화 유적지를 찾아가면 오늘의 삶을 뒤돌아보게 하는 가르침이 있어 잦은 봄비가 잠시 갠다하여 홀가분한 차림새로 집을 나섰다.

　창녕 IC를 빠져나와 창녕 오일장 장터와 맞닿은 석빙고를 지나 송현 사거리에서 포항과 밀양 방향으로 20번 도로를 따라 좌회전을 했더니 좌우로 창녕 고분군이 웅장한 크기로 여기저기서 솟아있고 창녕 박물관 앞을 지나 고암면 소재지로 들어서자 밀양 방향으로 24번 도로가 나누어져서 밀양 방향으로 길머리를 잡고 소재지를 벗어나자 '구니서당'이라는 안내판이 불쑥 나타났다.

　마련된 작은 주차장을 바깥마당으로 삼고 단청이 화려한 2층 문루가 태극 문양이 커다랗게 그려진 육중한 삼간 대문 위로 계자 난간을 두르고 덩그렇게 높이 섰다.

　제향 날에만 열리는 문루를 옆에 두고 관리사 건물을 통하여 사잇문으로 들어서자 동재와 서재를 널따란 안마당의 양편으로 거느리고 여섯 칸으로 된 목조 기와 건물인 서원의 정당이 돌계단을 중앙에 둔 축대 위로 웅장한 자태로 넓적하게 앉았다.

　정면 창방 위의 '구니서원'이라는 커다란 편액이 붙은 옆으로는 '망

감리 마애불

소태리 5층석탑

16. 밀양 소태리 오층 석탑을 찾아가며 _____ 109

도재(望道齋)라는 작은 현판이 붙었고 대청의 안쪽 판문 위에는 '구니서실'과 '영모실'이라는 편액이 붙어있어 스승의 유훈을 따르며 학문을 닦던 옛사람들의 뒷그림자가 아련한데 기둥에 붙은 주련에는 '소학서중오작비(小學書中悟昨非)'라 했으니 소학 동자라고 자청하시며 소학에 심취하고 이를 철저히 행하셨던 한훤당 김굉필 선생을 마주한 듯하다. 선생의 예도를 두고두고 찬양해도 모자라서 '망도재'라는 편액까지 붙였다고 생각하니 선생의 인품을 짐작하게 한다.

마루청 왼편의 한 칸은 높이를 올려서 밑으로는 아궁이를 만들어 온돌방으로 군불이 들게 하였고 오른쪽의 두 칸은 대청 높이와 같이 마루청과 방을 꾸며 절제된 선비의 품격까지도 우러나는데 세월의 내음일까, 서책의 향기일까, 묵향이 묻어나는 문방사우의 내음인지 온고지정이 은근하고 감미롭다.

툇마루가 좁다랗게 깔린 정당 뒤를 돌아가자 판문과 정면으로 청홍색의 태극 문양이 그려진 내삼문이 우뚝 섰다. 경사가 급한 비탈을 따라 층층의 돌계단을 올라 협문으로 들어서자 빨간 원형 기둥 위로 진하게 단청을 입힌 삼간 겹집인 '사현사'가 우뚝한데 당당한 풍채가 간결하고 근엄하여 가히 위압적인 자태라 얼른 옷매무새를 고치게 한다.

문이 잠겨있어 안을 볼 수는 없으나 외삼문 옆에 선 안내판에는 한훤당 김굉필 선생의 후손들이 한훤당을 받들기 위해 약 300년 전에 세워서 묘각이나 서당으로 사용하였고 한훤당과 아들 김언상을 비롯한 3대 4명의 위패를 모신 서원으로 김언상과 아들 김립, 그리고 그의 아들 수개와 수회, 네 분 선생의 위패를 모신 곳이라 했다. 사현사 왼쪽 옆으로 층을 지워 담장을 쌓아 별도의 문을 내어 한훤당의 위패를 모신 전각이 준엄한 자태로 우뚝하게 섰다. 고개를 숙여 예를 가름하고 내삼문을 나서니 길을 물어볼 스승이 없는 오늘의 세상사가 참으로 아득하여, 흰 구름 떠 있는 하늘을 바라보니, 성현들은 청학을 타고 떠나신 지 오래고, 권모술수 이권다툼 가증스런 백성기망, 어지러운 정치사에 갈 곳 몰라 방황하는 이 땅의 젊은이를 어찌할까 염려된다. 주세붕 선생의 묘갈명을 쓰신 김언상도 사헌부 감찰이셨고 이황 선생과 도와 의로 절친했던 아들 김립도 사헌부 감찰로 3대를 이으셨고 아들인 수개, 수회는 임진란의 진주성에서 크게 공을 세운 형제분이시니 점필재 김종직 선생께 수학하여 정여창, 김일손 등과 함께 성리학의 대통을 이은 한훤당의 가르침이 두고두고 그립다.

선현들의 그리움을 뒤로하고 가던 길을 나서자 꽤나 널따란 들녘을 깔고 봉긋봉긋한 산을 등진 건너다뵈는 마을은 퇴색된 기와지붕의 빛깔로 보아 구니 서원의 문하생들이 대를 이어 사는지 고택의 고즈넉한 예스러운 풍광이 그림같이 평화롭다.

들녘은 갈수록 좁아지는데 좌우의 비닐하우스마다 청정 미나리 판매장이 이어졌고 들녘 끄트머리를 돌아 이어지는 길은 천왕산 준령을 향해 천길만길 하늘이 닿는 끝을 향해서 아득하게 건너다보이는데 산길 초입인 감리마을 들머리에 '화왕산자연휴양림'을 지나면 경남도 문화재 46호인 '감리마애여래불입상'이 있다고 안내판이 일러준다. 미리 알지도 못했는데 이 얼마나 고마운가!

비탈진 산길을 따라 차를 몰았다. 잦은 봄비를 맞아서인지 소나무 숲이 유난히도 푸르고 송진 냄새가 전신을 휘감는데 '화왕산자연휴양림' 관리 사무소 주차장에 닿았다. 직원이 일러주는 대로 차를 두고 시멘트로 포장된 임도를 따라서 낙락장송이 하늘을 뒤덮은 완만한 비탈길을 한참을 오르자 계곡을 막은 사방댐이 짙푸른 물을 한가득 머금은 위로 비류 폭포가 비탈진 바위를 깔고 흘러내리는데 솔숲 틈새로 쏟아지는 햇볕을 받아 은빛으로 눈부셨다.

계곡의 징검다리를 건너서 무성하게 우거진 설대의 아치형 터널을 벗어나자 엄청난 크기의 바윗돌이 길게 누웠는데 좁다랗게 바닥을 내어주고 층층이 포개졌다. 마귀 할머니의 이부자리일까, 신선들의 좌대일까. 정혼남이 죽자 입산한 낭자가 베틀을 차려놓고 베만 짰다는 슬픈 전설이 구전되는 베틀바위를 지나자 우람한 바위 하나가 길게 가로 누웠다. 그런데 이를 어쩌나! 어깨까지 닿은 오른쪽 귀 말고는 이목구비의 훼손이 너무 심하고 양팔도 잃었다. 법의의 주름선이 비단결같이 보드랍게 살랑거리건만 어쩌다 육신마저도 건사하지 못했을까.

심산 바윗돌에 주야장천 등 붙이고 천년 세월 마다않고 풍우한설 소관 없이 중생발원 들어주며 육신의 보시인가 만고풍상 상처인가, 무작한 광기의 해코지를 받았을까. 중생들의 두려움을 없애주고 소원을 들어주는 불상의 상징이라고 안내판이 귀띔하건만 어깨 폭 1m에 신장이 2.65m인 장대한 마애불은 바위에 붙은 것이 아니라 중생들의 업장을 바위로 뭉쳐서 짊어지셨건만 사시마지는 고사하고 향 내음 흔적도 없으니 이를 어쩌나. 나무본사석가모니불!

송진 내음에 흠뻑 젖으며 삼림욕을 푸지게 한 하산길의 발걸음은 한결 가벼웠다. 다시 감리마을 초입에서 24번 국도를 따라 천왕산을 넘으려고 가는 길을 재촉하여 고갯마루에 닿았다. 바람도 쉬어 가고 날짐승도 쉬어 넘는 '천왕재'라며 숨 가쁜 차도 쉬고 무거운 마음도 내려놓고 쉬라면서 국수와 차를 파는 간이매점의 아줌마가 길손들을 반긴다. 머리끝이 하늘에 맞닿으니 산바람 봄바람이 더없이 상큼하다. 겹겹의 봉우들이 끝없이 펼쳐지는 장관을 뒤로하고 내리막길의 끝머리에 닿자 '소태리 5층 석탑'을 알리는 안내판이 길마중을 나와 섰다. 좁다란 들녘을 건너니까 들머리 말고는 동그랗게 산으로 둘러싸인 고즈넉한 '천죽사'의 경내 뜨락에 보물 제312호인 5층 석탑이 의연하게 높이 섰다.

석탑의 상륜부는 없어졌고 노반만 남았는데 3단의 받침을 두른 옥개석은 낙수면의 경사가 급하지만 전각은 버섯코 마냥 치솟았고 끄트머리에 연꽃 문양을 새겨 아름다움과 곡선의 멋스러움에 풍령까지 달았던 흔적이 뚜렷하다. 간결한 탑신은 호리호리하여 날씬한 풍모로 안정감보다는 훤칠한 멋이 난다. 가로세로 3m를 훨씬 넘는 기단과 하대 갑석의 정교함이 기막힌 명품이다. 정녕 정으로 쪼아서 다듬었단 말인가, 누구의 기도가 응집된 것일까, 간절한 소원은 천 년도 수유던가. 무슨 소원이 그리도 간절하여 이토록 고운 결로 빚은 듯이 쌓았을까! 솔바람 소리에 어우러진 청아한 풍령의 소리는 번뇌의 망념을 티 없이 씻어주련만 긴긴 역사 속으로 멀어져 간 소리가 간절히도 그립다.

17

용암사지

오월이 되어 거리 곳곳에 석가탄신을 봉축하는 연등이 내걸리면, 언제나 마음 한구석을 짠하게 하는 고려 시대에 조성된 석좌불이 있어, 아침 밥상을 물리면서 세상사도 엎어놓고 홀가분하게 집을 나섰다.

2번 국도를 따라 진주에서 마산 방향으로 20㎞ 정도를 가다가 이반성면 용암리로 접어들면, 영봉산 야트막한 중턱에 보물 제372호인 승탑과 경남도 유형문화재 제4호인 지장보살석좌불이 있는 용암사지가 절골마을 작은 골짜기의 끄트머리에서 세속을 멀리하고 없는 듯이 돌아앉은 비경이 있다.

송죽이 우거진 비탈길을 잠시 올라 텃밭 옆에 차를 세우고 '비연문'이라는 현판이 붙은 솟을대문을 들어서면, 옛 세월에 멈춰버린 태고의 신비가 찾는 이를 홀린다. 선경의 한 자락을 예비하려고 하늘이 일렁이고 땅이 요동치며 뇌성벽력이 천상의 불길을 휘두르는 귀청 떨어지는 소리에 '쩌―억!' 하고 산이 갈라지며 흑룡이 승천한 비경임이 분명하다.

꽤나 널따란 평평한 반석의 틈새를 벌려놓은 협곡은 좌우로 10여m는 족히 넘을 수직의 절벽이 마주 보고 섰다. 절벽의 벽면은 시루떡을 켜켜이 쌓은 듯이 검정색의 퇴적암이 층층으로 쌓여서 이끼와 담

용암사지 부도

용암사지 석비

쟁이덩굴로 급한 곳을 가리고 억겁의 세월이 멈춰버린 정적 속에 묻힌 채로 옛 내음을 풍긴다.

왼편 절벽 아래로 절집 같으면 요사채가 앉을 자리에 시골의 여염집 같은 낡은 건물 두 채가 'ㄱ' 자형으로 추녀를 맞대었고, 뒤로는 가슴 높이의 축대가 층을 이루었다. 자연석의 돌계단을 오르면 고색창연한 목조 기와 건물이 정면을 길게 가로막고 섰는데 세월에 빛이 바랜 기와는 희끗희끗하고 용마루는 허리가 길게 늘어졌다. 널따란 대청마루와 주련으로 오지랖을 가린 나무 기둥은 윤기라고는 없이 결결이 골이 패어 거칠고 까칠하다. 방풍방우를 위해 근래에 와서 유리문으로 앞가림을 하였건만 속세와 절연하고 인적 없이 외진 골은 괴괴하고 적적하여 걸음을 멈췄더니 도승에 홀렸는지 용암사의 대웅전이 옛 그림이 되어서 어른어른 막아선다. 청아한 목탁 소리는 산골짜기를 울리고 숙연한 염불 소리는 가슴을 울리는데 죽비 소리에 놀라 자세를 고치니 대웅전은 간곳없고 '장덕재' 라는 편액이 붙은 해주 정씨의 재실이 마주 섰다. 범종이 울어서 새벽을 열고 법고가 울어서 축생을 깨우던 종각이 있을 법한 절벽 아래엔 '농포집장판각'이라는 현판을 달고 맞배지붕의 작은 전각이 앉았는데 충의공 농포 정문부 선생의 문집 판각은 아랫마을 '충의사'로 옮겨지고 안은 비어있다.

'장덕재' 옆으로 돌아가면 평평한 바닥에 거무스름한 돌거북이 둥글넓적한 석비를 등에 업고 납작하게 엎드렸다. 두 마리의 용이 서로의 발톱을 움켜쥐고 뒤엉켜서 용틀임을 하였는데 전면에는 '대천태종홍자국통비'라 쓰였고 뒷면은 '용암'이라고 쓰였는데 음각의 전서체가 세월에 마모되어 판독이 쉽지 않다. 무슨 업보가 그리도 많아선지 천 년도 마다 않고 주야장천 빗돌을 등에 업고 돌거북은 납작하게 엎쳤는데 세월이 버거워서 늘인 목이 부러진 채 돌덩이로 턱을 고여 가까스로 붙였건만 측은하고 애처롭다. '홍자'가 뉘신지 알 수가 없으니 사학자의 몫으로 돌리지만 돌거북이 깔고 앉은 기단석도 본래의 것이 아닌 듯하다. 폭 1m의 너비에 길이 2.2m이고 두께는 20cm 정도인데 네 귀를 정사각형으로 반듯하게 오려내어 양 끝이 凸 자 모양인 것으로 보아 다른 짝은 凹 자 모양으로 추정되며 암수의 아귀를 맞붙이면 석관 모양일 수도 있고 아니면 아래는 기단석에 꽂히고 위로는 옥개석에 꽂은 비석일 수도 있는데 그 어떤 석조물의 부재임이 틀림이 없으나 그 원형과 용도는 짐작조차 안 된다.

돌거북 옆으로는 꽤나 널따란 빈터가 남아 있고 뒤쪽으로는 나지한 석축으로 높이가 다른 평지가 약간의 경사면을 이루는데 보물 제372호인 승탑과 석등이 노거수인 은행나무 밑에 나란하게 섰고, 지장보살을 모신 작은 전각은 비탈 위에 섰는데 퇴적암 석편들로 담장을 쌓았건만 속세와 맺은 연을 끊어볼까 말아볼까 무릎 높이로 나지막하다.

키 높이보다 훨씬 높은 승탑은 하대석의 팔면에는 안상 무늬를 깊게 파고 그 안으로 연화 좌대를 깔고 결가부좌로 앉은 작은 천부상을 도드라지게 새겼는데 법의의 주름과 표정까지도 선명하여 구름을 타고 두둥실 떠 있는 것만 같다. 받침이 두툼한 팔각의 옥개석은 구름 무늬의 귀꽃을 조각하여 아름답게 장식했고 줄기를 팔면으로 연결하여 화려하게 다듬었다. 옆에 있는 석등은 기단석에 무늬를 새겼고 크기가 비슷한 연화 좌대 두 개를 포개어 간주석도 없이 화사석을 얹고 옥개석을 덮었는데 상륜부의 보주도 제 것이 아닌 것만 같이 어색하지만 조각품 자체의 아름다움이 참으로 멋스럽다.

비탈 위쪽에 선 옹색하기 그지없는 단칸짜리 전각의 널빤지 문을 열면 큼지막한 화강암의 석좌불이 가슴 높이에 엄지손가락을 감싸 쥐고 연화 좌대도 없이 돌 바닥에 앉았는데 인적이 반가워서 근엄함도 버리시고 미소로만 반기신다.

이산 저산 골짝마다 법당 짓고 전각 지어
축대 쌓아 종각 짓고 탑 세우고 불상 세워
누운 돌은 일으키고 둥근 돌은 탑을 쌓고
섰던 돌은 불경 파고 암벽에는 석불 조성
찬란하게 단청 입힌 대궐 같은 절집마다
식구대로 이름 적은 연등으로 가득하고
법복 입은 보살신도 이리저리 북적대며
송편 절편 사철 과일 불단마다 탑을 쌓고
색색 가지 과자 쌓고 꽃바구니 넘치는데
중생제도 천년 세월 불철주야 자비발심
풍모도 인자하고 자애롭고 온화한데
어찌하여 보살님은 연등도 하나 없이
연화 좌대 어디 두고 돌판 한 장 깔고 앉아
녹 쓴 향로 다기 한 점에 촛대 한 쌍이 전부이니
천년 세월 살림살이 해도 해도 너무한데 불전함도 마다 시니
어찌하실 요량인지 말씀이나 하십시오.
마지는 고사하고 향 내음도 없건마는
널빤지로 바람 막고 기와 얹어 비 가리니
이만하면 족하다고 미소로 답하시니
불심은 알 듯한데 불자들의 신심은 참으로 모르겠다

도선 국사가 지리산 성모천왕의 서몽으로 창건한 세 암사(巖寺) 중의 하나인 영험한 도량이 어쩌다가 폐사지로 남았는지 세월도 속절없고 신심도 속절없다. 전각이 비좁아서 안으로는 들지 못하고 문밖에서 예를 가름하고 돌아서니 협곡 속은 인적 없어 더없이 고요한데 뻐꾹새 울음소리가 오월의 용암사지를 외로움에 섧게 한다.

　절벽 위의 동산을 오르려고 높이가 낮은 돌거북 앞쪽을 아무리 살펴봐도 사람이 오르내린 흔적은 어디에도 없고 키를 넘는 설대만 무성히도 우거졌다. 길이 없으면 가는 곳이 길이라고 막무가내로 제일 야트막한 수직의 언덕을 설대를 휘어잡고 올랐더니 다시 꼭대기로 오르는 돌계단의 흔적이 나왔다. 일그러진 돌계단을 오르자 제법 평평한 정수리에는 설대가 더욱 무성하고 여남은 그루의 낙락장송이 하늘을 덮었는데 발부리에 닿는 촉감이 이상하여 발끝으로 낙엽이 쌓인 바닥을 헤집어 보았더니 석탑의 부재가 바닥에 널렸다. 네모난 석재들이 받침을 삼단으로 조각한 것으로 보아 석탑의 갑석이다. 또 다른 석재는 양 모서리에 우주가 조각되어 있어 탑신이 분명하고 높이나 폭의 너비로 보아 꽤나 큼직한 석탑으로 짐작되는데 선과 면의 다듬질이 빚은 듯이 곱건만 옛 모습 어디 두고 어쩌다가 무너져서 이 지경이 되었을까! 절벽 아래의 마당 한쪽 귀퉁이에 있는 화강암 부재도 여기서 굴러떨어진 것인지도 알 수가 없다. 네모난 석재에 동그랗게 확이 파여 돌절구 대용으로 요긴하게 쓰시던 할머니는 마을의 본가로 살림집을 옮겨가서 관리사는 비어있다. 태초의 비경이요, 지장보살 법계인 청정한 도량인데 언제쯤이면 연등 하나 내걸리고 향불이 피어날까! 나무지장보살마하살!

18

서산 대사의 발자취를 찾아서

고운 최치원 선생께서 세상사에 더럽혀진 때 묻은 귀를 씻고 지리산으로 들어간 세이암과 서산 대사가 세속과의 연을 끊고 삭발산승의 불제자로 출가한 '원통암'을 찾아서 길을 나섰다.

남해 고속도로 하동 IC에서 차를 내려 전도를 지나면 은빛 반짝이는 널따란 백사장을 깔고 섬진강의 굽이진 물줄기가 멈춘 듯이 그림 같다. 언제 보아도 비단결같이 곱고도 아늑하여 옛이야기를 듣던 할머니의 무릎같이 포근한 강이다. 요새는 한가로이 재첩을 잡고 물 깊은 곳에서는 은어를 낚고 갈대숲의 언저리서 참게를 잡지만, 임진왜란, 독립운동, 6 · 25로 이어지며 선열들의 흘린 피로 혈류성천이 되어 가슴 깊이 흐르는 애환 서린 강이고, 매화 피고 이화 피는 하동포구 칠십 리에 벗꽃 길도 칠십 리로 절승이고 명승지지만 역사에 얼룩진 분단의 상처가 아직도 아물지 않아 칠흑 같은 밤이면 신음을 하고 만월의 밤이면 탄식을 한다. 그래도 오늘을 사는 우리에게는 속내 깊은 어머니의 품속같이 원한에 격분했던 출렁임도 잠재우고 울분에 지쳐버린 설움까지 씻어내며 갯버들 띄워놓고 물안개로 단장하여 아름다운 강이지만 역사 앞에 미안하고 선열 앞에 죄스러워 생각 없이 그

고운최치원선생이 귀를 씻은 세이암

의신계곡

냥은 못 건너는 강이고 바라만 보아도 가슴 저린 강이다.

　애환의 역사가 굽이굽이 서린 강
　주옥같은 옛 노래가 흘러가는 강
　하고많은 소설로 이어지는 강
　시인 묵객 가슴속에 꿈을 꾸는 강
　매화 피고 이화 피면 가슴 벅찬 강
　백사청송 어우러진 고향의 강 섬진강!

　섬진강을 바라보면 풍류객이 따로 없고 섬호정에 오르면 시인 묵객이 따로 없다. 섬진강에 매료되면 해 저물고 달이 뜬다. 마음을 다잡고 서둘렀다.

　악양동천 무너미들은 풍년가에 흥이 겹고, 최 참판 댁 행랑채는 탐방객이 넘쳐나며, 화개장터 엿장수는 제풀에 신명 났고, 화개천 맑은 물은 바윗돌을 휘감는데, 녹차밭의 아낙들은 손놀림이 분주하다, 화개장터에 들어서면 김동리 선생의 소설 역마의 주인공인 성기도 옛 세월의 뒤안길에서 이제는 돌아와 사람들 속의 어딘가에 있을 것 같은데 마주치기라도 한다면 역마살의 벗이 되어 옥화네 주막에서 참게탕 끓여 놓고 은어 튀김 한 접시에 동동주잔 마주하고 날 새울 게 빤한데 미련만 남겨두고 가던 길을 재촉했다.
　쌍계사 입구를 지나 신흥마을 삼거리에서 칠불사 가는 길을 왼편에 두고 신흥교를 건넜다. 커다란 노거수가 화개초등학교 왕성 분교 앞에서 그늘을 내어주며 한숨 돌리라고 안내판이 반기는데 건너편 암반석이 고운 최치원 선생이 지리산으로 들어가며 귀를 씻었다 하여 세이암이고, 그늘을 지우는 노거수는 선생이 꽂아 둔 지팡이가 되살아난 푸조나무로서 경상남도 기념물 제123호라는데 몸통은 속이 썩어 부재로 메웠어도 하늘 높은 가지는 무성하게 푸르렀다.

신흥천 계곡을 나직하게 가로막은 기다란 보를 건너 세이암을 찾았다. 물에 잠긴 반석은 빗은 듯이 결이 곱고 산기슭에 뿌리를 박은 우람한 바위들은 두루뭉술한 육중한 자태를 청정옥수에 그림자를 지운다. 두 손을 맞대서 한 움큼의 물을 떠서 얼굴을 씻고 선생의 옛 모습을 그리며 양 귀를 씻었다. 일그러진 얼굴이 다시 환하게 비치면서 바닥에 깔린 자잘한 자갈돌까지 훤하게 들여다보이는데 떠가는 흰 구름에 하늘도 잠기었다.

왕성 분교 옆으로 예닐곱 집의 신흥마을 끄트머리의 신흥 1교 앞에서 산길을 오르는 돌계단이 '서산대사 옛길'이라는 손바닥만 한 안내판이 붙어있다. 신흥마을에서 의신마을로 이어지는 옛길이라는 아치형의 문으로 들어서자 웅장한 바위가 버티고 서서 겨드랑이 밑으로 돌아가란다. 발끝 아래는 수십 길의 낭떠러지이고 계곡의 물소리는 요란한데 계곡의 언저리로 이어지는 길은 아찔한 벼랑 끝으로 끊어질 듯 아슬아슬 이어진다. 그 옛날에야 화개장 장꾼들이 벽소령을 넘어서 마천장을 오갔고, 장터목의 장날에는 지리산 준령을 넘고 넘던 길이며, 숯을 굽고 화전을 일구며 초근목피로 연명하던 눈물 젖은 길이었고, 한때는 야음 타고 빨치산이 오르내린 소름 돋는 길이지만, 서산 대사의 수행의 길이었고 구도의 길이었으니, 두 손목을 잡던 사람 멀리 보낸 사람이나 베갯잇을 적시며 돌아눕던 사람이나, 미워했던 옛사람이 그리운 사람이나 원도 많고 한도 많아 설움 겨운 사람이나, 일상이 버거워서 모진 마음 먹었던 사람이라도 계곡물 소리가 잠잠해지면 옛 생각을 하며 걷고, 산새가 지저귀면 산새 소리 듣고 나뭇잎 비비대면 바람소리 듣고, 물소리 요란하면 물소리만 들어도 시름이 하직하고 번민도 작별하는 해탈의 길이요, 선경으로 인도하는 비경의 옛길이다.

쉬어갈까 할 때쯤이면 서산 대사의 도술로 생겨난 의자바위가 기다리며 반기는데 대사는 바윗돌에 앉아 무슨 생각을 했을까. 오늘의 발자국이 훗날에 길이 된다고 눈 덮인 들판도 어지럽게 걷지 말라 하셨는데, 여의도의 요즘 길은 왜 이리도 어지럽나? 콩 심은 사람 콩 타작하고 팥 심은 사람 팥 타작하면 될 일이지 애먼 사람 등골은 왜 빼려고 하는가? 정치에는 염이 없고 눈치에만 전념하니 침묵하는 다수는 언제라도 침묵하니 안중에도 없는 것을, 귀를 씻고 가는 길에 애태운들 알아주나 청산 위의 뜬구름아 길동무나 하자꾸나.

4.2km인 옛길의 끝머리에 닿으면 열댓 집이 어우러진 의신마을의 고즈넉함이 출렁다리가 걸쳐진 화개천의 절경에 평화로움을 곁들인다. 출렁다리를 건네서자 집집마다 민박의 간판이 달려 있는 좁다란 골목길 입구에 '서산 대사 출가지 원통암'이라는 팻말이 나붙었다.

비탈진 골목길을 벗어나자 산속의 숲은 더욱 무성하고 작은 도랑의 물소리는 또랑또랑하게 청아한 소리를 내며 흐른다. 도랑 건너기를 여러 차례 반복하며 크고 작은 바위 밑을 몇 번이나 돌고 돌며 끊어질 듯 이어지는 산길은 깊어만 가는데 꼬리를 짊어진 다람쥐가 언제부턴지 바위를 건너뛰며 쪼르르 앞장을 선다. 숨이 차서 쉬어갈까 힘들어하며 '대사께서 축지법이라도 일러주셨더라면….' 군소리가 채 끝나기도 전에 돌부리에 발이 걸려 넘어질 뻔 터벅거렸다. 지켜보던 다람쥐가 깨소금 맛이라고 배꼽을 움켜쥐고 엉덩이를 씰룩거리며 오두방정을 떨더니만 어디론가 내빼고 코빼기도 안 보이니 간간이 들리는 산새 소리 말고는 고요하고 적적하여 외로움이 스며든다.

잔꾀가 많으면 이르는 사람이 없고 잔소리가 많으면 따르는 사람이 없는 건데 0.9㎞라는 길이 내라고 늘겠는가. 이끼 낀 돌 담장의 축대가 양편으로 마주 서서 미로 같은 길을 몇 번이나 돌았는데 자세히 보니까 층층이 층을 이룬 다랑논이었던 흔적이 역력하다. 지게를 지고 오르내리며 농사를 짓던 옛사람을 생각하니 미안하고 부끄러워 군말 없이 걷는데 첩첩산중 외진 길을 혼자 걷는 길손이 그래도 걱정스럽던지 줄행랑을 쳤던 다람쥐 녀석이 어느새 다시 나와 바윗돌을 건너뛰며 앞장서며 쫑긋댄다. 이럴 땐 미물도 의지가 되고 반가우니 사람도 미물과 다를 바가 없다 싶다. "그래 앞장서줘서 고맙구나." 했더니 신바람이 났는지 쫄랑대며 앞서는데 저만치에서 대숲이 보이고 이내 '서산선문'이라는 현판이 붙은 기와지붕의 나무 대문이 가파른 돌계단 위로 단아하게 높이 섰다.

대문을 열고 들어서자 추녀를 맞댄 두 동의 목조 건물이 단청도 안 올린 채 군더더기 한 점 없이 정갈하며 소박하여 단정하고 간결한 한옥의 풍미를 오롯이 지니고 '원통암'이란 현판을 달고 의연하게 앉았다. '휴휴선림'이라는 법당 안을 들어서자 창호지를 곱게 바른 좁다란 미닫이문 네 짝으로 벽장같이 수미단을 꾸몄는데 가운데 두 짝을 열어 놓고 관세음보살상이 미소로 반기신다. 처마를 맞댄 옆의 건물은 '서산대'라는 현판이 붙었고 출입문 위에는 '청허당'이라는 당호가 붙었는데 안으로는 청허 서산 대사의 존영이 모셔졌다. 헌향의 예를 갖추고 문밖으로 나서니 첩첩산중 깊은 골은 숨죽인 듯 고요한데 청학의 둥우리에 학은 아니 돌아오고 뜬구름 바라보며 객이 홀로 외롭다.

19

갈계숲과
송계사

또랑또랑한 계곡물 소리는 도란거리는 젊은이들의 사랑 이야기가 있어 좋고, 반석과 어우러진 청정옥수의 소가 있는 계곡은 가족 나들이의 화목함이 있어 좋고, 바람이 머무는 숲속의 정자는 묵은 벗과 나누는 청담이 있어 좋고, 송진 내음 그윽한 솔숲 짙은 외진 길은 외로운 이의 그리움이 있어 좋고, 굽이굽이 돌아 오른 고갯마루는 옛 세월을 돌아보는 추억의 아득함이 있어 좋은 거창의 북상면으로 길머리를 잡고 갈천 임훈 선생을 찾아뵐 요량으로 '갈계숲'을 찾아서 차를 몰았다.

남덕유산의 자락을 깔고 고산준봉을 울타리 삼은 경남 내륙의 깊숙한 끝자락인 북상면을 향해 마리면 삼거리에서 37번 도로를 따라가다가 수승대와 금원산을 일러주는 표지판의 안내로 위천천을 가로지른 장풍교 앞 삼거리에서 좌회전을 했더니 널따란 주차장까지 마련한 그림 같은 풍광이 차를 세웠다. 신선들이 노닐었던 바윗돌일까, 달빛이 쉬어가는 노송의 그늘일까. 웅장한 바윗돌 예닐곱을 무더기로 쌓아서 위천천 맑은 물에 끝자락을 담그고 십여 그루의 노송으로 그늘을 지웠으니 그림 한 점을 오롯이 떠다 놓은 신선들의 별서일까. 시

관모바위

수오제조선생유영지소

인 묵객을 희롱하려는 누구의 소작인지 알 수는 없으나 '원학동'이라는 음각의 붉은 각자와 '수오제조선생 유영지소'라 새겨졌으니 옛사람들의 시흥이 젖은 비경이다.

산자수명한 거창은 사방천지가 절경절승의 비경들이 널려있어 어디를 가나 풍광에 홀리면 십 리도 못 가서 해를 잡는 곳이라서 금원산도 뿌리치고 정온 선생 고택과 반구헌도 뒤로하고 농산리 석조여래입상도 후일로 기약하고 수승대도 외면한 채 용암정도 힐끔 지나 북상면 초등학교 정문 앞 주차장에 차를 세웠다.

학교 앞의 담장을 따라 좁은 길로 들어서면 울창한 숲이 하늘을 덮었는데 아름드리 노송들이 활엽수와 어우러져 울울창창한 수림이 장관을 이룬다. 숲속을 따라 굽은 길은 여러 갈래로 붙었다 떨어지기를 반복하는데 꾸불꾸불한 노송의 그늘에 고색 짙은 정자가 줄을 섰다. 세월의 때가 묻은 기와지붕은 희끗희끗하게 빛이 바랬어도 팔작지붕의 추녀가 길게 뻗어 날아갈 듯 날렵하여 행차하는 임금의 연이 잠시 내려앉은 듯 산뜻한 정자인 '가선정'이 앞에 섰다. 난간을 두른 2층 누각은 고고한 옛 멋을 그림같이 풍기는데 봉황의 머리를 얹은 익공포가 둥지를 박차고 비상을 하려는 듯 맵시도 정교하다. 오르는 계단은 누마루 밑에 있어 갓을 쓰고 오르내리면서 몸가짐을 가벼이 말라는 숨은 뜻을 담았을까. 머리를 깊게 숙여 누마루로 오르니 사방이 숲으로 둘러쳐져 세상사를 가려 준다. 바람 소리가 들리면 물소리가 멈춰주고 물소리가 들리면 바람 소리가 멈춰주니 내 잘났다고 다툼질하는 작금의 바깥세상이 민망스러워지는 것은 갈천 임훈 선생의 유훈이 깃들어서일까. 일상이 버거워서 고단한 이도, 세상사에 부대끼어 마음을 다친 이도, '가선정'에 오르라고 권하고 싶어지는 평온하고 아늑한 정자이다.

'가산정' 뒤에는 사당과 '경모재'를 후원에 둔 '도계정'이 한 개의 방을 가운데에 두고 사면으로 마루청을 깔고 계자 난간을 두른 2층 누각으로 절제된 선비의 근엄한 풍모로 당당하게 우뚝 섰고 그 뒤로는 별당 후원의 정자같이 아리따운 여인의 청순한 자태를 빼어 닮은 아담한 '병암정'이 다소곳하게 자리를 잡았다. 오르는 정자마다 정감이 다르고 바라보는 운치도 서로가 달라서 발길을 돌리기가 못내 아쉬웠다.

숲을 나와서 갈천 임훈 선생과 아우 첨모당 임운 선생의 고택으로 발길을 옮기면서 도로 옆에 자리 잡은 맞배지붕의 정려각 앞에서 발길을 멈췄다. 갈천 선생과 첨모당께서 생전에 받은 효자 정려로 효자비 2기와 그 후손의 효자와 열녀비로 여섯 기가 나란하게 섰다. 숙연히 옷깃을 여미고 고개를 숙여 경배의 예를 가름하고 인접한 '서간소루'로 들어섰다.

'서간소루'는 첨모당 임운 선생의 세가로 아들인 서간 선생이 호를 당호로 삼고 강학을 하던 고택으로 갈천 선생의 고택과 담장을 사이에 두었는데 효자 정려의 홍살 대문이 각각으로 우뚝 서 만대불후 영예롭다.

안으로 들어서면 단청을 입힌 사당과 두 분 선생의 문집 책판이 보관된 판각이 있는 특이함 말고는 사대부가의 위엄이라고는 찾아볼 수 없다. 사랑채나 안채가 웅장하지 않아 위압감이 없어 괜스레 긴장하지 않아도 좋은 그저 여염집 같은데 검소함과 절제된 소박함이 묻어나서 어린 시절 외갓집에 온 것 같이 온화하고 푸근하여 평온함을 느끼게 한다.

고택에서 저만치 떨어진 들녘 가운데에 자리 잡은 '갈천서당'으로 발길을 옮겼다. 솟을대문이 우뚝한 갈천 서당은 맞배지붕의 다섯 칸 짜리의 널따란 건물이다. 강학의 마루청에 올라 좌정을 하고 조선조 6현신의 한 분으로 언양 현감과 광주 목사, 그리고 사직서 참봉 등 두루 요직을 거치시고 이조판서로 추증되신 효간공 갈천 임훈 선생께서 정심수신(正心修身)하시라고 군왕께도 간언하신 유훈을 되새기니 어느 곳을 막론하고 대의정치 하랍시고 여의도로 보냈더니 정치는 뒷전이고 눈치에만 전념하는 오늘의 정치사에 탄식이 절로 난다.

내친김에 풍경 소리로 마음을 달래고 죽비 소리에 몸가짐을 고칠까 하고 노송 우거진 심산계곡의 천년 고찰 송계사로 발길을 옮겼다.

갈천 서당에서 송계사까지는 4km 남짓한데 갈계리 삼층 석탑이 탑불마을 앞에서 길마중을 나와 섰고 '관석'이라고 음각된 커다란 모자바위는 벼슬을 주겠노라며 머리를 숙이라 하고 건너편 '농은정'은 쉬어가라며 옷소매를 붙잡는다.

송계사로 가는 1001번 산길 도로는 37번 도로와 만나서 영호남을 잇는 고제면의 '빼재'인 신풍령을 넘어서 무주로 이어지는 길이다. 고갯길 초입에서 송계사 길로 들어서서 국립공원 관리소 앞에 차를 세웠다. 송계사까지는 찻길이 나 있으니 1km가 안 된다고 하여 계곡의 풍광을 즐기며 걷기로 했다.

청풍은 노송의 가지 끝에 한가롭고
송계사 계곡물은 반석 위에 노니는데
백운은 창공에서 저마다 무심하니

산새를 길동무 삼은 객이 홀로 걷는다.

계곡을 따라 비탈진 산길을 한참을 오르자 자그마한 돌확에 석간수가 넘치는데 '간천약수'라고 바윗돌에 새겨져 있어 마련된 쪽박으로한 바가지를 떴다. 차갑지도 않고 부드럽기만 한데 땀이 밴 전신이한결 시원해졌다. 약수터에 근접하여 장독보다 큰 두 기의 부도가 나란하게 섰는데 강희 57년으로 삼백 년 세월을 일러 주건만 풍상에 시달려 판독이 어려우니 더는 알 수가 없다. 작은 주차장을 마련한 앞으로 일주문도 아니고 천왕문도 아닌 범종이 걸린 나무 대문을 들어서자 좁다란 마당을 깔고 단청이 고운 극락보전과 종무소 간판이 붙은 요사채 사이로 화강암 돌계단 위에 대웅전이 우뚝 섰고, 뒤로는꽤나 높은 비탈 위에 작은 전각의 삼성각이 자리를 잡은 남덕유산 깊은 골의 작은 산사이다. 생미나리 한 묶음과 당근 한 뿌리에 오이 하나가 차려져 있는 불단에 향불을 지펴 예를 올리고 삼성각을 나서니뻐꾸기의 애끓는 울음소리가 송계사 깊은 골을 정적으로 물들인다.

20

월성 계곡을
찾아가며

　근심 걱정은 사노라면 마련이지만 IT 시대로 접어들고부터는 전에 없던 도용이니 해킹이니 하며 머릿속을 헤집는데 허섭스레기 같은 자잘한 것들까지도 아예 머릿속에다 '스트레스'라는 간판을 걸고 주상복합으로 살림을 차린다. 집착이나 탐욕이야 사서 버는 고통이라지만 최소한의 갖춤이야 필연적인데 듣기 좋은 소리로 무념무상이고 무소유지 정작으로 무념무상하면 급변하는 시대에 속절없이 왕따 되고, 무소유 했다가는 쪽박 차기 십상이라 이러지도 저러지도 못하고 밀려오는 변화에 일일이 대응하며 이리저리 부대끼다 보면 인성이 황폐해질 수 있어 때때로 일상을 접고 가까운 산이나 바다를 찾아 바람이라도 쐴 요량으로 집을 나선다.

　아침부터 후텁지근하고 희뿌연 안개가 걷힐 것 같지 않아 먼 곳의 풍광에 시름 전송하기는 마땅찮은 날씨이고 '웰빙'이니 '힐링'이니 하며 까불댈 주제도 아닌 판국이라서 가는 길에 종아리를 걷을 작정을 하고 마음에다 회초리를 한가득 품고 길을 나섰다.

　거창군 위천면 소재지인 장기리 들머리에서 수승대로 가는 길과 갈

월성계곡 분설담

월성계곡 사선대

라서서 좌측으로 접어들어 위천면사무소 앞을 지나 위천초등학교 뒤에서 언덕배기로 오르는 길로 올라서면 널따란 들녘이 펼쳐지며 빤하게 금원산의 북동쪽 끝자락을 깔고 강동마을이 길게 자리를 잡았는데 솟을대문을 나란히 한 고택이 첫눈에 들어온다. 동계 정온 선생의 종택과 정온 선생의 후손 야옹 정기필 선생의 고택인 반구헌이다. 대궐같이 웅장하지도 않고 호화스럽지도 않은 사대부가의 옛 모습인 고택이지만 지나는 길이면 언제나 들러서 두 분 선생의 유훈을 되새기며 두고두고 돌아볼 교훈이 있어 성찰의 훈시를 듣는 것 같아 경배의 예가 절로 우러나서 숙연히 옷깃을 여미게 하는 곳이다.

'문강공동계정온지문'이라는 정려 홍패가 붙은 솟을대문을 들어서면 'ㄱ' 자형의 행랑채가 난간을 두른 일반적인 형태지만 누마루 위의 지붕이 눈썹지붕이라 하여 지붕이 2중으로 되어 있어 좀체 보기 드문 건축 양식이다. 위압감이 없이 소박하면서 절제된 선비의 근엄함이 권세의 위용이나 부귀영화의 호사를 삼가고 간결하고 반듯하여 옛 멋의 기품이 은은하게 배었다.

'충신당'이라는 편액이 붙은 마루청에 걸터앉으면 까마득한 시간 속으로 빨려들어 간다.

"영창대군도 죽이고 인목대비까지 폐출한다면 이런 패륜을 저지르고 죽어서 종묘의 선왕들을 무슨 낯으로 볼 것이냐고 극언의 상소를 하셨으니 이는 광해군과 정면으로 맞선 것이 아니옵니까? 멸문지화가 불을 보듯 빤한데 정녕 어쩌실 요량이셨습니까?"

답이 없어도 국민들을 술렁이게 했던 '배신의 정치'를 아뢰고 누가 누구를 배신했는데 적반하장도 유분수지 배신당한 국민만 억울하여 종아리를 걷으려고 했는데 문 위에 붙은 '충신당'이라는 당호의 현판이 추사 김정희 선생을 떠올리게 한다.

200년 세월이 흐른 후에 동계 선생의 10년 유배지인 제주도의 인접한 장소에서 9년간의 유배 끝에 풀려난 추사 선생께서, 귀향길을 수백 리나 돌아서 이곳까지 찾아와 쓰신 친필의 당호인데 원판은 박물관에 보존되고 복제품이지만 동계 선생의 충절과 학덕을 찬양한 추사 선생의 체취가 묻어나는 현판이다. 뿐만 아니라 모와(某窩)라는 현판은 조선 왕조의 끝머리에 파란만장한 삶을 산 의친왕 이강공이 찾아와 선생을 기리며 남긴 친필이다.

섬돌로 내려서서 고개를 숙여 경배의 예를 가름하고 담장을 사이에 둔 반구헌으로 발길을 옮겼다.

문간방이 딸린 솟을대문을 들어서면 난간을 두른 누마루에 정자방을 갖춘 5칸 팔작지붕의 꽤나 큼직한 기와집이지만 꾸밈이라고는 어디에도 없고 엄격하게 절제된 소박한 고택이다. 야옹 정기필 선생께서 영양 현감을 지내고 고향으로 왔으나 거처조차 마련하지 못하여 이를 안타깝게 여긴 안의 현감의 도움으로 마련한 처소인데 스스로 뒤돌아보고 반성한다는 뜻으로 '반구헌'이란 당호를 붙였다니 녹봉까지도 구휼에 쓰며 청렴하고 청빈한 선생께서 무엇을 더 돌아보고 반성하신다는 것인가. 무슨 게이트니 무슨 리스트니 하며 수십 수억 원을 희롱하는 오늘의 세태가 부끄럽고 민망하다. 안채를 복원하는 공사가 한창인데 안마당의 우물은 변함없는 수량으로 옛 주인을 기다리고 금원산 깊은 골엔 무덕무덕 안개가 피어오르니 성현들의 강림일까 천상으로 회귀일까.

반구헌을 나와 월성 계곡을 향해 야트막한 말목 고개를 넘어서자 작은 주차장을 마련하고 보물 제1436호라며 농산리 석조여래불 입상의 안내판이 섰다.

벼가 무성한 논두렁의 가장자리 끝으로 난 질퍽거리는 자드락 길을 따라 오르자 하늘 높이 치솟은 울창한 소나무 숲속에 좁다랗게 초원을 깔고 하얗게 빛이 바랜 석불이 외롭게 홀로 섰다. 이목구비가 완전하고 법의의 치렁거리는 주름까지 선명한 여래불 입상이 전신의 광배까지 하나의 돌에 조각되었는데 굴곡의 사실적 표현이 섬세하여 빼어난 몸매에 생동감이 감돈다. 오른쪽 어깨 위의 광배가 조금 떨어져 나갔으나 통일 신라 시대에 조성되었다니 천 년을 넘긴 세월이건만 작은 암자의 흔적도 없는 야산의 구릉지인 인적 없는 노천에 홀로 섰으니 무슨 사연이 있어서일까.

낙락장송 둘러쳐서 천공을 지붕 삼고
소나무 가지 끝에 달을 걸어 불 밝히고
범종 소리 예불 소리 솔바람이 대신해도
사시마지 김 오른 지 천 년이 지났는데
인적 없는 외진 곳에 어쩌자고 홀로 섰나

홀로 두고 떠나야 하는 애달픈 인연을 뒤로하고 가던 길을 재촉하여 37번 도로와 만나는 삼거리를 코앞에 둔 다리 아래의 계곡이 월성천이다. 빤하게 건너다보이는 한 무더기의 숲속을 그늘 삼고 고래 등 같은 바위들이 뒤엉켜서 쪽빛의 깊은 소에 뿌리를 박은 '지암대' 위에는 청동기시대의 대표적인 유적인 고인돌인 지석묘가 웅장한 모습으로 온전하게 남아있어 또 하나의 볼거리다.

지석묘에서 돌아 나와 계곡을 거슬러 오르면 이내 강선대를 알리는 표지판이 있어 다리를 건너서면 커다란 바위 무더기에 '강선대'라고 붉은 글씨를 새겼는데 신선들이 하강했던 절경은 석축을 쌓아서 계곡을 정비하고 샛길을 내는 바람에 운치를 잃었는데 건너다보이는 숲속의 물가에는 고색창연한 2층의 누각인 '모암정'이 옛 선인을 기다리며 그림같이 앉았다.

강선대 앞 계곡에서 황점마을 앞 계곡까지 10㎞가 넘는 계곡이라서 서상으로 넘어가는 37번 도로는 어디를 내려서든 반석이 넓고 크고 작은 소가 있어 신선들이 놀던 선경이요 비경이라 할 만하다.

하얗게 빛이 바랜 화강암 반석은 밥알을 굴려도 좋을 만치 깨끗하고 비단결 같이 흐르는 물은 말 그대로 청정옥수인데 반석에서 떨어져 내리는 물이 크고 작은 소가 되어 깊이에 따라 물빛이 색다르고 물가의 바위들은 하나같이 웅장한데 기기묘묘한 형상을 하고도 모난 곳 없이 선이 곱고 결이 부드러워 팔베개를 하고 누워볼까 앉아볼까 정겨움이 넘쳐난다.

가마소는 넓고 깊어 물빛도 보석 같고 분설담은 옛 사람들이 눈가루가 흩날리는 것 같다 하여 붙인 이름인데 반석의 끝자락에서 깊은 소로 떨어지는 물방울은 크고 작은 은구슬을 한없이 튕기고 있어 그 빛이 찬란하여 장관이고 달빛 아래 신선들이 노닌다는 '사선대'는 정녕 누구의 소작인지 절묘한 비경이다.

호연정을
찾아서

괴팍스럽던 폭염이 수그러들자 벼 이삭도 패고 참깨 들깨도 여물고 작은 풀꽃들도 열매를 익혀가는 이맘때만 되면 제값 못하는 것은 사람밖에 없는 것 같다는 생각이 드는데 내년 봄 20대 총선을 앞두고 정당마다 공천 제도를 민의를 담아 공정하게 해보겠다고 온갖 꾀를 파고 있지만 국민들의 피땀 어린 국세만 낭비하는 권모에 불과하다는 것을 아는 사람은 다 알고 있어 불현듯 '직불용' 선생이 생각나서 합천의 '호연정'을 찾아서 길을 나섰다.

작은 모래분에서 자란 반 척의 소나무
한평생 풍상을 무릅쓰고 옹종하게 늙었구나
나는 아노라, 저 소나무 하늘 높이 자라지 않은 뜻을
사람이 올곧으면 용납되지 않음을 알았기 때문이다

명나라 황제가 아끼는 분재를 내보이며 명종 6년에 사신으로 간 주이 선생께 시 한 수를 지어 보래서 올곧은 사람은 등용되지 못한다는 것을 빗대서 지었는데 세상사 깊은 뜻을 두고두고 상기하며 '직불용'

호연정 천장

호연정

선생이라는 별호까지 붙여 늘 안부를 전해왔다는 '이요당' 주이 선생
께서 예안 현감을 끝으로 관직에서 물러나 고향으로 돌아와서 후학
들을 가르쳤던 '호연정'을 찾아 진주에서 33번 도로를 따라 합천으로
향했다. 가는 길에 '호연정'의 현판을 쓰신 조선조 선조 대에 대사헌
과 우의정을 지내신 미수 허목 선생의 위패가 모셔진 '미연 서원'부터
들러야겠다 싶어, 삼가 못 미쳐서 신평 저수지를 끼고 우회전을 하여
의령 대의면 중촌리 들머리의 '미연 서원'을 찾았다.

　인지문(仁智門)이란 편액이 걸린 솟을대문은 잠겨있어도 나지막한
담장 너머로 '미연 서원'이라는 현판이 붙은 정당인 '이의당'이 꽤나
널따란 마당을 사이에 두고 동서 당우를 거느린 5칸 겹집의 기와 건
물은 중앙에 대청마루 두 칸과 좌우로는 온돌방을 마련하고 뒤로는
'숭정전'인 미수 허목 선생의 위패를 모신 사당이 고즈넉하게 앉았는
데 건물 전체가 군더더기 하나 없이 간결하고 소박하여 의관을 정제
하신 미수 선생께서 합죽선을 들고 대청마루에 서신 듯하다. 문이 열
렸으면 예도 갖추고 선생의 학덕도 되새겨보련만 아쉬운 발길을 돌리
며 우암 송시열 선생과의 일화를 '호연정'에 올라 새겨볼까 하고 되돌
아 나와서 가던 길을 재촉했다.

　4차선 도로가 완공이 덜 되어 삼가를 거치게 되어있어 면사무소 앞
의 '기양루'를 찾았다. '삼복더위가 무쇠솥을 녹인다.'라고 난중일기의
중복 날에 이순신 장군께서 초계의 권율 장군 진영을 찾아 백의종군
길에 더위를 식히며 잠시 머물다 간 역사의 숨결이 살아 숨 쉬는 고
색창연한 유서 깊은 2층 누각이다. 중복이 한참 전에 지났으니 장군
께서는 이미 '모여곡'으로 떠나셨으니 누각에서 내려와 가던 길로 돌
아섰다.

다시 4차선 도로를 한참 가다가 합천으로 내리는 출구로 내려서자 은빛 백사장이 황강물을 끌어안고 길게 굽이진 건너편에 황우산 석벽을 등에 진 '함벽루'가 황강물에 발을 담그고 있어 그림 같은 풍광이다.

합천 길을 뒤로하고 초계로 이어지는 24번 도로를 따라 3㎞ 남짓 가면 왼편 산기슭을 깔고 작은 마을 '문림리'가 나오는데 마을 들머리 쪽에서 왼편 산기슭으로 접어들면 야트막한 언덕배기에 우거진 노거수의 짙은 그늘 밑에 나직하게 담장을 두른 '호연정'이 없는 듯이 자리를 잡고 앉아 휘돌아 굽이쳐서 개벼리 벼랑을 끼고 흘러가는 황강을 굽어보며 옛 세월을 그리며 고즈넉하게 상념에 잠겨있다.

작은 주차장에 차를 세우고 '인지문'이라는 작은 대문으로 들어서자 빨간 꽃이 만개한 배롱나무가 널따란 경내를 허한 곳 없이 가지를 드리웠는데 하나같이 밑둥치는 삭아서 속이 비어있고 세월의 상처인지 주먹 같은 옹이가 빼곡한 껍데기도 구멍이 숭숭 났다. 호사를 멀리한 선비의 절제일까. 애당초 단청은 입히지도 않은 '호연정'은 회색으로 빛이 바래 근엄함이 풍기는데 활주를 받친 팔작지붕의 추녀가 유난히도 길게 뻗어 활기찬 풍채가 거침없이 당당하여 위엄차고 장엄하다. 야트막한 축대 위에 두어 뼘 높이의 나직한 마루청에 난간을 두르고 방 두 칸을 마련하여 분합문을 달았는데 삼면의 창방을 활처럼 휘어진 목재를 써서 특이하고, 중도리와 주심보를 연결한 들보는 아예 용이 살아서 꿈틀거리는 구불구불한 원목을 그대로 걸쳤다. 눈 가는 데마다 기기묘묘한 건축 방식이라서 보고도 설명이 안 되는 구조인데 원형의 기둥마저도 굵기도 다르고 목재도 제각각이다. 곧아야 좋은 것과 굽어야 좋은 것을 일러주려는 주이 선생의 깊은 뜻을 담았을까? 마루청에 좌정을 하고 매미 소리에 잡념을 씻으니 선현들의 그림자가 짙게 깔린다.

"네가 나를 믿지 못하여 아버님도 속여 비상을 반으로 줄였구나."

"처방대로 달여라는 아버지의 엄한 당부를 속였습니다."

"비상은 두 번 다시 쓸 수 없으니 안타깝구나."

우암의 병세가 낫기는 하였으나 다소 미흡하여 한 번만 더 처방전을 써달라고 찾아온 우암 송시열 선생의 아들과 미수 허목 선생이 나눈 말이다. 우암은 '함벽루'의 석벽에 글을 새겼고 미수는 황강을 사이에 두고 이곳 '호연정'에 현판으로 글을 남겼으니 두 사람의 연이 어디 까진지는 알 수는 없으나, 서로 다른 당파의 영수들로 궁중 복상의 상례 문제로 정적의 감정이 극에 달했어도, 살리려 할 것이라고 우암은 미수를 믿었고 미수는 우암이 나를 믿어 줄 것이라고 서로를 신뢰한 선현들의 인품에 가슴이 찡하다.

경내엔 주이 선생께서 심었다는 두 그루의 은행나무는 밑둥치의 둘레가 5m를 넘는데 벼랑 쪽의 나무는 겉으로는 멀쩡해도 속이 비었는데 가지가 벌어진 키 높이 위에서 설대가 자라서 무성하게 푸르렀다. 더부살이의 연도 유분수지 세월의 풍상에 속이 괴고 괴어 썩어버린 몸통에 암팡지게 날름 들어앉아 제 새끼를 치고 있으니 이 무슨 변괴인가?

"어허! 길손은 그렇게 나무라지 말게나. 시류에 따른 융통성이 없으니 가진 것도 없고, 의와 도를 갖추었으니 남의 것을 함부로 취할 수도 없고, 옳고 그름이 분명하여 아무 앞에나 머리를 조아릴 수도 없으니 이를 어쩌겠나. 풍우와 한설에도 절의를 지키니 나보다는 낫지 않은가."

뼛속 깊게 새겨야 할 꾸지람을 듣고 왔던 길을 돌아서니 길을 찾아 나섰는데 길이 어지럽다. 당장 '호연정'을 나서면 세상사는 딴판인데 이를 어쩌나.

단청이 화려한 비각 옆의 세덕사와 배롱나무 그늘에 묻혀 없는 듯이 고요한 영모사에 예를 갖추고 지인문 밖을 나서서 율곡면 낙민2구 마을 '매실마을'을 찾아서 초계로 이어지는 24번 도로인 '개벼리길'을 따라 낙민 삼거리에서 좌회전을 하였더니 이내 백의종군로의 표지석을 만났다. 꽤나 널따란 들판을 끼고 마을 회관 앞에 차를 세우자 충무공의 유숙지를 알리는 표지석이 섰다. 옛 이름이 '모여곡'인 작은 마을 끄트머리의 언덕배기집이 '이어해'의 옛집으로 충무공께서 권율 장군의 진영을 오가며 42일간을 머무셨는데 아직도 정비 사업이 미루어지고 있어 참으로 안타깝다.

뒷산은 창검을 갈던 숫돌이 나는 산이고 매화꽃처럼 둘러친 산에서는 화살을 만드는 설대가 무성했으며 마을 뒤 옴팡진 작을 골이 말무덤이란다. 황강변의 들녘이 권율 장군의 진영이자 훈련장이었다며 난중일기를 날짜별로 필사하여 학계와 관계 기관을 오가셨던 이종규 옹은 고령이라서 손을 놓으시고 이제는 이존석 씨가 마을의 내력을 일러주며 역사의 발자취를 되밟고 있었다.

22

함양 교수정을
찾아가며

간밤엔 홑이불이 얇다 싶더니만 아침 햇살이 거실 바닥에 내려앉아 밥상머리까지 깊숙하게 들어온다. 삼복을 등에 업고 껍죽거리며 권세깨나 부리더니만 기세를 꺾고 무릎 앞에 다가와서 따사롭게 비비댄다. 포용이 불러온 화해일까 배려가 상통한 화합일까, 뿌리고 가꾼 사람들이 이제는 거둘 수 있는 때이다. 부대낌이 두려우면 시작을 할 수 없고 버거움을 두려우면 맞설 수가 없다. 여기쯤에서 돌아보면 또 다른 앞이 보일까 싶어서 두문동 72현 중의 한 분이시고 포은의 문인으로 고려 삼은과 친교하며 성리학을 강론하신 고려 말의 문신이자 학자이신 조승숙 선생의 '교수정'을 찾아 길을 나섰다.

진주에서 35번 고속도로를 타고 지곡 요금소를 나와 24번 도로를 따라 지곡면사무소 방향으로 들면 금방 닿지만 시시각각으로 풍광을 달리하는 함양 상림의 정취에 젖으며 가을이 물들어가는 고산준령을 넘어볼까 하고 함양 IC를 나와 상림 공원 주차장에 차를 세웠다.

울울창창한 천년의 숲은 가을 채비를 하려는지 푸른빛이 옅어졌다.

기구한 팔자인가, 속절없는 운명인가. 잎이 져야 꽃이 피고 꽃이 져야 잎이 피니 애달프고 가련한데 이 티 저 티 묻어두고 우아한 자태

교수정 청풍비

뇌계정 성종시비

로 곱디고운 상사화인 선홍빛 꽃무릇이 지천으로 피고 있어 상림의 숲속은 또 다른 별천지다.

상림의 안섶인 드넓은 공원은 숲 쪽은 연밭이고 산 쪽은 꽃밭이다. 방석보다 넓은 짙푸른 연잎은 바람결이 간간이 스칠 때마다 드넓은 연밭이 파도처럼 일렁여서 땅이 울렁거리는 것 같다. 연잎의 틈새마다 주먹만 한 연밥이 맺었는데 아직도 늦둥이 언꽃이 여기저기서 활짝 팼다. 어쩌면 이토록 화사할까. 고고한 자태는 뉘라서 따라갈까. 유혹의 향기도 풍기지 않고 유인을 위한 꿀도 없어 '화중지왕이 연화지만 봉접이 불왕래'라고 벌과 나비가 찾지 않아도 천년을 두고도 싹 틔울 씨앗을 연밥 속에 품고 튼실한 연근을 티 안 내고 키워가며 필 때는 신비하고 피어서는 기품 있고 질 때는 고고하다. 때가 되면 미련도 두지 않고 집착도 하지 않고, 시들어서 추하거나 흐트러진 모습도 보이지 않고 화사하고 고귀한 자태를 끝내 지키며 어느 순간에 흔적도 없이 꽃잎을 흩날려버린다. 물러서고 떠날 때를 알았으면 하는 인간사도 이대로이면 얼마나 좋을까 하는데 앙증맞은 수련들이 색색으로 피어서 작은 연못마다 예쁘게도 떠 있다. 이러다 해를 잡겠다 싶어서 떨치고 돌아서니 해바라기와 코스모스가 대단지로 활짝 피어 가는 객을 붙잡았다. 키가 큰 해바라기는 달덩이 같은 커다란 얼굴을 하고 틈새도 없이 빼곡하게 엄청난 무리를 지어 모두가 빤하게 쳐다보고 있어 길손은 연단에 선 듯하다.

아베 총리가 안하무인이라고 일장 연설을 해야 하나, 아니면 이산가족 상봉자를 추첨을 하게 하다니 천륜을 배반하면 천벌이 내린다는 것을 김정은은 아직도 모르는가! "쾅!" 하고 단상을 한 번 쳐야 하나. 각각의 색을 달리한 코스모스는 쭈뼛쭈뼛 고개를 들고 구경만 하는데 뒤로는 산자락을 밟고 세종대왕의 열두 번째 아들인 비운의 왕자 한남군이 갈수록 심해지는 청년 실업 문제가 더 급해선지 가만히 지켜만 보고 아무런 말이 없다.

사열을 받는 기분이 숙연해져서 상림의 끄트머리인 병곡면 쪽으로 차를 몰았다.

조선조 9대 왕인 성종은 노모를 위해 관직을 두고 낙향하겠다는 뇌계 유호인을 위해 지방관직까지 제수하고도 송별연에서까지 그토록 보내고 싶지 않아서

있으렴 부디 갈따 아니가든 못할소냐
무단이 싫더냐 남의 말을 들었느냐
그려도 하 애도래라 가는 뜻을 일러라

하며 애타는 심정을 즉흥시로 읊자 장중의 신하들도 눈물을 흘리게 한 군신 간의 애틋한 석별의 정을 새긴 성종의 시비가 뇌계 선생을 기리고자 만든 뇌계정 정자 옆에 돌비로 세워졌고 건너편 길섶의 작은 둔덕 위엔 "뇌계 선생의 낚시터"라고 쓴 돌비석이 벼랑 아래의 위천천 맑은 물을 하염없이 굽어보며 역사에 아로새긴 옛정을 낚느라고 홀로 서서 초연하다.

가을빛으로 물들어가는 산촌의 풍광에 젖으며 월암마을도 마평마을도 그냥 지나 옛사람들이 간절히 빌고 빌던 성황당 돌탑도 뒤로하고 굽이진 고개를 넘어 익어가는 수수와 촘촘히 열어서 빨갛게 탐스러운 사과밭을 지나 높다란 홍살문을 앞세운 도곡 서원에 닿았다.

"불사이군도 옳으시나 백성을 위해 거듭날 수도 있지 않으십니까?

수양산으로 들어가서 고사리만 먹다가 굶어 죽은 백이 숙제의 뒤끝이 무엇이었습니까? 고려의 망국은 필연이고 조선 건국은 시대의 명인데 정녕 부귀영화도 마다시고 두문동으로 은신하여 굶어 죽을 작정이셨습니까?" 하고 종알거렸으니 벼락이 떨어질 줄 알고 '요즘은 한 자리 얻으려고 물불을 가리지도 않고 목숨을 걸고 설쳐대는….'라는 말은 꺼내지도 못하고 눈을 꼭 감았는데 불호령이 안 떨어지는 걸 보아 문경공 조승숙 선생은 교수정으로 가신 듯해서 도곡 서원의 정당인 수성당 뒤의 선현 7위의 위패가 봉안된 사당 앞에서 묵례만 올리고 서둘러서 선생의 뒤를 쫓아 교수정을 향해 발길을 돌렸다.

정여창 선생의 고택과 풍천 노씨 종가며 하동 정씨 고가 등 한나절의 발품도 부족하고 옛이야기를 더듬으면 날밤을 새워도 모자라는 고택이 즐비한 개평마을을 그냥 지나치기가 못내 아쉬웠지만 여러 차례 찾아 서너 편의 글도 남겼으니 곧장 가던 길을 재촉하여 지곡면사무소 앞에서 좌회전을 했다. 지곡천이 흘러가는 널따란 들판을 끼고 1km 남짓한 거리의 길옆으로 벼랑 끝에 불쑥 솟은 동산이 낙락장송이 어우러져 동양화 한 폭을 옮겨다 놓은 듯 그림 같은 풍경이 멀리서도 한눈에 들어온다. 꽤나 널따란 주차장을 바깥마당으로 삼고 '숭경문'이라는 현판을 단 우람한 솟을대문이 엄숙하고 정중하게 길손을 맞이한다.

숭경문을 들어서자 배롱나무의 빨간 꽃이 활짝 핀 마당을 마련하고 덕곡 선생이 후학을 가르쳤던 '수성당'이 호사의 흔적은 어디에도 없이 소박하고 간결하여 절제된 선현의 품격이 우러나는데 기둥마다 주련을 걸어 근엄한 옛 내음을 물씬 풍긴다. 수성당 뒤로는 단청이 화려한 사당 덕곡사인데 옆으로 '고려충신덕곡조선생백세청풍비'라고 새겨진 웅장한 비석을 커다란 돌거북이 목을 늘이고 등에 업었다.

한 발짝 물러선 작은 비각은 함안 조씨 5형제의 효자비 정려이다. 자연을 거스르지 않고 바위틈과 언덕배기를 절묘하게 이용하여 돌계단도 쌓고 담장도 두르고 협문도 달았는데 동산 정수리에 자리 잡은 '교수정'은 노송의 그늘에서 지곡천 벼랑을 발끝에 두고 가을로 접어드는 들녘을 굽어보며 백세청풍의 선경으로 높이 섰다.

교수정 협문을 나서면 두루뭉술한 바위들이 노송의 그늘에서 넙죽넙죽 엎쳤는데 등에는 주먹만 한 홈이 여러 개씩 패였다. 지곡천을 은하수로 삼고 북두칠성을 새겼다니 선생은 두문동에서 나와 이곳 향리에서 새로운 우주를 펼치신 걸까. '교수대'라고 커다랗게 음각된 바위 옆으로 세월의 흔적이 역력한 빗돌이 섰는데 '수양명월 율리청풍'이라 크게 새기고 작은 글씨로 '봉렬대부사헌부장령 신 뇌계유호인근 봉교제진'이라 새겨있다. 이는 선생이 가신지 70여 년이 지났건만 성종은 귀향하는 뇌계에게 일러 덕곡 선생의 제사를 극진하게 모시라며 제문에 쓰인 백이 숙제의 수양산과 도연명의 율리를 따서 비석에 새겼다니 선생의 충절과 학덕을 높이 찬양함이 짐작되고 남는다. 비석은 자연석 바위에 거북 등을 만들어 세웠고 머리는 잡귀를 쫓는 해태의 형상으로 조각됐다. 선생이 가꾸신 작은 우주에는 지엄한 유훈이 만대로 이어지고 깊은 뜻은 만고상청 그침이 없어라.

23

일원정
가는 길

아침저녁이 서늘해지니까 가을이 잰걸음으로 다가온다.

지나간 나날이 자꾸만 뒤돌아 뵈는 사색의 계절이라선지 선현들이 머물다 간 자리에 아직은 온기가 남아있을 것 같아서 길을 나섰다.

야은 길재의 제자이고 김종직의 아버지로 정몽주, 길재, 김숙자, 김종직, 김굉필, 정여창과 조광조에 이르기까지 사림파의 적통을 이은 조선 초기의 문신이자 학자이신 강호산인 김숙자 선생의 위패가 모셔진 '일원정'과 사당이 있는 거창으로 길머리를 잡았다.

35번 고속도로 산청 요금소를 나와 산청읍을 관통하여 59번 도로를 따라 달임재를 넘어서 메뚜기가 다랑논을 뛰어다니는 차황을 벗어나 신원면으로 이어지는 산길로 접어들자 시골 버스정류장이 마을은 깊은 골 어딘가에 깊숙이 감춰두고 홀로 나와 반기는데 어쩌다 건너다보이는 마을도 첩첩산중 오지이다.

소룡 고개를 넘어서자 바랑산 굽어보는 월여산 자락에 역사 앞에 통곡하는 가슴 아픈 사연을 안고 아직도 못다 푼 한이 응어리로 남아있는 얼룩진 역사의 현장인 '거창양민학살사건 추모공원'이 널따랗게 자리를 잡고 개방형인 솟을삼문인 '추모문'이 길게 늘어졌다. 안으로

거창학살사건 추모 묘역

임청정

는 일상의 공간과 성역을 가르는 '천유문'이 좌우 협문을 두고 가운데
문은 닫혀있고 언덕 위로의 '위패봉안각'은 진한 단청이 숙연함을 더
하는데 옆으로는 희생자 묘역이 마련되어 이제야 까만 빗돌에 하얗게
이름을 새기고 종횡으로 가지런히 줄을 지었다. 서너 기의 묘비를 읽
고는 가슴이 먹먹하여 더는 읽을 수가 없었다.

여기 이 사람들
누가 모르시나요
총 맞고 누운 여기 이 사람들
누가 못 보셨나요
총 맞고 묻혀버린 여기 이 사람들
누가 아시나요
역사가 외면했던 여기 이 사람들
왜 그랬을까
왜 그랬을까
여기 이 사람들을

누가 이 사연을 아시나요
돌 지난 병일이도 또래인 점생이도 총을 맞고 누웠고
첫돌 앞둔 일순이가 총을 맞고 불태워진 이 사연을 아시나요
왜 그랬을까
왜 그랬을까
칠백열아홉의 여기 이 사람들을

마을의 장정들은 6·25의 전장에서 구국의 피를 흘리고 있을 때에 남아 있던 노인들과 아녀자와 밤톨만 한 주먹을 빨며 옹알이를 하던 젖먹이에게까지 총질을 해댄 기막힌 사건이다.

얼마간을 섰을까. 하늘은 멀쩡한데 두 눈에는 무지개가 어른거렸다. 억장이 무너지는 긴 한숨의 꼬리 끝을 남겨두고 발길을 돌렸다. 계곡 가엔 갈꽃 피고 둔덕에는 억새 피고, 길섶의 코스모스 더없이 한가롭고, 산기슭 저만치에는 들국화도 피었건만, 짓누르는 가슴은 천근이고 만근이다.

천천히 차를 몰아 신원면 사무소 앞을 지나 과정 삼거리에서 우회전을 했더니 감악산과 월여산의 자락이 맞모아진 계곡에는 반석을 깔고 흐르는 물이 무거웠던 마음을 소리 내어 달래 준다. 물 맑은 계곡은 누구의 소작이며, 평평한 반석들은 누구의 작품이며, 나뉘어서 드높은 산은 누구의 기상일까. 천국의 들머릴까 선경의 초입일까. 드높은 벼랑 위로 용틀임을 한 우람한 노송 한 그루가 승천을 잠시 멈추고 굽어보는데 벼랑 끝에 가려진 정자는 추녀 끝을 내밀어 드높은 창공의 뜬구름을 가리킨다.

배롱나무의 영접을 받으며 정자로 올랐다. 울도 담도 없는 '임청정'이 '우천서사'라는 또 다른 편액을 달고 고즈넉이 앉았는데 옆으로 난 돌계단 위의 '승훈재' 왼편으로 또 하나의 정자가 있어 대문 안으로 들어섰다. 옛 내음이 물씬 나는 '소진정'이 남명 조식 선생께서 목욕을 즐기시며 시를 짓던 '가마소'가 있는 벼랑 아래의 계곡을 하염없이 굽어보며 옛 세월에 젖어 있다. 남명의 제자인 홍문관 저작 도희령 선생을 기리고자 후손이 세운 두 정자는 삼간 겹집의 팔작지붕에 방 두 개씩에다 대청마루에 난간을 두르고 깎아지른 비경의 '포연대' 벼랑 끝에 그린 듯이 앉아서 세상사를 멀리한 더 없는 절경이다.

난간에 앉으니 굽이진 계곡 길이 한 폭의 그림이다. 계곡길을 따라서 천천히 차를 몰아 해발 450m의 굽이굽이 길고 긴 밤티재를 넘어서 '일원정'에 닿았다.

성리학의 대가 강호 김숙자 선생의 유훈을 기리고자 포은 정몽주, 야은 길재, 강호 김숙자, 점필재 김종직, 한훤당 김굉필, 일두 정여창, 정암 조광조 등 7현을 배향한 서원을 겸한 '일원정'은 '강호정사'라는 또 다른 편액이 걸려 정자라기보다는 지체 높은 사대부가의 고택 같은 웅장한 건물인데 아래채와 대문간이 전부이지만 시간이 멈춰버린 옛 세월을 오롯이 품고 있어 온고지정이 새삼스레 따사롭다.

길 건너에는 느티나무 그늘에는 선생의 신도비각이 익공과 공포의 조각이 정교하고 웅장하여 감탄이 절로 나는데 벼랑 아래의 황강에는 해오라기가 바윗돌에 앉아서 물고기를 낚아채느라 여념이 없다.

풍광에 빠져들어 돌이 되기 전에 자리를 털고 일어나 선생의 사당을 찾아서 인접한 대산 삼거리에서 좌회전을 하여 이내 사당에 닿았다. 정면 5칸의 솟을대문인 '명성문'을 들어서자 정당인 '추원당'은 5칸 겹집으로 덩그런 누마루와 계자 난간에 아름드리 기둥으로 외양이 웅장한데 뒤로는 화려하게 단청을 입힌 사당이 근엄하신 선생의 풍모일까 엄숙함을 자아낸다. 문이 잠겨 있어 목례로서 예를 가름하고 돌아서자 노거수인 은행나무 위로 백로 한 마리가 하늘을 가로질러 어디론지 날아간다.

지안재와
오도재

    때 이른 된서리가 하얗게 내렸다. 볕이 들면 생기를 되찾겠지만 이른 아침의 작은 화단에는 홀로 남은 국화가 시들하다. '오상고절이 너뿐인가 하노라'고 고결한 지절과 추앙받던 충절에 비유되던 국화가 밤이 길어서 외로웠을까, 달빛이 차가워서 서러웠을까, 여명 짙은 새벽을 안고 몸부림을 쳤을까. 송이가 자잘한 노란 국화가 하얗게 서리를 맞고 고단한 몸짓으로 햇살을 기다리는 간절한 염원으로 촉촉하게 젖어 있다. 망국의 한을 달래며 성황당에 돌을 쌓던 가락국의 마지막 황후 계화 부인의 발자국마다 설움이 겨워서 피어났던 산국화가 지금쯤 하얀 된서리를 녹이고 있을 등구마천 오도재가 불현듯 생각나서 길을 나섰다.

    함양읍에서 팔령을 넘어 인월과 남원으로 이어지는 24번 도로를 따라서 야트막한 두 재를 넘었더니 금방 '지리산 가는 길'을 알리는 표지판이 좌회전을 하란다.

    구룡천을 건너 조동마을 회관 앞을 지나니까 완만한 경사의 비탈길이 시작되고 이내 굽이진 지안재 오르막길이 구불구불 휘돌아져서 마치 도솔천에라도 들어갈 것 같은 운치이다. 고갯마루에 작은 조망대

오도재 장승공원

지안재

가 있어 돌고 돌아 오른 길을 내려다보니 한눈에 들어오는 굽이진 길이 참으로 아름답고 멋스럽다. 건너다보이는 산은 드높아서 하늘에 닿았고 골짜기를 따라서 굽이돌아 오르면 또 한 굽이가 이어지고 있어 굽이굽이 살아가는 인생사 같아서 만감이 휘감는다. 인생사 굽이진 삶도 이처럼 아름다우면 얼마나 좋으련만 아등바등 해봤자 턱걸이로 바동대고 죽기 살기로 뜀박질해봤자 뱁새 걸음이라 먼 길 앞에 두고 해가 먼저 저무는데 돌아보면 설움이고 생각하면 허무할 뿐 부질없는 각축으로 인정만 소홀했다. 왔던 길을 돌아보아야 갈 길이 분명하다. 지안재는 고갯마루에 닿으면 기어이 돌아다보게 하는 깨달음의 고개이다. 굽이굽이 휘돌아서 가슴으로 이어지는 지안재를 넘어서자 바깥세상을 까마득히 멀리하고 오로지 하늘만 열려있는 첩첩산중이다.

가던 길은 오도재를 향해 다시 구불거리며 비탈로 이어지고 길섶의 계곡은 깊숙이 암반을 깔고 내려앉았는데 가뭄과는 아랑곳없는 계곡물은 용하게도 바윗돌을 빗겨 가며 소리 내며 흐르고 곱게 물든 낙엽은 시나브로 날아와서 길동무를 자처한다. 몇 해 전의 동동주 맛을 못 잊어서 쉬어 갈까 했던 변강쇠와 옹녀의 주막은 이미 폐업을 했는지 닫힌 출입문은 자물쇠가 매달렸다.

덩그러니 주마등은 객을 홀로 반기건만
첩첩산중 깊은 골에 너 홀로 나 홀로라
오도재 넘어가는 뜬구름도 무정하다
주안상 앞에 놓고 객이라도 마주 앉아
세상사 멀리하고 시름 풀고 회포 풀며

삼봉산 끝자락에 회한의 눈물 닦고

불계의 산문 앞에서 번뇌 전송하려는데

주막은 빈집이고 주마등만 홀로 섰다

푸념 섞인 넋두리로 주마등과 하직하고 가던 길을 재촉하여 비탈길을 오르는데 목장승들이 떼를 지어 퉁방울 같은 눈을 부라리고 잔말 말고 오르거나 하란다.

변강쇠가 떠나가선지 장승들의 기세가 가당찮다.

"이 벅수들아! 바깥세상이 얼마나 힘 드는 줄 알기나 하나, 지나간 사실이 역사인데 역사 교과서 국정화 문제로 가타부타 시비하고 공무원 연금법은 변죽만 울렸지 애먼 사람 등골 빼기는 매한가지고 청년 실업 해소는 듣기 좋은 꽃노랜데 뭐가 좋아서 턱이 빠지도록 입 벌리고 우쭐거려!"

호되게 한소리하고 싶은데 주차가 마땅찮아 훗날로 미루고 한 굽이를 더 오르니까 해발 773m의 오도재 고갯마루에 2차선 도로를 가로막은 '지리산 제1문'이라는 편액을 단 문루가 성루처럼 웅장하다. 아래로는 주차장과 휴게소를 겸한 전망대가 야외무대와 정자까지 마련하고 널따랗게 자리를 마련했다. 석축으로 조경을 한 군데군데에 자연석을 깎아 세워 점필재 김종직 선생을 비롯하여 일두 정여창, 뇌계 유호인, 탁영 김일손, 보한재 신숙주 등 선현들이 남긴 지리산의 풍광을 읊은 한시가 우람한 빗돌로 서서 옛 정취를 일러준다.

삼봉산과 법화산이 손을 맞잡은 고갯마루 오도재. 번뇌를 벗어 놓고 불계로 들어가는 관문이 오도라 했건만 옛사람들이 고달픈 삶을 이고 지고 넘고 넘던 고난의 고개였고, 수많은 사람들이 설움을 달래며 넘고 넘었던 눈물의 고개였다. 등짐장사가 넘고 가마꾼이 넘고 소박데기가 울고 넘던 한 많은 고개이기도 하지만, 남해와 하동의 해산물이 장터목이나 벽소령을 넘어와 오도재를 넘어서 함양을 거쳐 내륙으로 운송되던 삶의 교역로였으며 임진란에는 서산 대사가 승군을 이끌던 군사적 요새였고 6·25 때는 지리산 방어선이기도 했었지만 먼 옛적엔 가락국의 마지막 구형왕과 황후인 계화 부인이, 오백 년 도읍지의 구중궁궐 비워주고 만조백관 어진 백성 눈물로 하직하고 적막한 첩첩산중 '세석대골'로 찾아들어 후일을 도모하려 궐을 지어 은거하며 계화 부인은 매일같이 오도재로 올라 멀리 천왕봉을 향해 제단을 쌓고 망국의 한을 달래며 선왕들의 명복을 빌고 빌던 성황당 고갯마루다.

문루에 올라 바라보는 전후 풍광은 겹겹의 산과 산이 하늘까지 끝이 없어, 많고 많은 사람들은 어디에도 흔적이 없어 하늘과 땅 사이에 홀로 선 기분이다.

문루를 내려서자 '오도산령신지위'라 새긴 비를 모신 산령 비각이 높다란 석축 위에서 지리산 70리 능선을 하염없이 바라보고 있어 머리를 숙여 예를 갖추는데 계화 부인의 북받치는 눈물인지 쉬어 가는 먹장구름에서 '후두두둑' 하고 굵은 빗방울이 떨어져 내리는데 샛노란 산국화도 고개를 숙인다.

지리산 제1문을 통과하여 구형왕이 왕산으로 몸을 피해 비워진 '빈 대궐' 옛터인 등구사를 찾아서 내리막길로 내려서는데 지리산 조망공원의 널따란 주차장은 휴게소와 정자를 마련하고 길손들을 반긴다. 정자에 오르니 일망무제의 광활한 천지를 지리산의 주능선이 하늘과 땅을 가르는 장엄한 풍광에 가슴이 벅차다.

'빈대궐' 옛터의 '등구사'를 찾아 촉동마을로 내려가서 작은 표지판의 안내를 받으며 마을 길을 더듬으며 경사가 심한 오르막길을 차고 올랐다. 옛 내음이 나는 이끼 낀 높은 석축이 커다란 바윗돌을 아귀 맞춰 배수구의 출구인지 토굴의 입구인지는 알 수 없으나 사람이 드나들 정도의 꽤나 큼직하게 구멍을 낸 석축 위로 석탑이 앉았는데 2중의 기단 위로 상대석과 상대옥석이 1층 탑신을 받치고 위로는 옥개석뿐인데 당초엔 3층 석탑으로 9세기경에 조성된 것으로 추정된다는 경남도 문화재 자료 제547호란다.

　낙락장송이 굽어보는 빈 대궐 옛터에는 간이 인법당과 요사뿐인데 언덕배기에 단청을 입힌 작은 산신각이 인담 스님의 등구사 복원불사를 말없이 지켜만 보고 있다. 등구사의 흥망성쇠인들 누가 알랴만 '등구사 사적기'와 고문헌들이 있다 하니 사학자의 몫으로 남겨두고 가파른 길을 새로이 개설하는 작업이 한창이라서 천 년의 흔적이 지워질까 염려된다. 멀리 지리산 주능선이 천왕봉의 좌로는 중봉과 하봉이 그리고 우측으로는 반야봉까지 길게 뻗어 하늘 높이 장엄하다. '빈대궐'의 옛 흔적은 간 곳이 없어도 동찰 서찰 대가람의 등구사 옛터에서 중생제도의 독경 소리가 천왕봉 능선을 타고 사바세계로 여울지길 간절히 염원한다. 나무관세음보살.

25

고담사와 고불사

한 해가 저물어가는 연말이 가까워지면 잡다한 일에도 쫓기는 기분이라서 괜스레 초조하여 티도 없이 스며드는 불안감에 자신도 모르게 허둥대는 게 고정된 연례라서 꽤나 나부대도 봤지만 터득한 바가 바동대봤자 그게 그거여서 이제부턴 느긋하게 맞서기로 하고 이번에는 늦가을 나들이부터 천천히 더 더딘 걸음으로 유유자적을 즐겨 볼 요량으로 집을 나섰다.

35번 고속도로 생초 요금소를 나와 곧장 좌회전을 하여 양파 모종이 파릇파릇한 '곱내들'을 벗어나 야트막한 산모롱이를 돌면 기암괴석으로 가파르게 비탈진 선바위산 기슭을 따라 도로는 이어지고 벼랑 아래로는 엄천강이 길을 따라 굽이져 흐르고 있어 멋스러운 풍광이다. 예사로운 풍광이 아닌 줄은 알면서도 언제나 힐끔 보고 지났던 길이라서 모롱이 날머리에 차를 세웠다.

벼랑 끝에 선 느티나무와 도토리나무는 노령의 거목인데 가로수를 자청하고 낙엽까지 흩날린다. 거뭇거뭇하게 갈색이 배었어도 단풍의 빛깔은 아직도 고운데 성글어진 가지 새로 벼랑 높은 산 중턱에 없는 듯이 옴쏙 앉은 빛바랜 정자는 잿빛으로 정겨운데 벼랑 아래에선 그

고담사 마애불

고불사 원경

물을 걷고 있는 어부는 삿대로 쪽배를 저으며 강물에 제 모습을 그림자로 드리운다. 지켜보는 객꾼이 한 폭의 그림 위에 얼룩이 될까 싶어 가던 길로 차를 몰아 화계장터 옆으로 임천교를 건너서서 강을 따라 이어지는 마천 길로 들어서니 지리산 준봉들은 잿빛으로 물드는데 자드락의 마을은 붉게 물든 감잎이 늦가을을 붙잡고 은행잎을 흩날린다.

굽이져 흐르는 강은 벼랑의 높낮이를 이리저리 바꾸는데 동호마을 들머리에 커다랗게 선 빗돌이 점필재 김종직 선생께서 차밭으로 조성한 유서 깊은 옛터인데 근래에 세운 정자인 청풍정은 찾는 이가 없어도 느티나무를 벗을 삼고 녹차밭을 지키며 선생이 남기신 많고 많은 사연들이 찻잔 속에 녹여질 날을 하염없이 기다린다.

엄천강물을 살포시 막아서 있는 듯이 없는 듯한 야트막한 보는 쪽빛 강물을 한가득 품고 있어 쓰임새도 많아 좋고 돈 안 들어 더 좋은데 풍경과도 어우러져 멋도 있고 정겨워서 말도 많고 탈도 많은 4대강의 별스러운 보(?)보다야 백배 천배 좋기만 한데 한남마을 들머리의 느티나무 숲속에서 '나박정' 정자가 쉬어가면 어떠냐고 조심스레운을 뗀다. 거북의 등을 타고 용틀임한 옥개석에 새까만 오석의 커다란 비석 앞에 조용히 머리를 숙였다. 세조의 왕위 찬탈로 생모인 혜빈 양씨와 동기들마저 참화로 잃고 건너편 새우섬으로 위리안치형의 유배로 한 많은 생을 마친 '전주 이씨 세종 왕자 한남군 충혼비'이다. 귀하디귀한 왕자의 봄으로 천 리 길 머나먼 곳에 유폐되어 상림 옆의 산자락에 백골로 묻혔으니 설움인들 오죽했고 원한인들 오죽하랴. 역천과 질곡으로 얼룩진 역사를 더듬으며 나박정에 앉았으니 역사도 유수같이 유유히 흐르다가 부딪히면 굽어 돌고 바람 불면 물결 일고 지나치면 범람하는 이치까지 일러준다. 도로로 나눠진 강섶의 숲 속에는 성황당 돌탑이 옛 세월을 지키면서 한남군의 설움까지 오롯이 품었건만 금줄을 둘러치고 말없이 숙연하다. 많고 많은 사람들이 빌고 빌던 돌탑 앞에 두 손을 모았다.

'이 땅의 젊은이들이 갈 곳 없어 헤맵니다. 위선과 독선에 유린당한 이상을 되찾게 해주시어 빼앗긴 희망을 되돌려 주옵소서!'

수령 사오백 년의 갯버들나무의 전송을 받으며 새우섬의 굽이진 강을 따라 모롱이를 돌았더니 와룡대가 반기는데 가던 길은 벼랑이 높아져서 강은 아찔하게 깊어지더니 백연마을 들머리서 삐거덕거리며 돌아가는 커다란 물레방아가 쉬지 않고 돌겠다며 '화연대'에 올라서 쉬어가라 붙잡는다. 물레방앗간 옆에는 마을의 내력을 일러주는 빗돌과 시비 둘이 마주 보고 섰는데 이조년 선생의 '다정가'가 새겨졌다. 언제 읊어도 가슴을 저리게 하여 다정도 병인 양하여 잠 못 들게 하는 옛시조다. 이조년의 형인 이백년과 이억년이 은거하며 마을을 이루었다 해서 형제의 인연으로 시비를 세웠다는 백연마을을 지나면 작은 골짜기마다 우람한 바윗돌이 계곡을 이루고 있어 한 모롱이를 돌면 '동우대'이고 또 한 굽이를 돌면 '동신대'가 있고 '첨모암'이 있어 예사롭게 지나쳤던 비경들로 이어진다.

건너다보이는 작은 마을들이 늦가을의 정취에 흠뻑 젖어 고요한데 용유담의 자라바위가 새끼를 데리고 물 위로 나왔다고 용유교가 객을 불러 기어이 보라 한다. 모정이 정겨워서 용유담으로 내려갔다. 누구의 소작인가, 신이 빚은 작품인가! 아홉의 용이 노닐다가 이제 막 승천을 했을까 바위마다 똬리를 틀었는지 항아리 같은 구덩이 하며 배밀이를 하고 지나간 흔적들이 비단결보다 매끄러워 아직도 온기가 남

은 것 같은데 깊은 소에 솟구치는 번쩍이는 물방울이 그 옛날의 '가사
어'가 다시 왔나 싶어서 목을 빼고 들여다보니 소용돌이 속에서 하늘
이 빙빙 돌고 산도 따라 빙빙 돈다.

어지럼증을 떨치고 마천면 소재지에 닿자 5일 10일로 오일장이 서
는 마천장은 다음 장날을 기다리며 덩그렇게 비어있어 기흥교를 건너
벽소령 가는 길로 접어들어 마천초등학교를 지나서 4시 방향의 비탈
길을 올라 고담사를 찾았다.

'ㄱ'자로 곡이진 한옥이다. 단청도 꾸밈도 없는 단아한 절집의 정
갈한 마루청이 가을볕을 받아서 따사로운 정감이 아늑하게 배어난
다. 한눈에 들어오는 것은 언덕배기 위로의 거대한 마애불이다. 하얗
게 정갈한 화강암에 굵은 선으로 도드라지게 새겨져 훤칠하고 건장한
법신에 위압감이 들어도 법의의 부드러운 곡선과 얼굴이 온화하여 경
건함과 평온함을 함께 갖게 한다. 바위 높이 6.4m에 불상 높이 5.8m
로 고려 초기에 조성된 거대한 불상으로 보물 제375호인 덕전리 마
애여래입상이라고 안내판이 일러준다. 삼배의 예를 올리니 왼발 아
래로 연화대를 새긴 하대의 바위 뿌리에 됫박만 한 샘이 있어 마련된
쪽박으로 천천히 마셨다. 부드러우면서 뒷맛이 감미롭다. 이를 두고
감로수라 했던가. '장수는 사절하오니 무병건강만 주소서'하고 합장
의 예를 올리고 돌아서니 건너편으로 지리산 준봉들이 지당한 말이라
고 우쭐우쭐 거든다.

큰길로 다시 내려와서 벽소령과 백무동을 알리는 표지판의 안내에
따라 갈림길에서 백무동 쪽으로 차를 몰았다. 깊숙하게 내려앉은 비
경의 계곡을 따라서 1㎞ 남짓하게 왔을까 하는데 승용차 두세 대를

멜 수 있는 갓길에 고불사의 안내판이 정중하게 차를 세운다. 산 중턱이 감싸 안은 고불사의 풍광에 넋을 뺏기고 한참을 바라봤다. 봉황의 둥지일까 선녀들의 별장일까 신선들의 별서일까. 산색의 바탕 위에 화려한 단청이 빛깔 고운 단풍과 어우러져 황홀경을 이룬다. 아직도 객의 몫으로 단풍을 남겨 둔 것에 감사하며 계곡을 가로지른 출렁다리를 아찔아찔 건너서자 이끼가 파란 돌계단은 고불거리며 높아지는데 세월의 흔적 위로 낙엽이 소복이 내려앉았다.

　낙엽 밟는 소리가 좋으냐고 묻지 마라
　정취에 험이 될까 대답은 못 하니까
　뉘라도 와 걸어보면 물은 답을 알리라

　일주문도 없다. 내려다보면 천인단애의 벼랑일 뿐 손바닥만 한 마당도 없다. 집채만 한 바위틈에 요사채가 앉았고 바위틈을 돌아가면 관음전이 있고 틈새마다 미로 같은 돌계단을 헤매면 바위가 서로 괴어 석굴이 된 또 하나의 기도처고 석간수는 언제나 쪽박까지 마련했다.

　지리산 준봉 위로 쉬어가는 저 구름아
　오색 단풍 물든 절집 벼랑 높이 얹어 놓고
　산승은 어디로 가고 객이 홀로 외롭구나

26

호구산 용문사를
찾아서

일에 쫓기면 옆이 안 보이고 돈에 쫓기면 앞이 안 보이고 욕망에 쫓기면 뒤가 안 보이는 것이 범부들의 삶이다. 해마다 연말이 다가오면 왠지 모르게 조급함이 은근하게 목줄을 죄어들어 차라리 바닷바람이라도 쐬며 한 해 동안 헝클어지고 일그러진 상념들을 일어낼 요량으로 호구산 용문사를 찾아서 집을 나섰다.

남해 고속도로 사천 요금소를 나와 삼천포항을 향해 사천읍을 벗어나 남해로 이어지는 4차선 도로를 거침없이 달려서 각산 터널을 빠져나가니까 시원스럽게 펼쳐진 바다 위로 현수교인 삼천포대교와 아치형의 초양대교가 웅장한 위용을 자랑하는 바다 풍경에 가슴이 뚫린다. 삼천포 대교에서 아찔하게 내려다보이는 바다에는 띄엄띄엄한 죽방렴이 삼각형을 그리며 물살을 일으킨다. 삼천포항에서 모개섬까지의 삼천포대교를 시작으로 초양도까지의 초양대교, 늑도까지의 늑도대교를 차례로 지나서 창선대교를 건너서면 창선도이다.

삼동면의 지족 삼거리에서 우회전을 하여 꼬불꼬불한 시골 길을 한참 지나, 무림 사거리의 이동교차로에서 남해대로로 올라서서 상주 방향으로 2~3분 거리의 신전 삼거리에 닿자, 용문사 안내판이 우회

서포선생 동상과 유배섬

용문사 부도전

전을 하래서 야트막한 비탈의 고갯마루에 오르니까 망망대해로 펼쳐지는 바다의 발끝 아래에는 앵강만이 오목하게 오지랖을 파고든다.

호구산과 금산이 나란히 손을 잡은 좌우로, 천황산 끝자락과 응봉산 끝자락이 해안선의 땅끝이 되어 마주 보며 관문을 지키고, 봉긋하게 작은 섬 하나가 오목한 앵갱만의 들머리를 지키고 있어, 비보의 숲이라기보다는 해풍을 막으려는 방풍림인 듯한 신전숲이, 자잘한 자갈과 모래밭의 해변을 아늑하게 보듬었다.

숲으로 내려섰다. 따뜻한 남쪽의 끝자락이라서일까, 해변의 추억을 못 잊어서일까, 단풍이 가랑잎 되어 떠나지를 못하고 성글어진 가지에서 옛 생각에 서럽다. 기다란 나무 의자에 앉은 백발이 고운 할머니께 말붙임을 해봤다.

"저기 바다 가운데 반달같이 쌓은 돌 담장이 독살입니까?"

"대나무를 둘러치면 죽방렴이고 저 건 돌로 쌓아서 석방렴이라오"

짧아도 긴 순간을 빤히 보시더니 옆에 앉으라며 손바닥으로 의자를 두들기며 일러 주신다.

"많이 잡힐까요?"

"오나가나 힘센 놈들은 다 빠져나가고 잔챙이만 잡혀"

가슴이 철렁했다. 어망이 아니라 법망의 현실을 정조준하여 날린 화살이다. 노인이 죽으면 박물관 하나가 불탄 것과 같다는 걸 또 한 번 실감하며 한참을 나눈 이야기 끝의 할머니는 얼굴에 화색을 띄우고 "우리 집에 가면 유자차도 있는데… 유자도 쓸 만큼만 따고 그냥 뒀어… 따가도 되는데…"" 아프지 마셔요, 유자차 잘 마시고 갑니다." 할머니가 흔들어 주는 지팡이의 전송을 받으며 가던 길로 돌아섰다.

미국도 아닌 곳에 미국마을이 있었다. 하기야 독일마을도 있었기에 낯설지 않은 미국마을의 안길로 이어지는 용문사 길로 접어들었다. 가로수로 늘어선 낙엽송의 솔가리가 노랗게 길을 덮었다. 마을 끄트머리에 말쑥하게 단장된 주차장이 3단으로 나뉘어져서 휑하니 비워져 있는데 때때로 찾는 이들이 만만찮은지 꽤나 널따랗다.

주차장 위로 축을 쌓아 만든 상단에 하얀 화강암의 선비 석상이 바다를 굽어보고 섰다. 부르는 듯이 다가갔다. 서포 김만중 선생의 동상이다. 유건 비슷한 네모진 건을 쓰고 도포 차림에 지팡이를 짚고 서셨는데 바라다보는 곳이 앵강만으로 들어오는 먼 들머리의 봉긋한 작의 섬 '노도'이다. 금산의 자드락인 진등의 끝자락 백련항에서 건너 뛰면 닿을 듯이 가까운 섬이다. 조선조 숙종의 비 희빈 장씨의 파란의 소용돌이에서 선생께서 유배를 와서 한과 분을 삭이며 '구운몽'과 '사씨남정기'그리고 한글 예찬론의 '서포만필'을 남기시고 생을 마감한 노도! 유배문학의 꽃으로 승화된 애달픈 섬이다.

금의 관복 벗어놓고 무명 도포 웬 말이오
눈물로 먹을 갈아 글을 짓던 노도섬을
용문사 옛 가던 길에서 다시 봐도 서럽네

희빈 장씨와 사씨남정기의 첩실 교씨를 대조하며 잎은 졌어도 빼곡한 숲이 우거진 용문사 계곡을 따라 발길을 옮겼다. 우람한 바윗돌이 뒤엉켜서 덩치 자랑을 하는 계곡은 콸콸거리는 물소리가 겨울답잖게 청량하다.

나뭇가지 새로 어른거리는 용문사가 저만치인데 길섶의 언덕진 둔덕에는 단아하게 담장을 두르고 여남은 기의 승탑인 부도가 상하의 단을 나뉘어서 나란히 줄을 섰다. 세월의 흔적은 돌인들 어쩌랴. 검버섯이 희끗희끗 끼었다. 달항아리 모양도 있고 키가 큰 항아리 모양도 있어 제각각인데 음양각의 새김이 곱기도 하다. 산 자의 마지막 공경심일까, 들고 나며 유훈과 유지를 되새기려 함일까, 지나는 걸음마다 멈추게 하고 손 모아서 합장을 저절로 하게 한다.

포대화상을 모신 작은 공덕전 옆으로 마음을 씻고 건너라는 세심교를 지나면 불법에 귀의한 중생을 수호하는 호법 신장인 사대천왕이 검문을 받으라며 퉁방울 같은 눈을 부라리고 울퉁불퉁한 근육질로 장신의 골격을 자랑하며 창검을 들고 양쪽에서 지킨다. 메통 같은 장딴지와 돌덩이 같은 발로 양반상과 선비상을 지긋하게 밟고 있어 악귀를 밟고 있는 여느 사찰의 사천왕과는 특이하고 이름도 천왕각인데 경남도 문화자 자료 150호란다. 숭유억불에 대한 반항이었을까, 탐관오리나 세도가에 대한 저항이었을까, 알 수는 없으나 천왕각을 거쳐서 돌계단 위로 우람한 2층 문루인 경남도 문화재 자료 394호인 봉서루를 통과해야 보물 제1849호인 대웅전을 마주한다. 좌우로 탐진당과 적묵당을 거느린 대웅전의 팔작지붕이 건물에 비해 웅장하게 구성되어 장중함을 더하는데 보 머리에는 용을 장식하여 공포의 화려함이 극치를 이룬다.

법당 안으로 들어서자 천장의 공포 구조가 놀랍게도 웅장하고 대들보를 걸타고 마주 보는 용의 조각은 마치 살아서 꿈틀거리는 듯 움켜진 여의주가 으스러질 것 같이 생동감이 넘쳐난다. 임진란에는 불에 탔어도 승군의 양성으로 '수국사'로도 불리어졌고 조선 후기에는 호국 사찰로 보호를 받았다니 사찰의 중건에도 왕실에 소속된 장인들의 솜씨가 차원 높은 예술적 경지를 이룬 것인지 빼어나게 화려하고 장엄하고 장중하다. 삼존불은 생각보다 작은 등신불이고 불벽 뒤에는 보물 제1446호인 괘불탱이 함속에 보존되어 야외 법회를 기다리며 국태민안을 기원하고 계시다. 헌향의 예를 갖추고 법당문을 나서니 '봉서루' 옆으로 '무인 찻집'이라는 당호의 편액을 걸고, 고단한 중생들이 언제나 쉬어갈 수 있게 원목의 차탁들을 정감하게 마련한 별채에서, 장작불이 타는 벽난로의 연기는 중생의 번뇌를 사르는 향불의 연기가 되어 허공으로 흩날린다.

금원산을
찾아서

새해가 되면 누구나 새 아침에 떠오르는 태양을 바라보며 새해의 소망을 빈다. 해마다 반복되는 새해의 첫 출발이다. 그러고도 미덥질 않아서 이름 난 기도처를 찾기도 한다. 그래 봐도 해마다 그게 그것 같아서 어디 영험한 곳이 없나 하고 남의 소리에 귀를 기울이기도 하는데 병신년 새해의 소원을 어디에 대고 빌어야 할지를 찾는다면 딱 들어맞는 곳이 있으니 따라나서라고 권하고 싶어 앞장서서 집을 나섰다. 이번 길은 '발길 닿는 대로' 가는 게 아니라 신년 초 경건한 마음으로 황금 원숭이를 찾아 나선 길이다.

35번 고속도로의 지곡 요금소를 나와 24번 도로를 따라 안의로 내려섰다. 얼핏 보더라도 광풍루가 보고 싶어서다. 안의의 들머리 강변 옆에 우뚝 솟은 광풍루에서 백세지사 일두 정여창 선생께서 근엄하게 내려다보고 계실 것만 같아 지나는 길이면 언제나 발길을 멈췄던 곳이다. 이번 길에는 마음을 둔 곳이 따로 있어 스쳐가며 힐끔 보았는데 2층의 기둥마다 전에 없던 주련이 걸려있고 단청 또한 옛 정취와는 달라서 왠지 눈에 설다.

강남사지 석조여래입상

마애삼존불 가는 길

광풍루를 지나 금천 교차로에서 10km 남짓한 마리 삼거리에서 좌회전을 하여 다시 장풍 삼거리에서 좌회전을 하니까 위천천 물가에 꽤나 널따란 주차장까지 마련하고 여남은 그루의 등이 굽고 휘어진 노송의 그늘 아래에 우람한 바윗돌이 옹기옹기 모여앉아 쉬어가라 붙잡는다. 노송의 가지 끝에 달을 걸어 불 밝히고 비파 뜯고 시를 읊던 신선들의 별서일까, 커다란 바위에는 '원학동'이라 새겼으니 원숭이와 학이 노는 원학의 동천인가, 허허벌판 한가운데 노송도의 그림 한 폭 누구의 소작일까! 풍광에 녹아서 선 채로 돌 될까 봐 가던 길을 재촉하여 위천면 사무소 앞을 지나니까 '금원산 자연 휴양림'을 알리는 안내판이 좌회전을 하라 하여 마을 안쪽으로 접어들었다.

　기백산과 금원산이 나란히 마주 보며 높고 낮은 준봉들을 우쭐우쭐 앞세우고 울퉁불퉁한 등줄기가 다부지게 뻗어내려 다정하게 맞모아진 계곡을 사이에 두고 옹기종기 추녀를 맞댄 강남마을 입구에 '강남사지 석조여래입상'을 알리는 안내판이 마을 표석 앞에서 다소곳이 나와 섰다. 금원산 찾아들며 들머리의 석불에 예를 올리고 마음을 가다듬는 것도 좋을 것 같아서 고분고분 마을 안길로 들어섰다.

　골목길을 벗어나자 마을보다 지형이 훨씬 낮은 좁다란 들판에 작은 주차장을 마련하고 잔디가 곱게 깔린 널따란 빈터에 비각 같은 건물 하나가 홀로 섰다.

　사방 단칸인데도 단청을 짙게 입힌 맞배지붕의 높이가 만만찮으며 붉은 빛깔의 기둥 사이로 홍살을 둘러치고 정면에는 배례석까지 마련한 석조여래입상을 모신 불당이다. 합장의 예부터 얼른 올리고 다가섰다.

　발끝에서 천장까지의 엄청난 크기의 광배를 등에 붙인 불상은 세월의 무게가 버거웠을까 얼룩진 역사의 상처일까, 모도 닳고 면도 닳아 윤기조차 없어도 표정은 윤곽만으로도 확연하여 자비로운 미소가 사르르 배어난다. 어깨를 감싸고 발끝까지 드리워진 옷자락의 주름은 물결이 여울지듯 흘러내리고 살포시 밟고 선 연화 좌대는 연방이라도 둥실 떠오를 것만 같다. 불상과 광배가 하나의 돌인데도 광배의 가장자리 두께는 한 뼘이 채 안 되게 얄브스름한 연꽃잎으로 날렵하고 산뜻하다. 오른손은 중생의 두려움을 덜어주는 시무외인을, 왼손은 중생의 소원을 들어주는 여원인을 표현한 것이라고 안내판이 일러줘서 손을 모아 고개를 숙였으나 얼른 소원이 생각나지 않아서 '부처님은 아시겠지' 하고 꾸벅꾸벅 절만 하고 발길을 돌렸다.

매표소가 까마득한데 안내원이 차를 세우란다. 왕복 2차선 도로의 한쪽은 주차된 차량들이 빈틈없이 이어졌다. '금원산 얼음 축제' 기간임을 깜빡했으니 걷기로 했다.

오가는 사람들이 줄을 잇고 계곡은 온통 얼음의 천국이다. 선녀들의 하강을 위해 선녀탕만은 얼지 않고 명경지수인데 바위며 나무에까지 물을 뿌려서 얼음 옷을 하얗게 입혀서 또 다른 장관이다. 쌍으로 만든 황금 원숭이는 나란하게 쪼그려 앉은 채 사람들에 둘러싸여 사진 찍기에 넋이 빠졌고 멀리 원숭이 바위인 원암은 금원산 중턱에서 길손을 반긴다. 황금 원숭이의 광채가 중국 궁궐에서 눈이 부시어 사신을 보내 원숭이를 바위굴에 가뒀다는 전설과 황금 원숭이가 너무 날뛰어서 어느 도사가 바위굴에 가뒀다고도 하여 원숭이바위라 한다는 원암에서 올해는 황금 원숭이가 박차고 나와 이제는 어딘가에서 국태민안을 빌고 있으리라.

그럴만한 곳이 있기에 발길을 재촉하여 얼음 축제장을 벗어나 잔설이 깔린 깊은 골짜기로 향했다.

포근한 날씨에 얼었던 계곡 물이 녹아서 건널 곳을 찾아 머뭇거리는데 느닷없이 골짜기를 가득 메운 커다란 바윗돌이 덮칠 듯이 눈앞을 막아선다. 집채만 한 게 아니라 산등성이만 한 덩치다. 웅장하고 장엄하다. 럭비공을 바닥에 놓아둔 자세인데 살찐 돼지의 몸통처럼 두루뭉술하다. 단일 바위로선 우리나라에서 제일 큰 바위라며 '문바위'라고 안내판이 일러준다. 국내에서 제일 크다니 예사롭지 않아서 무턱대고 합장하여 꾸벅꾸벅 절을 했다. 참으로 절을 헤프게 한다 할지 모르지만 신년 초에 시줏돈 안 놓고 공짜로 하는 절인데 헤프면 어떠냐 하고 대놓고 해댔다. 그러고는 아무리 둘러봐도 문이 없는데 어째서 문바위라 했는지를 알아냈으니 절값을 톡톡히 받은 셈이다.

문바위의 문으로 들어갔다. 문바위 안쪽 면은 아찔한 높이에 널따란 절벽인데 금이 간 곳 하나 없이 대패로 깎는 듯이 수직으로 반듯한데 불상도 이름도 새긴 곳이 없으니 어쩐 일인가! 태초의 모습대로 남겨둬서 너무도 고마운 일이지만 바윗돌만 보면 불상을 새기고 암벽만 보면 이름 파기를 그토록 좋아하는 그들이 골백번도 더 났을 안달을 어떻게 참았을까. 영검이 없고서야 이리도 깨끗하랴!

마음을 다잡고 뒤도 옆도 안 보고 앞만 보고 걸었다. 웅장한 바위들이 서로를 기댄 채로 무덕무덕 모여서 내려다보고 있다. 돌계단은 바위틈 사이로 또 한 번 굽어지며 점점 가팔라지고 폭도 좁아져서 어깨가 양쪽으로 바위를 비빈다. 착각이 아니고서야 극락으로 인도될 주제가 아니지만 이러다 돌아 나올 수도 없는 극락으로 잘못 가는 것은 아닐까 하는데 평평하고 널따란 바닥을 마련한 바위굴로 들어섰다.

향 내음이 그윽하다. 웅장한 바위가 'ㅅ' 자 모양으로 기댄 석굴이다. 족히 예닐곱 평은 됨직하고 천정은 비스듬하게 한쪽으로 높이 솟았다. 촛불을 밝히고 향이 타는 얄팍한 돌판 위로, 바위의 한 면 전체를 보주형으로 파서 광배를 만들고 그 위에 도드라지게 새긴 삼존입상불은 선이 곱고 부드러워 근엄하고 자애롭다. 흠 자국 하나 없이 완전한 모습으로 천년 세월을 마다 않고 중생제도만을 위하여 오로지 자애 자비에만 몰입하신 보물 제530호인 '가섭암지 마애삼존불'이시다.

신년 소원을 빌며 헌향의 예를 갖추니 향불의 연기는 실낱같이 하늘거리며 사바세계를 향해 석굴 밖으로 가물가물 흩어진다.

내원사
국보 탐방

우리 민족의 최대 명절이 설이다. 설날을 원단, 원신, 세초, 연두, 연시라고도 하는데 이는 한 해가 시작되는 새해 첫 달의 첫날로서 많은 의미를 담고 있다. 또한 신일이라고도 하여 근신하고 조심하는 날이라는 뜻으로 365일의 첫 출발을 조심스럽게 하자는 뜻이기도 하다. 그래서 정초가 되면 나름대로의 기도처를 찾아서 치성도 드리고 한 해의 소원을 빌며 마음을 다잡는다. 올해는 보물 제1021호에서 국보 제233-1호로 승격 지정된 석조 비로자나불을 친견하기로 작정하고 지리산 내원사를 찾아서 집을 나섰다.

35번 고속도로 단성 요금소를 나와 삼우당 문익점 선생의 면화 시배지를 에돌아서 덕산을 향해 지리산대로를 따라서 작은 고갯길을 넘어서면 고래 등 같은 기와지붕들이 추녀를 맞댄 남사 예담촌이 고즈넉이 숙연한데 고드름을 매달고 돌지 않는 작은 물레방아가 서두르게 뭐 있냐며 쉬어가라 붙잡아서 옛 내음 물씬 나는 돌 담장 골목길로 들어서니 허리 굽은 홰나무가 정중하게 마주 서서 길손을 영접한다.

옛 세월이 그리워서 수백 리도 마다 않고 찾는 이가 많은데 지나가는 길손이 어찌 그냥 가겠는가. 정씨 고택, 하씨 고택 옛사람이 살던

국보 비로자나석좌불

대포리 3층석탑

흔적 이곳저곳 둘러보니 대청마루 너른 뜨락 고매화는 정이 겹고 누마루에 올라서 성현들의 체취라도 어렴풋이 맡으면서 원정공의 옛집이라 '원정구려' 현판 쓰고 '석파노인' 낙관 찍은 대원군의 글씨를 또한 번 보고나니, 솟을대문 앞에서 뒷짐 쥐고 근엄하게 '이리 오나라' 하고 옛사람의 흉내까지 내보고 싶어진다. 시간이 빗겨 간 돌 담장 옛길에 서니 사랑채서 글을 읽는 낭랑한 소리 하며 안채에서 들여오는 애기 울음소리와 정겨운 베틀 소리 장단 맞춘 다듬이소리에 온고지정이 새록새록 새로워서 무쇠솥 뚜껑 여는 소리에 밥 냄새가 구수하다. 홍매화를 심어 놓고 영매시를 지으셨던 원정공 하즙 선생의 원정매를 안 보고서야 어찌 '입덕문'으로 들겠는가. 선생의 증손 하연 선생께서 심으셨다는 산청 곶감의 원종으로 우리나라에서 가장 오래된 감나무는 세월의 흔적인지 밑둥치는 삭아서 휑하니 비어 있고 620여 년의 질곡의 역사가 응어리져서인지 울퉁불퉁한 옹이가 뚝배기를 엎은 듯이 겹겹으로 붙어서 기나긴 옛이야기를 오늘도 이어준다.

내친김에 단속사지의 정당매도 보고 싶지만 아직은 때가 이르니 후일로 미루고 가던 길을 재촉했다. 칠정마을 창촌 삼거리를 지나서부터 지리산대로인 20번 도로는 덕천강을 거슬러 오르며 굽이져 이어지는데 덕산 초입을 알리는 '입덕문'이라 새긴 커다란 바윗돌 앞에 작은 주차장을 마련하고 '덕문정'의 안내판이 차를 세운다. 봄의 정자는 환담을 나누는 곳이고 여름의 정자는 휴식을 위함이요, 가을의 정자는 서책을 가까이하는 곳이요, 겨울의 정자는 바라다보며 많은 것을 생각하게 하는 곳이라서 '덕문정'으로 내려섰다.

입덕문 빗돌 아래 덕천강을 굽어보며 길섶 아래 벼랑 끝에 없는 듯이 돌아앉아 뭇사람이 오고 가든 개념도 않으면서 문인 묵객 옛사람이 언제 올까 기다린다.

　팔작지붕 계자 난간 강물 위에 비춰놓고
　중천 높은 둥근 달에 그리운 님 새겨 넣고
　별들 총총 별빛에다 정담 섞어 시를 짓고
　준봉준령 병풍 삼아 등받이로 둘러놓고
　물소리가 고아서 가야금도 할 일 없고
　바람 소리 소소하여 거문고도 할 일 없다
　지필묵은 밀쳐두고 창공에다 시를 쓰고
　기암괴석 암벽 끝에 난을 치면 수묵화라
　시인 묵객 따로 없고 신선이 따로 없다

　발길을 돌리는데 한참의 시간이 흘렀다. 산모롱이를 돌아서 4차선 도로는 중산리로 보내고 덕산 들머리 길로 들어서자 지리산 천왕봉의 하얀 눈이 남향의 햇볕을 받아 찬란하게 빛나는데 남명 조식 선생의 기념관과 산천재가 길을 사이에 두고 널따랗게 자리를 잡았다.
　남명 기념관 앞에 차를 세우고 천왕봉이 손끝에 닿을 듯이 환하게 보이는 산천재로 들어섰다. 산천재 앞마당에 남명 선생께서 심으신 남명매는 올해도 설중매로 피려고 눈 덮인 지리산을 꿋꿋하게 바라보며 볼통볼통하게 꽃망울을 옹골차게 맺었다. 남명 기념관으로 발길을 옮겨 세한삼우가 상청한 뜨락에 선 선생의 석상 앞에 고개를 숙였다.

　금의조복 마다시고 삼동에 베옷 입고
　고대광실 마다시고 암혈에 눈비 맞아

이끼 낀 별내라며 부귀영화 마다시고
처사이길 자처하신 경의 사상 선비 정신
만대불후 유훈 삼아 보국애민 높은 학덕
익히고 본받아서 길이길이 이으리다

눈 덮인 천왕봉은 햇볕에 반사되어 더욱 찬란한데 덕산장터의 날머리에서 우회전을 하여 대포리로 내려섰다. 대포리 삼층 석탑을 이번에는 기어이 찾기로 작정하고 마을 회관부터 들렀다. "내원사는 이짝이고 저짝으로 쭈-욱 가면 있는기라" 하시는데 "하모 하모" 하고 거드시는 다른 할머니도 도움이 되지는 않겠다 싶어서 꾸벅꾸벅 절만하고 돌아섰다.

내원사 계곡의 절경을 바라보며 금포정교를 건너서 좁다란 산길을 돌아 나무다리 앞에서 차를 세워 놓고 코를 시멘트 바닥에 대다시피하며 가파른 남수골의 산길을 올랐다. 골이 깊어선지 새소리도 나지 않고 물소리만 청량한데 층이 진 언덕배기 한쪽에 선 3층 석탑은 두리번거리는 길손을 한참이나 지켜 보고 있었나 보다. 철분이 많은 석질이라서 녹물 같지만 황금빛으로 물들어 가는 탑신은 마모와 훼손이 더러 있어도 섬세하고 멋스럽고 크기도 웅장하여 장엄한 자태 앞에 두 손을 모았다. 보물 제1114인 '대포리 3층 석탑'은 찾는 이도 없어 향로도 촛대도 다기 그릇 한 점 없이 심심산골 외진 곳에 처량히도 홀로 섰다. 절집도 아닌데 무슨 사연이 있어서일까. 출타를 하였는지 버려두고 떠났는지 빈집 한 채가 인적도 없어 산속의 깊은 골은 더더욱 괴괴하다. 뉘라서 또 언제 찾을지 몰라 돌아서기가 못내 서운하여 돌아서는 발걸음이 무겁기만 하다.

금포정 다리를 다시 건너서 계곡의 절승에 흠뻑 젖으며 내원사를 찾아 새로이 마련한 주차장에 차를 세웠다. 장당골과 내원골이 맞닿아지는 계곡의 언저리를 석축으로 높이 쌓아서 산은 옛 산이로되 계곡은 옛것이 아니고 천년 세월의 옛 정취는 간 곳 없이 사라졌다.

'명옹대' 반석 위로 하얗게 새로 놓은 화강암의 반야교를 건너섰다. 대웅전과 비로전이 그나마 낯이 익어 반가운데 3층 석탑은 더더욱 반기신다. 어쩌면 대포리의 3층 석탑과 이리도 닮았을까! 크기도 모양새도 빛깔까지 닮았으니 동서의 쌍탑은 아니었을까.

보물 제1113호인 석탑 앞에 예를 갖추고 아담한 비로전으로 들어서니 비로자나석좌불이 미소를 머금은 채 가만히 반기신다. 화엄경의 주존불로 진리의 빛이 온 누리를 밝히신다 하여 대광명전이나 대적광전의 본존불로 모신다 했는데 이곳에는 따로 비로전이 마련돼 있다. 보물 제1021호였었는데 지난 1월 7일 '산청 석남암사지 석조비로자나불좌상'이란 정식 명칭으로 국보 제233-1호로 승격되었다. 국보 제233호인 사리호에 새겨진 15행 136자의 이두 명문이 해독되어 사리호가 이곳 좌대의 중대석에서 나온 것으로 확인돼 국보로 승격된 것이다. 오래전부터 마을 사람들은 '뜯어온 불상'으로 부르고 있어 우리나라에서 가장 오래된 비로자나불의 애환 서린 사연일랑 후일로 미루고 헌향의 예를 갖추고 '온 누리의 광명'을 두 손 모아 빌어본다.

29

통영의 봄

　추강낙안으로 평화와 풍요의 깊은 정을 안겨주고 먼 길 떠나간 기러기는 어디만큼 갔는지 청둥오리와 어울려서 노닐다 간 강섶에는 버들강아지의 하얀 솜털이 뽀송뽀송하게 돋아나서 봄 마중이라도 나서 보려고 11살 난 외손녀 채연이가 초등학교 3학년 봄방학이라서 말벗 삼아 앞장을 세워 남녘을 향해 통영으로 길머리를 잡았다.

　감상에 젖으며 추억 속을 거닐기에는 너무나 팍팍한 우리들의 삶이지만 새봄에 걸어보는 기대를 위안 삼고 움츠렸던 마음도 추스르고 고달픈 육신을 달래며 하루해의 일정으로 35번 고속도로 통영 요금소를 나왔다. 푸른 바다는 크고 작은 섬들을 점점이 띄워 놓고 아침 햇살에 빤짝거리는 작은 별들을 끝도 없이 촘촘히도 깔았다. 동양의 나포리 강구만의 고깃배는 잔칫집의 신발처럼 빈틈없이 빼곡하게 겹겹으로 줄을 섰고 더러는 펄떡거리는 활어를 그물망으로 퍼내느라 저마다 바쁘다. 맞은편 활어시장에서는 줄지어 늘어선 고무대야마다 넘치며 도미가 퍼덕거리며 물을 튕기고 낙지와 해삼이 조개류와 함께 그릇 그릇이 넘쳐나는데 여기저기서 흥정을 하느라 한눈을 팔 겨를이 없고 회를 뜨는 바쁜 손놀림에 활기가 넘쳐난다.

박경리문학관

세병관

어시장 안길로 접어들어 비탈진 언덕배기의 '삼도수군통제영'을 찾았다.

통제영의 문루인 망일루로 들어서니 수향루를 곁에 두고 좌청과 산성청이 좌우로 나란한데 가운데의 가파른 계단 위로 내삼문인 솟을삼문이 내려다보고 있다. 협문으로 들어서자 세월의 블랙홀로 빨려들어 가듯이 410여 년 세월의 깊고 깊은 역사 속으로 빠져버린다.

세병관 건물의 웅장함에 압도를 당한 일순간 '세병관'이라는 커다란 현판의 위용에 또 한 번 짓눌려버린다. 용머리는 길어서 하늘과 땅을 한일 자로 갈라버리고 아름이 벅찬 기둥들이 겹겹으로 받힌 팔작지붕은 하늘을 가리고 땅을 덮어버렸다. 바닥 면적이 제일 넓은 전국 최대의 건물로서 온갖 전란을 겪으면서도 병화도 범접을 못하고 포화도 빗겨 간 410년의 역사를 오롯이 간직한 국보 제305호다. 마루청에 올라서면 우물마루의 바닥 판자가 얼마나 두꺼운지 육중한 무게감이 촉감으로 전해지고 드높은 천장의 중보는 청황룡의 단청을 입었는데 길이도 놀랍거니와 굵기의 우람함에 위압감이 짓누른다. 툇마루를 가린 바람벽은 육중한 들창문으로 후방의 시야까지 확보하고 상단으로 바닥을 깔아서 어전을 대신한 위엄을 갖췄는데 통제사의 쩌렁쩌렁한 군령 소리가 멀리 서피랑과 동피랑에 높이 솟은 서포루인 서장대와 동포루인 동장대에 부딪쳐서 강구만의 거북선과 판옥선의 수군에게 귀청 떨어지는 소리로 전해질 것 같다. 세병관을 중심으로 통제사의 직무실인 운주당을 비롯하여 30여 채의 크고 작은 전각들이 옛 궁궐과도 같이 널따랗게 자리하고 있어 종일토록 둘러봐도 해가 모자랄 것 같다.

세병관에서 가까운 충렬사를 찾았다. 높다란 홍살문을 들어서면 협문을 좌우에 두고 커다란 태극 문양이 그려진 충렬사의 정문이 버티고 섰다. 협문으로 들어서면 널따란 정원 좌우로 수백 년 수령의 동백나무가 빨갛게 꽃을 피우고 반기는데 마주한 2층 문루인 '강한루'로 들어서면 좌우로 여섯 개의 비각을 줄지어 거느린 외삼문이 짙은 단청으로 엄숙한 분위기를 한껏 내뿜는다. 계단을 올라 외삼문을 들어서면 동재와 서재가 마주 보는 가운데로 높다란 내삼문이 '충렬사'라는 현판을 달고 옛 내음이 물씬 나는 숙연한 분위기를 은근하게 자아낸다.

춘추로 충무공께 제사를 올리는 사당 건물은 보수 공사 중이라서 임시 참배소를 옆으로 마련하고 공의 진영을 모셨다. 헌향 재배로 숭배의 예를 올리고 전시관으로 발길을 옮겼다. 이충무공께서 명나라 신종으로부터 받은 여덟 가지의 유물로 보물 제440호인 도독의 '직인'과 '직인상자' 그리고 '참도'와 '귀도'며 '곡나팔' 등 '팔사품'이 전시돼 있다. '참도'는 칼날의 길이만 163cm라니 대단한 장도이고 '귀도'는 조각과 문양이 특이한 장도다.

충렬사를 나와 박경리 선생 기념관으로 가는 길에 해저터널로 걸어들어갔다. 483m의 터널의 끝이 미륵도이다. 일제 강점기에 '판데목'이라는 좁고 얕은 해협을 메워 통행하다가 이를 다시 깊게 파서 운하로 만들고 그 아래로 당시로는 동양 최초이고 우리나라에서 유일한 해저 터널을 5년의 대공사 끝에 완공하여 인마와 차량들이 나들면서부터 섬이라는 개념을 잊게 하였다. 지금은 차량은 통제하고 보행만 허용되는데 일제하의 우리 선조들이 오로지 정으로 쪼아내고 삽과 곡괭이로 파내어 피와 눈물로 완공한 유적으로서 내딛는 발자국마다 가

습이 먹먹해지는 등록문화재 제201호이다. 해저 터널을 다시 나와 충
무교를 건너서 산양일주 도로를 우회로 진입하여 산양읍사무소 앞을
지나 미륵산 중허리 길을 오르니까 고갯마루의 남향받이에 단아한 2
층 양옥의 '박경리 기념관'에 닿았다. 1층은 사무실과 관리실이고 산
기슭과 평평한 2층에 오르면 전시실 밖을 정원으로 꾸몄는데 '버리고
갈 것만 남아서 참 홀가분하다.' 라고 새긴 기단을 밟고 선생님의 작
은 동상이 남향 포구를 바라보고 계신다.

　전시실 벽면에는 선생님의 삶의 연대별 기록과 작품들의 소개 글
이 붙었고 유리 진열장엔 육필 원고와 연재된 문학지들이 가지런한
데 '작가와의 대화실'에는 허리가 잘록한 까만 재봉틀과 앉은뱅이 식
탁이 집필의 책상을 겸하고 있으며 영상실에 앉으면 생전의 영상으로
선생님과 만날 수 있게 알차게 마련돼 있다.

　나무 데크의 계단을 살금살금 밟으며 선생님의 묘소를 찾았다. 공
원으로 조성된 널따란 산 중턱의 잔디밭에 글 한 자 새기지 않은 작
은 상석을 앞에 높고 봉긋한 봉분 하나가 선생님이 계신 유택이다.
예를 올리고 남향 포구를 내려다보며 잔디를 깔고 선생님 곁에 가만
히 앉았다.

　"햇볕이 따뜻하지?"

　"바다 빛깔도 진하네요."

　"문인들은 잘 있겠지?"

　"달포 전에 정기총회를 했습니다."

　"참판 댁의 홍매화도 피었겠구나."

　"아직은요. 여긴 진달래가 오르막길 모롱이마다 피었네요."

　"저 멀리서 파도가 봄을 실어 오잖니."

"기념관이 꽤 넓네요. 벽에 걸린 옥색 두루마기에서 선생님의 냄새가 많이 나요."

"나 화장 안 해."

"동백 기름도 안 바르셨잖아요."

"저게 다 동백이야."

"토지의 종착점인 해방 이후의 지식인들을 말하려다 미완으로 남기고 가신 '나비야 청산가자'를 지금은 많이 쓰셨겠지요?"

"나비가 봄 마중 가는 길목이 여기야."

"언제 평사리로 한 번 모실까요?"

한참을 아무 말 않던 선생님은 한 마리의 나비가 되어 훨훨 청산으로 날아가신다.

정취암과 율곡사

　하루가 다르게 산야의 빛깔이 달라지고 있다. 비탈진 과수원에는 여기저기서 청매실의 하얀 꽃이 눈 온 듯이 만개했고 연분홍빛 홍매화도 가지마다 화사하고 멀찌감치 홀로 서서 외로운 목련꽃도 성글은 가지 끝에서 탐스럽고 복스럽다. 겨울나기가 얼마나 지루했으면 잎보다 먼저 꽃부터 피웠을까. 일상이 버거운 것은 초목도 마찬가지일까. 봄을 기다리는 애타는 마음이 오죽하였으면 도리행화도 꽃부터 먼저 피고 진달래도 복사꽃도 잎보다 먼저 피니 기다림의 간절함이 가슴을 저리게 하여 새봄맞이 길마중을 서둘러 나섰다.

　갯버들 어우러진 강섶을 따라서 청보리가 파란 들녘이 있어 좋고, 옛 세월을 붙들고 서럽기만 한 고택들의 애잔한 얘기를 솔깃하게 들으면서 개울물 흐르는 소리 따라 첩첩산중 굽이진 길을 오르면 풍경도 숨을 죽인 고즈넉한 산사가 있어 길머리를 잡았다.

　진주 시가지를 벗어나서 3번 국도를 따라서 오미와 팔미마을 지나 하정 교차로에서 우회전을 하여 20번 도로를 따라 문대를 지나면 단계리 초입에 '이충무공추모행로유적지'를 알리는 안내판이 섰다. 바

율곡사

정취암

람 잡고 나섰는데 쉬어가면 어떠랴 하고 신등 119 지역대를 끼고 돌아들었다. 충무공께서 이곳 단계 삼거리를 거쳐 권율 장군의 군영으로 행하셨던 역사 속의 옛길이기에 단계천 굽이진 물길을 따라 널따란 광장을 알차게 꾸며뒀다. '충무공이순신백의종군추모탑'이 자그마한 거북선 모형을 거느리고 우뚝 선 앞으로 근엄하게 높이 선 장군의 동상 앞에 예를 갖추는데 티격태격 거리며 삐거덕거리기만 하는 오늘날의 정치를 준엄하게 꾸짖으신다. 민망하고 송구하여 머리를 숙이고 '단계리 석조여래좌상'의 전각 앞으로 다가섰다. 연화 좌대 위엔 커다란 석상이 좌정을 하셨는데 아뿔싸! 이럴 어쩌나! 만고풍상의 상처일까, 이목구비가 훼손되고 바른팔을 잃었다. 세월의 흔적이라기에는 너무나 참담한 깊은 상처는 중생들의 죄업을 대신한 법신의 보시였을까. 매무새를 고치고 합장의 예를 올리니 엷은 미소를 품으신다. 세월의 깊이만큼 영험함일까 가련한 중생을 위한 보리심일까. 오묘한 불심을 어찌 알랴만 속죄하는 심정으로 꾸벅꾸벅 절만 하고 돌아서야 했다.

단계 오일장터의 갈림길에서 이리 갈까 저리 갈까를 망설이다가 한옥의 옛 내음을 맡으면서 동네 한 바퀴를 돌기로 하고 옛 담장의 골목길을 더딘 걸음으로 발길을 옮겼다. 솟을대문의 구조도 다양하다. 협문을 양쪽으로 낸 솟을삼문이 있는가 하면 대문 하나를 사이에 두고 문간방이나 곳간이 붙은 것도 있고 측면으로 들어가는 협문도 있어 쓰임새에 걸맞은 다양한 구조들이 옛사람들의 지혜를 생각하게 한다. 대궐 같은 고택들이 20여 채가 넘건마는 주인들이 고령이라서 관리가 버거웠나 보다. 하나같이 허름하고 허술하여 부귀영화의 옛 추억도 곤하게 잠들었다. 미로 같은 돌담길을 이리 돌고 저리 돌며 온 고지정에 젖어보지만 제대로 간수조차 못 하고 있어 물려주신 조상들께 부끄럽고 죄스럽다.

갯버들 가지마다 버들강아지가 하얀 솜털로 토실토실 살이 오른 단계천을 따라올라 모례마을 초입에 닿았다. 청정한 물소리를 겨드랑에 끼고 앉은 서낭당 돌탑은 세월의 이끼가 희끗희끗 피었는데 서리서리 금줄을 둘러치고 마을의 안녕과 풍년을 기원한 간절한 소망이 새끼줄 마디마다 새록새록 영글었다. 두 손 모아 기원을 한몫 거들고, 가던 길은 차황면으로 이어지는 길이라서 다시 좌회전을 하여 산청으로 넘어가는 60번 도로에서 갈라서서 정취암 표지석의 안내를 따라서 둔철산 너머의 정곡과 척지로 이어지는 굽이진 길을 오르는데 골짜기 건너편의 그림 같은 풍광에 눈길을 뗄 수 없어 길섶이 넓은 모롱이에 차를 세웠다.

둔철산을 비켜 앉은 대성산 중턱 아래로 기암괴석이 어우러진 틈새의 벼랑 위에 바윈 듯이 기와지붕이 어렴풋이 보이는데 골 깊어서 외지고 산이 깊어 험한 곳에 천륜도 멀리하고 인륜도 끊었건만 모질은 인연은 차마 끊질 못하여서 실낱같이 외진 길을 없는 듯이 이었을까. 구절양장이 따로 없는 정취암 가는 길은, 굽이굽이 돌고 돌아 지난 세월 돌아보고 또 한 번 굽이돌아 오늘을 돌아보고 돌아갈 길 굽어보며 내일을 생각하게 하는 상념의 길이다. 그러고도 몇 굽이를 돌아서 내려가자 바위틈을 헤집고 앉은 정취암은 추녀 끝의 풍경을 바람결에 흔들면서 천 년을 훌쩍 넘어 삼백 년의 세월을 오늘에 이어왔다.

단청이 화려한 원통보전을 돌아서 돌 틈 사이의 돌계단을 올라 바위 틈새를 돌아가면 산신각이다. 의상 대사께서 창건을 하셨으니 돌이 되려 하셨을까 바위가 되려 하셨을까 무엇을 구하려고 이토록 외진 곳에 관음보살상을 모셨을까. 산신전에 예를 올리고 응진전 뒤로 난 비탈진 산길을 올라갔다. 하늘이 점지한 신선들의 쉼터일까, 선녀들이 하강하여 무도회를 열었을까, 평평한 반석들이 드넓은 별천지다. 아찔한 발끝 아래의 수십 길의 낭떠러지 위에 정취암이 걸터앉고 시야는 일망무제로 열려있어 멀리 겹겹으로 산과 산이 빼곡하고 사이사이 강과 들이 끊어질 듯 이어졌다.

쉬엄쉬엄 하산을 하여 머잖은 곳에 있는 천년 고찰 율곡사를 찾아서 왔던 길로 돌아섰다. 다시 차황으로 이어지는 1006번 도로를 따라서 율현마을 앞에서 7시 방향으로 좌회전을 하여 마을 안길로 접어들어 작은 계곡을 따라 오르막길로 차를 몰았다. 도란거리는 개울물 소리를 오랜만에 들으면서 작은 능선을 두어 굽이 넘어서자 산사의 초입임을 짐작하게 하는 주차장이 마련돼 있다.

일주문도 없고 천왕문도 없다. 들고 남의 경계가 없으니 안과 밖의 개념도 없다. 안이 곧 밖이요 밖이 곧 안이라는 일깨움일까. 창건을 하신 원효대사의 뜻일까. 심오한 뜻이야 어찌 알랴만 자연석 돌계단을 밟고 오르면 단청이 고운 대웅전이 덩그렇게 높이 섰다. 우측으로 현당과 관심당이 어긋나게 앉았으나 단청을 입히지 않아선지 눈여겨 보이지 않고 언덕배기의 삼신각도 없는 듯이 자그만 하고 요사채도 목조 고택의 작은 사랑채 같다. 어디를 둘러봐도 시멘트의 건축물이라고는 찾아볼 수 없는 천년 고찰이다.

청정한 수행의 도량으로 청량감만 감도는데 유난히도 진한 단청의 빛깔이 흑과 백을 줄이고 청홍색으로 어우러져서인지 진하면서도 화려하지 않고 부드러우면서 또렷하고 선명하다. 주홍색의 활주를 받

친 추녀는 안정감을 더하고 처마 밑의 아기자기한 공포의 짜임새는
놀랍고도 신비롭다. 크기가 같은 직육면체의 반듯반듯한 목침이다.
어떻게 맞물리고 어떻게 포개어서 어떻게 쌓았을까. 감탄에 넋을 잃
고 세월에 닳고 닳은 돌층계로 올라서 대웅전에 들어섰다.

천정의 공포 역시 목침으로 쌓고 쌓은 신비함에 흘려서 한참 후에
야 유형문화재 373호인 목조 아미타삼존불좌상에 헌향의 예를 올렸
다. 닫집과 공포의 짜임새는 황홀경인데 벽화는 퇴색되어 무엇을 뜻
하는지 알 길이 없으나 목침의 전설과 벽화의 전설이 천 년을 이어져
온 대웅전은 보물 제374호이고 소장한 괘불탱은 보물 제1316호이다.
묵언의 설법을 가슴에 담고 법당을 나서니까 향 내음이 천 년을 배인
우거진 솔숲에서 은은한 솔향기가 사바세계로 번져간다.

월성 계곡
수달래

어느 특정 지역의 유명한 꽃을 구경하려면 적절한 시기를 맞추기가 여간 어려운 것이 아니다. 서두르면 일러서 꽃망울만 보게 되고 아차 하면 시기를 놓쳐 지는 꽃을 보게 된다. 이맘때면 월성 계곡 수달래가 한창이겠지 하고 간편한 차림으로 집을 나섰다.

35번 고속도로 지곡 요금소를 나와 안의를 거쳐 마리 삼거리에서 좌회전을 하여 장풍 갈림길에서 37번 도로는 무주 구천동으로 보내고 위천면 소재지로 들어섰다.

여기쯤 오면 이리 갈까 저리 갈까 고민 좀 해야 한다. 영남 제일의 삼대 동천인 안의 삼동으로 들어서자 농월정이 다시 섰다며 화림동이 붙잡는 걸 정중하게 사양하고 용추 계곡 심진동도 가까스로 뿌리치고 원학동에 들었는데 수승대를 들리자니 말목재 고개 너머 농산리 석조 여래불입상을 두고 가야 할 것 같고 반구헌과 나란한 정온 고택을 들러서 말목재로 넘자니 수승대의 명승지를 두고 가야 하니까 망설일 수밖에 더 있나. 강동마을 삼거리에서 고무신짝 활딱 벗어 던져보면 쉽게 판이 나겠건만 송홧가루 날리는 윤사월은 아니라도 해가 긴 걸 믿고서 '정온고택'부터 들렀다.

수승대

월성계곡 수달래

솟을대문 위에는 '문강공 동계정온지문'이라는 나라님이 내리신 정려 홍패가 '숭정기원후오 기묘4월'이라는 세기를 적어 길게 붙었다.

대문으로 들어서면 웅장한 사랑채의 문 위에는 이백여 년의 세월이 흐른 훗날 제주도의 인접한 유배지에서 풀려난 추사 김정희 선생이 귀향길에 먼 길까지 둘러서 기어이 찾아와 충절의 높은 뜻을 기리며 '충신당'이라는 당호를 써서 붙인 편액이 걸려 있다.

"광해군과 맞서 임금의 역린을 직언 상소로 건드렸으니 목숨 부지도 어려울 걸 제주도 유배로 끝났으면 됐지 어쩌자고 명나라와의 의만 생각하시며 후일 도모는 생각지도 않고 삼전도의 치욕을 참지 못하시고 자결을 시도하셨습니까? 일찍 발견되지 않았다면 어쩌실 뻔했습니까?"

불호령이 떨어질 줄 알면서 토를 달았다.

"낙향하셨으면 편히 사시지 나라에서 찾는다고 마을 이름도 안 알려 주시고 '모(某) 동네(里)로 갔다'하라며 산속으로 가셨으니 훗날 유림들이 애가 타서 '모리산'이라 이름을 붙여 움집이 있던 깊은 골에 재사인 모리재(某里齋)를 세웠잖습니까."

고개를 숙인 채 불벼락을 기다려도 기척이 없어서 고개를 들었다. '모와'라는 또 다른 현판이 눈길을 끈다. 의친왕 이강이 사랑채에서 머물면서 친필로 남긴 '모리의 집'이라는 뜻으로 쓴 편액이다. 안채 뒤의 사당인 가묘에는 정조 임금이 지으신 '어제시'의 현판이 문 위에 걸렸으니 이 모두 선생을 못 잊어함일 게다.

담장을 사이에 둔 '반구헌'은 동계 선생의 후손인 야옹 정기필 선생의 단아하고 소박한 고택으로 영양 현감을 역임하고 고향으로 왔으나 거처도 마련하지 못해 안의 현감이 마련해 주었다니 선생의 청렴함이

이 시대를 부끄럽게 한다. 그러고도 선생은 '스스로 자신을 뒤돌아보고 반성한다.'는 뜻으로 '반구헌'이라고 당호를 붙였으니 더더욱 송구할 뿐 허리를 굽혀 예를 올리고 대문을 나서니 금원산 드높은 하늘은 더욱 청명하다.

'수승대'를 찾아 위천교를 건넜다. 위천천의 드맑은 물길을 따라 이어지는 송계로는 노송이 우거진 솔숲을 끼고 머잖은 거리의 명승지 '수승대'로 안내했다. 널따란 주차장에 차를 세우고 위천천 수변 공연장의 수위를 조절하는 야트막한 보가 잠수교를 겸하고 있어 건너편으로 갔다. 물길을 따라 소나무가 우거진 자드락 길은 원각사의 목탁 소리가 고요함을 더하고 2층 누각의 요수정은 허리 굽은 노송들로 사방으로 둘러싸여 없는 듯이 벼랑 위에 그림같이 앉았다. 정면 3칸 측면 2칸의 열두 개의 기둥과 추녀를 받힌 활주까지 모두 하나의 주춧돌 위에 섰으니 암반의 크기가 실로 엄청나다. 물 좋고 반석 좋고 노송까지 고고한데 거북바위 마주 보니 선경이요 절경이라 기둥마다 주련이고 시를 적은 편액들이 창방 위에 빼곡하다. 거북바위를 향해 건너가는 바닥은 어쩌면 이리도 반석들이 웅장하고 바닥 전부가 흙과 자갈 한 점 없이 암반으로 드넓다. 암반 위로 흐르는 물은 비단같이 미끄러진다. 거북바위에는 새겨진 이름들이 빈틈이 없는데 세월에 감춰진 기나긴 역사를 말하려 했을까? 백제의 애환 서린 '수송대'의 옛 이름 옆에는 퇴계 선생이 다시 지은 이름인 '수승대'라는 음각된 붉은 글씨가 또렷하게 남았다.

구연 서원의 문루인 관수루 앞에 서니 옛 세월 속으로 속절없이 빨려든다. 아름드리 기둥은 휘었으면 굽은 대로 뒤틀렸으면 앵돌아진 모습대로 꾸미지도 다듬지도 않았으며 문루로 오르는 계단도 없다. 2층 문루 높이만큼이나 등이 높게 넙죽 엎친 거북 형상의 웅장한 바윗돌에 어렴풋이 홈을 파서 계단으로 삼았으니 자연과의 조화로 순리의 거스름이라고는 찾아볼 수 없으니 선인들의 지혜 앞에 이 시대의 과학화가 경망스럽기 그지없다.

다시 발길을 돌려 용암정을 건너다보며 월성 계곡을 찾아 2㎞ 남짓한 북상면 삼거리에서 좌회전을 했다. '가선정'과 '도계정' 그리고 '병암정'인 세 정자가 옛 세월을 지키는 갈계숲의 들머리를 스쳐 지나면서 우거진 솔숲과 후일을 기약하고 용수막 삼거리에서 좌회전을 하여 말목재 가는 길로 접어들어 보물 제1436호인 '농산리 석불입상'을 찾아 차를 몰았다. 1㎞도 안 되는 거리에 있는 갓길의 작은 주차장에 차를 세우고 소나무 숲이 우거진 산기슭을 따라 100m 남짓한 산길을 들어서자 꽤나 널따란 잔디밭 한가운데 높다란 석불이 외롭게 홀로 섰다. 문양도 없는 바윗돌 위로 발끝을 새겨서 받침돌로 삼았고 입상은 하나의 돌에 광배와 불신을 조각했는데 세월의 흔적이 역력하여도 이목구비가 완연하고 잘록한 허리에 날씬한 몸매를 감싸고 흘러내리듯이 주름진 옷자락이 하늘거리건만 어쩌자고 적막뿐인 외진 골에 홀로 섰을까. 절터의 흔적은 찾을 길이 없으니 무슨 사연이 있기에 고갯길이 길고 긴 말목 고개 산기슭에 불보살을 세웠을까. 인적 없는 외진 곳에 뉘라서 찾아와 사시마지 공양을 올리기는 고사하고 향 피우고 헌다하는 길손조차 없는데 주야장천 홀로 서서 한결같은 자비발심 천년 세월 중생제도 두고두고 감사하여 꾸벅꾸벅 절만 하고 또 한 번 돌아보며 가던 길로 돌아섰다.

월성 계곡 들머리의 강선교를 건너면 신선이 하강하여 비파 타고 노닐었던 강선대가 고목의 그늘 아래 바윗돌로 웅장하다. 산 중턱 깊은 골에 '모리재'가 있다 하여 마을 길로 들어갔으나 봄 농사에 지쳤는지 바퀴 빠진 경운기가 길을 막고 있어서 발길을 돌려서 '모암정'에 올랐다. 청정한 계곡 물은 나직한 '운첨 폭포'에서 소리 내어 부서지고 바위틈 곳곳에 '수달래'가 만개했다.

용소를 거쳐서 분설담으로 내려섰다. 눈가루가 날리는 것 같다는 분설담의 물보라는 반석의 틈새마다 진분홍 고운 빛에 보라색을 물들인 월성 계곡 수달래를 촉촉하게 적셔준다. 진달래인가 하면 철쭉인 듯 점이 있고 철쭉인가 하면 끈끈한 점액 없이 보송보송 매끈하다. 진분홍도 고운데 보랏빛을 섞었으니 김소월이 봤더라면 어떤 시를 지었을까.

사선대를 찾아 월성 계곡을 거슬러 올랐다. 물가의 수달래가 굽이굽이 물길 따라 반석마다 바위마다 벼랑 끝도 마다 않고 틈새마다 피어서 별빛으로 무늬 놓고 달빛으로 물들여서 햇볕 아래 색을 내어 청아한 물소리에 빛깔 곱게 피었는데 사선대 바윗돌은 층층이 웅장하고 남덕유산 뻐꾸기는 처량히도 울고 있다.

지리산
대원사

유월의 빛깔은 온통 푸른빛이다. 산과 들이 그렇고 하늘도 물빛도 푸르름에 물들어서 천지가 청색이고 사방이 녹색인데 유월이 되면 풀잎 냄새 말고도 생각나는 냄새가 있다.

동족상잔의 6·25가 아물지 못하는 상처가 되어 민족의 가슴에 응어리져 잊지 못하는 화약 냄새가 있고, 아스팔트 바닥 위에 젊음을 뉘이고 목마르게 외쳤던 유월 항쟁의 매캐한 체류 가스 냄새가 있고, 오늘을 물려주고 앞서 간 호국의 영령들께 올리는 헌향의 향내가 있어 언제나 가슴 먹먹하게 하는 내음도 있지만, 지금은 세월의 저편에서 아련한 추억이 되어버린 보리타작 뒤끝의 겉겨 태우는 구수한 냄새도 유월의 내음이다. 그래서 유월은 빛깔의 계절이 아니라 '내음의 계절'이다. 잊어서는 안 될 잊혀져 가는 유월의 냄새가 짠하여 골 깊은 산사 지리산 대원사를 찾아서 향이라도 사를까 하고 집을 나섰다.

지리산 자드락 800리 길은 어디로 가든 어디서 가든 감춰진 옛이야기가 발목을 잡고 잊혀진 옛이야기가 길을 막는데 역사의 뒷이야기가 솔깃하여 귀를 기울이거나 사연 많은 비경에 한눈을 팔면 십 리도 못 가서 해 저무는 길이다. 그래서 35번 고속도로 단성 요금소를 나와서

대원사 다층탑

삼장사지 석가사리탑

부터는 옆도 뒤도 안 보고 덕산 5일장터를 지나 59번 도로를 따라 삼장면 명상 삼거리에서 대원사 방향으로 좌회전을 하여 마을 회관 들머리에 차를 세웠다.

이번에는 꼭 찾아봐야겠다고 작정을 하고 누가 부르기라도 하듯이 평촌마을 회관부터 찾았다. 웬걸 아무도 없으니 또 낭패다. '삼장사지 3층 석탑'이 어디에 있냐고 물어봐야 하는데 있어야 할 할머니들도 안 계시고 길거리에는 사람의 그림자도 없으니 참으로 난감하다. 부지깽이도 일어선다는 농번기인데 그러려니 하고 한참을 두리번거리다 무작정 마을 앞의 다리를 건너니까 들녘 한편에 홀로 선 석탑이 한눈에 들어온다. 삼장사지의 옛 흔적은 찾을 길이 없고 작은 논이 층을 지어 맞물린 틈새의 평평한 바닥에는 키가 작은 잡초가 무성하게 우거지고 야트막하게 사면을 둘러친 철책의 울타리 안에서 경남도 유형문화재 31호인 신라 시대의 석가세존의 사리 석탑은 천년 세월을 지키며 외로이 홀로 섰다.

헌칠한 높이에 튼실한 탑신으로 당당하고 웅장하며 옥개석의 곡선에서 옛 멋이 풍겨난다. 지대석과 하대 중석은 하나의 돌로서 선도 곱고 결도 고운데 하대 옥석이 살포시 눌러앉아 석탑의 풍모는 균형의 조화와 선의 아름다움이 문외한의 눈에도 기막히게 절묘하다.

본래는 5층 석탑으로 추증된다는데 부재의 유실로 3층으로 복원했다지만 균형의 조화는 본살 같이 아름답고 옥개석의 훼손이 군데군데 있지만 4단 받침의 선과 우주의 조화가 참으로 멋스럽다. 석탑 앞 양쪽에 선 지주석이 가슴 높이로 우람한 것으로 보아 괘불탱화의 크기도 상당하였으리라 짐작이 되고 기단 옥개석이 한 길 높이인 것으로 보아 대가람의 크기가 짐작되건만 삼장사의 흥망성쇠를 석탑이야 알겠지만 말없이 홀로 서서 중생을 굽어본다.

얼마나 많은 바람이 있었기에 얼마나 간절한 소원이 있었기에 불심을 모아 탑을 세워 빌고 빌며 탑을 돌던 옛사람은 간 곳이 없으니 언제쯤이면 향불이 다시 피고 목탁 소리 범종 소리 염불 소리 들리려나. 꾸벅꾸벅 절을 하고 돌아서는 발걸음이 진득하게 무겁다.

다시 평촌 다리를 건너서 대원사 계곡을 따라서 깊은 골로 들어섰다. 울울창창한 소나무 숲이 우거져서 하늘을 뒤덮은 산길은 수직의 벼랑을 따라 구불구불하게 이어지고 아래의 계곡엔 크고 작은 바윗돌이 빼곡히 앉았건만 자리 놓고 다투는 인간사를 비웃는 듯 마주 앉아 정에 겹고 물러앉아 양보하고 틈새 내줘 배려하니 흐르는 계곡 물도 비켜가고 돌아가며 구슬 같은 물보라를 찬란하게 튕기면서 청아하게 소리 낸다.

하얀 화강암 난간의 대원교를 건너서자 계곡은 길 오른쪽으로 나란히 다가서며 고래 등 같은 바윗돌이 암반과 어우러져서 계곡의 폭도 넓어졌다. 널따란 도로 가운데로 '방장산 대원사'라는 현판을 달고 단청이 화려한 일주문을 지나 낙락장송이 계곡을 뒤덮고 남은 그늘의 한 자락을 내어주는 작은 주차장에 차를 세웠다. 자연석을 맞대어 깐 돌계단 위로 대원사로 들어서는 문루가 대문을 활짝 열고 길손을 반기는데 빤하게 바라다보이는 우뚝한 대웅전의 열려진 문 안으로 본존불이 가만히 굽어보고 계셨다. 문루의 돌계단을 올라 마당 어귀에 발을 내딛고 합장의 예를 올리고 바라보는 풍광은 한눈에도 절경이다. 지리산 드넓은 자락에 골 깊은 계곡을 끼고 좌우의 산등성이 겹겹으로 에워싸서 오로지 하늘이 내어준 천공만의 틈새 아래 구중심처 심산 절집 천년 고찰 대원사가 그림같이 앉았다.

대웅전엔 닫집 없이 후불탱화 장엄하고, 수미단의 본존불은 문수보살 보현보살 좌우로 협시하고, 불벽 뒤의 석가탱화 사바세계 중생제도 한결같은 자비발심, 천년 세월 이어오며 범종 소리 예불 소리 지리산에 여울진다.

대웅전과 추녀를 맞댄 원통보전은 사면 팔작 지붕으로 고건축의 정교한 균형미와 날렵한 멋스러움이 극치를 이루는데 안으로 들면 관세음보살상의 수미단 불벽 뒤에도 천수천안관세음보살 탱화가 커다랗게 모셔졌다.

원통보전 뒤편으로 가지런하게 장독대가 놓인 언덕을 오르면 자그마한 '산왕각'이 앉았다. 여느 절집의 산신각이다. 지리산의 주봉 천왕봉의 성모천왕을 산신으로 모시고 있어 '산왕각'이다.

산왕각을 나서서 명부전으로 들었다. 지장보살상을 주불로 모시고 좌우로 좌정한 십대제왕상은 여느 절집의 위압감과는 전혀 다른 모습이다. 비구니의 대가람이라서일까, 분단장을 곱게 하고 온화하고 자애롭다. 덕숭산 수덕사와 가지산 석남사와 함께 지리산 대원사는 우리나라의 비구니의 삼대 사찰이다. 정갈스러워 놀랍고 정숙한 분위기에 놀랍고 멋스러운 정취에 놀랍다. 이를 두고 대원사 3경(三驚)이라고 이름 붙이고 싶은데 말소리조차 조심스럽고 발자국 소리가 날까 봐 더욱 조심된다.

선방이 있는 언덕 위에 646년 신라의 자장율사가 6.6m의 높이로 세운 보물 제1112호인 대원사 다층석탑이 하늘을 찌를 듯이 높다랗게 우뚝 섰다. 철분 함유가 많아서 온통 황금색으로 물든 다층석탑은 호리호리한 몸매로 하늘 높이 쭈뼛한 9층 석탑이다. 1989년 해체 복원을 할 때에 58과의 부처님의 사리가 나왔다니 올해로 1370년 전에 조성한 사리탑이고 보면 기나긴 세월을 인간의 세수로 어찌 가늠하랴만 만고풍상이야 오죽이나 했을까. 죄업 빌며 합장하고 소원 빌며 절을 하고 발원하며 탑을 돌고 백팔번뇌 성불득도 빌고 빌던 사부대중 영험함이 없었으면 어찌 오늘이 있었겠나. 정조 8년에 다시 세웠다는 기록이 새겨진 배례석 앞에서 예를 올리니 홀을 감싸 쥔 문인상이 탑신의 네 면에서 근엄하게 지켜본다.

대원사를 나와 용소를 찾아서 소나무 숲길의 계곡을 거슬러 오르며 쉬엄쉬엄 걸었다. 끝 간 곳을 알 수 없이 나직나직하게 층을 이루고 있는 널따란 반석 위로 명경같이 맑은 물이 폭포와 소를 이루고 있어 정작 용소가 어느 것인가를 알 수가 없다. 물이 맑아서 바닥이 훤하게 들여다 보이지만 바윗돌의 크기가 아니고서는 깊이조차 가늠하기가 어려운데 태초의 모습으로 오늘을 반기지만 질곡의 역사 속에 사연인들 오죽하고 애환인들 오죽하겠냐만 속 깊은 지리산은 정작으로 말이 없다.

용추 계곡을
찾아서

장마가 소강상태라더니 찔끔거리던 간밤의 비도 그치고 아침 햇살이 폭염이라도 쏟아부을 듯이 심상치가 않다. 밥상머리에서 피서지 운운했다가는 '중부지방의 비 피해로 수해복구가 화급을 다투고 조선과 해운업계의 불황으로 나라 경제도 어려운데 설상가상으로 영국의 브렉시트 여파까지 덮쳐서 주가는 곤두박질치고 부엌살림은 뒤집어질 판이라 사니 못 사니 하는 판국에' 하고 시국강연이 시작될 것 같아서 입을 꼭 다물었는데도 자꾸만 폭포가 있는 계곡이 생각나서 연암 박지원 선생이나 뵙겠다며 물레방아 공원이 있는 용추 계곡을 찾아 집을 나섰다.

35번 고속도로 지곡 요금소를 나와 안의로 들어서면서 얼핏 들은 소리가 생각나서 남강 쪽으로 차를 몰아서 '율림'을 찾았다. '밤숲'이라 해서 '율림'이랬다는데 밤나무는 몇 그루가 안 되고 온통 아름을 넘는 굵기의 낙락장송들이 빼곡한 노송의 숲이다. 짙은 빛깔의 청기와를 얹은 삼오정 정자가 시원스럽게 자리를 내주는데 삼오정 현판은 고 박정희 대통령의 친필이란다. '병오 팔월 박정희'라고 주서가 붙었으니 1966년도인가 본데 옛 세월이 되었다.

용추폭포

장수사 일주문

다시 강을 끼고 돌아서 안의로 들어서자 금호천 강가에 꽤나 널따랗게 자리 잡고 날아갈 듯이 추녀를 활짝 펼쳐 웅장하면서도 날렵한 광풍루가 굽어본다. 태종 12년 1412년에 세워서 '선화루'라 했다가 안의현감이셨던 일두 정여창 선생께서 중수하여 '광풍루'라고 고쳐 불렀다는데 정유재란에 불탄 것을 1605년에 중건했다니 410여 년의 애환의 역사를 엮어오는데 일두께서 점필재의 성리학을 이어받은 문하생이라서일까 점필재 김종직 선생의 옛이야기가 서려있는 함양읍의 학사루와 빼어나게 닮았다.

광풍루를 뒤를 하고 다리를 건너 거창 방향으로 좌회전을 했더니 이내 용추 계곡으로 들어서라고 안내판이 일러준다.

안심마을로 접어들자 물레방아의 시원지를 알리는 안내문들이 여럿인데 지우천 계곡물을 끼고 아름드리 노송이 사오십 그루가 우거진 솔숲에는 연암 박지원 선생이 안의 현감으로 재직하며 우리나라에서 최초로 물레방아를 설치한 곳이라고 선생의 '열하일기'에서 밝혀진 내용이라는데 정확한 위치는 알 수 없으나 당시의 물레방아 확이 발견된 곳으로 작은 공원이 꾸며져 있다.

물길을 따라 이어지는 길을 잠시 오르면 관광 안내소가 딸린 커다란 문루 같은 기와집을 출입문으로 삼고 왕복 2차선의 길이 열렸는데 안으로는 널따란 주차장을 마련했다. 차를 세우면 청심당 깊은 소에 발을 담근 커다란 거북바위 위에 그림같이 멋스러운 심원정이 앉았다고 안내판이 일러준다. 소나무 뿌리와 돌부리가 얼기설기 계곡으로 가는 길을 내어주는 숲길로 들어서자 정면 3칸 측면 2칸의 중층 누각 건물의 심원정은 옛 모습 옛 내음을 물씬 풍기며 암반 위에 앉았는데 깔고 앉은 반석이 끝난 곳을 알 수 없게 크기가 엄청나서 어디가 거북의 머리이고 꼬리인가는 분간이 안 된다. 심원정의 2층 누마루로 오르면 천장 들보를 걸터타고 청룡은 여의주를 황룡은 물고기를 물었건만 깊은 뜻은 알 길이 없는데 재궁 폭포에서 우렁찬 소리를 내며 쏟아져 내리는 물은 청심담으로 파고들며 물보라를 일으키고 바람에 흩날리는 물안개는 건너편 벼랑을 이루며 농짝같이 쌓아놓은 층층의 바위인 농암을 휘감으며 '정돈암 장수지소'라고 음각되어 선생의 유훈을 되새기게 하는 절경을 펼쳐준다.

정자에 올라 주변의 경관에 심취되면 시인 묵객이 따로 없다. 노송의 가지 끝에 벽공이 창을 내고 청심담 맑은 물은 명경지수 이루었고 농암의 기암절벽 물안개가 자욱한데 돌거북의 등에 오른 심원정에 앉았으니 물소리 청량하여 가야금도 할 일 없고 청심담에 시를 쓰고 농암 끝에 난을 치면 지필묵도 소용없이 차 한 잔이 제격이다. 옛사람들도 농월정의 화림동, 수승대의 원학동, 심원정의 심진동을 안의 삼동의 삼가승경이라 하지 않았던가. 거제 부사 돈암 정지영 선생의 유덕을 기리며 선생을 찬양하고자 선조 7년에 제자들이 건립한 심원정은 찾는 이들의 몰지각으로 몸살을 앓고 있어 돈암 선생의 후손 정종두 종손은 유지 관리에 하루해가 짧다 하니 선현들은 이름을 남기는데 세인들은 쓰레기만 남기는지 탄식이 절로 난다.

심원정을 나서면 이내 '연암 물레방아공원'이 쉬어가라 붙잡는다. 커다란 물레방아는 옛 모습은 아니라도 비탈에 줄지어 서서 뻐드렁니를 들낸 목장승들이 겁도 없이 우쭐거려도 개의치도 아니하고 삐걱거리며 돌기만 잘도 한다.

물레방아 돌아가는 소리를 뒤로하고 가던 길을 재촉하는데 삼형제 바위가 참으로 기이하니 기어이 보고 가라고 볼품없는 안내판이 정중하게 붙잡는다. 계곡으로 내려서자 크고 작은 바위들이 계곡의 바닥에 빼곡하게 깔려서 물소리는 더욱 요란한데 이게 웬 조화인가! 오두막만한 몸집의 정육면체의 거대한 바위 세 개가 가운데 하나를 중심으로 계곡 이쪽저쪽으로 같은 거리를 두고 다리의 교각이라도 놓은 듯이 웅장하게 앉았다. 상판만 얹으면 굉장한 크기의 석교가 됨직한데 엄마의 무덤을 찾아 막내를 업어 건너 놓고 둘째를 업으로고 가운데쯤 왔을 때에 삼 형제의 우애를 시기한 마귀할멈이 돌로 굳게 했다니 전설 속이나마 참으로 몹쓸 할미다. 형제들의 효성과 우애에 감탄하여 마귀 할미가 다리를 놓아주려 했더라면 좋았으련만 풍광은 멋지건만 뒷맛은 씁쓸하다.

풍수지리학의 종조이신 무학대사가 정도전에 밀려서 은신처를 찾던 중에 이곳 명당의 자리에서 찾았다는 매바위는 계곡 건너 숲속에서 머리를 곧추세우고 줄줄이 이어지는 '매산나소'와 '요강소'의 소용돌이치는 물보라를 응시하며 짙은 숲에 몸을 숨겼다.

사평교를 건너자 집채만 한 꺽지가 살았다는 꺽지소의 물소리는 더욱 요란한데 이어지는 용소는 목이 잘린 옛이야기를 고스란히 품고 있다. 계곡은 줄줄이 소를 이루고 반석의 끝은 층을 지어서 이어지고 있어 끝을 알 수가 없는데 여인과 수도승의 이루지 못할 애절한 사랑의 뒤끝이 바윗돌로 변한 상사 폭포 옆으로 승탑 부도는 세속의 소리를 듣지 않으려 함인지 길섶의 비탈에 줄지어 앉아 물소만 듣는다.

성불과 득도를 기원하며 합장의 예를 올리고 차를 몰았더니 이내 널따란 주차장이 반긴다. 주차장 위로 층을 이룬 석축의 돌계단은 화려한 일주문으로 인도하는데 일주문의 크기도 웅장지만 팔작지붕의 정교한 다포는 화려한 단청과 어우러져 감탄이 절로 난다. 신이 만든 전설 속의 작품이라면 믿어 줄까, 아니면 3D로 출력했다면 믿어줄까, 글로 써도 티가 되고 말로 해도 흠만 되니 '덕유산장수사조계문'은 보기만 해야겠다.

　일주문의 풍모에 홀린 듯한 기분으로 용추교를 건너서 비탈길을 올라 작은 주차장에 차를 세우는데 꽝음의 폭포 소리가 차 문을 밀치고 쳐들어온다. 용추 폭포이다. 힘차고 세차건만 어쩌다가 승천하다 추락했단 말인가. "이제는 부디 승천을 하옵소서!" 하고 합장의 기원을 올리는데 머리 위의 천년 고찰 용추사가 지켜본다.

34 ━━━━━━━━━━━━

왕산 자락의
가락국의 발자취

한낮의 기온이 37.5도라는 체온을 상위하는 가히 살인적인 폭염이 계속되면서 입추를 지나도 기세가 꺾일 줄을 모르고 폭염은 횡포를 부리며 피서 인파를 바다로 계곡으로 내몰고 있다. 어디를 가도 피서지마다 발 디딜 틈이 없는 북새통이라 일탈의 여유를 부려볼 만한 곳을 찾기가 쉽지 않지만 그늘 짙은 수림 속에서 가락국의 옛 역사와 함께 시공의 여유를 누릴 수 있는 왕산 자락이 있어 홀가분한 차림으로 집을 나섰다.

35번 고속도로 생초 요금소를 나와서 이내 좌회전을 하여 임천강을 거슬러 오르면 고산준봉들이 사방으로 둘러싼 천혜의 요지에 강을 사이에 두고 산청군과 함양군이 어우러진 꽤나 널따란 들녘이 얼핏 보아도 산 좋고 물 좋아서 세세손손 풍요를 누릴 수 있는 길지임을 한눈에 알 수 있는 화계장터에 닿는다.

우회전을 하여 임천강을 건너면 함양군 휴천면의 용유담을 거쳐 마천으로 이어지는 '천왕봉로'이고 좌회전을 하여 특리 고갯길을 넘으면 산청 한방 테마파크로 이어지는 '동의보감로'이다.

동의보감로를 따라 특리 고갯길 들머리에 접어들면 드높은 홍살문

구형왕릉

덕양전

을 앞세우고 고래 등 같은 십여 채의 기와집들이 종횡으로 가지런히 어우러져 작은 궁전을 이루고 있어 마련된 주차장에 차를 세웠다.

가락국의 10대 왕 구형왕인 양왕의 별궁이라 해야 할지 계화 황후와 함께 영정을 모시고 춘추대제를 봉행하며 매월 삭망 향례를 올리니 종묘라고 해야 할지 아니면 아예 가락국의 마지막 궁궐이라 해야 할지 대궐 같은 목조 건물이 즐비한 '덕양전'이다.

높다란 홍살문을 들어서면 태극 문양을 크게 그린 솟을삼문이 웅장한데 협문 안으로 들면 널따란 마당을 마련하고 또 하나의 대문인 해산루라는 삼문문루가 우뚝하게 가로막는다. 지존이신 군왕께서 만백성을 바다와 같이 넓게 굽어보고 계신다는 의미일까 누마루가 높이 솟았다. 내삼문인 연신문을 들어서면 양왕과 계화 왕후의 신위를 모신 덕양전이 삼 칸 겹집의 맞배지붕으로 고색창연한 단청이 옛 내음을 풍기며 웅장하지는 않으나 단아한 풍모에 근엄함이 배어 있어 숙연함을 자아낸다. 옆으로는 군왕의 침소로 사용하기에는 옹색하지만 수정궁이라는 궁전이 자리를 잡았고 국가 표준 영정 62호와 63호인 두 분의 영정을 모신 영정각은 자물쇠가 굳게 잠겼는데 동재와 서재도 안향각과 함께 모두가 보수 공사가 한창이라서 입시는 후일로 미루고 문전에서 참배의 예를 가름하고 발길을 돌렸다.

덕양전 뒷담을 돌아서 왕산 골짜기로 들어서는 초입에 자그마한 기와지붕이 길가의 숲속에서 얼핏 보여서 차를 세웠더니 '망경루'라는 편액이 걸린 2층 누각이 계곡을 굽어보며 없는 듯이 앉았다. 계곡으로 낙숫물이 떨어질 것 같이 바싹 다가앉았건만 무지의 소치는 아무래도 아닐 게고 딴 마음 먹고 생색내며 태곳적의 바윗돌은 모조리 걷어가고 무작스런 직강 공사로 옹벽을 쌓아서 계곡의 풍치는 흔적도 없이 사라졌어도, 두문동 72현 중의 한 분이신 농은 민안부 선생의 충절과 유덕을 기리고자 세운 '망경루'는 옛 도읍의 송경이 그리워 더없이 숙연하다. 정면 3칸 측면 2칸으로 풍모가 당당한 꽤나 널따란 누마루에 오르면 청황룡은 들보를 걸터타고 천정에서 마주하고 왕산 뻐꾸기는 사라져 간 옛 영화를 두고두고 못 잊어 하는 선생의 한이라도 달래려는지 목이 쉬도록 애달프게 울어 댄다. 세상사의 흐름이야 어쩔 수 없다지만 정권 말기면 새 줄 서느라고 레임덕이 극심한 작금의 세태가 불사이군의 충절 앞에 참으로 민망하다.

　망경루를 나와 가던 길을 따라서 계곡을 거슬러 오르면 이내 왕림사라는 절집이 계곡 깊숙하게 그림 같이 앉아서 한더위를 식히며 쉬어가라 일러준다. 바윗돌 틈새를 비집고 계곡을 건너가던 옛길은 찻길로 다듬어져서 대웅전 한편으로 주차 구역이 마련됐다. 자그마한 기와지붕들이 추녀 끝을 맞대고 청정하게 흐르는 물소리와 청아한 풍경 소리가 어우러져 정적의 고요함에 더위를 모르고 고즈넉이 앉았다. 대웅전에 들어섰으나 딱히 빌어볼 소원이 없어 그저 올림픽에 참가한 선수들이 모기 물리지 말고 마음껏 기량을 발휘해 달라며 헌향 삼배의 예를 올렸다.

　왕림사를 나와서 김유신 장군이 활쏘기를 했다는 사대 자리에 '신라태대각간순충장렬흥무왕김유신사대비'라는 비문이 새겨진 빗돌 앞에 섰다. 삼국 통일의 대망을 꿈꾸며 시위를 당겼던 대장군 흥무왕을 생각하며 올림픽에 출전한 우리 선수들의 화살이 백발백중 금메달의 과녁에 명중하기를 간절히 빌었다.

　사대의 맞은편에는 단청이 화려한 단간 비각이 섰고 커다란 석비는 세월의 검버섯이 희끗희끗하여 판독이 쉽지 않으나 '가락국시조왕 묘유지비명…'이라 새겨졌고 안내판은 '가락국시조 김수로왕의 태왕 궁지'라며 서기162년에 왕자 '거등'에게 나라를 양위하고 이곳 방장산 자락에 별궁을 짓고 태후와 함께 이거하여 왕의 호를 '보주황태왕', 왕후를 '보주황태후'로, 궁은 '태왕궁'으로, 산은 '태왕산'으로 명명하셨 고, 태왕 원년 38년간 계시다가 기묘년 3월 23일에 서거를 하셨다고 일러준다.

비각을 지나면 널따랗게 주차장이 마련돼 있어 계곡 건너편으로 빤 하게 건너다보면 드높은 홍살문과 웅장한 돌무덤이 한눈에 들어온다.

홍예석교를 건너 성역의 경계인 홍살문으로 들어서서 솟을삼문으 로 들어가면 한국의 피라미드라는 가락국 10대 구형왕의 돌 능이 천 오백여 년의 장구한 세월에도 흐트러짐이 없이 잘 보존되어 역사 속 의 옛이야기를 오롯이 전하고 있다.

혼자서 들기에는 버거운 크기의 시커먼 돌을 산비탈을 따라서 이등 변삼각형으로 일곱 단을 쌓아 상부를 봉긋하게 하였는데 웅장하고 장 엄하다. 사자 석상이 마주한 안쪽으로 장신의 무인석과 문인석이 쌍 으로 마주하고 커다랗게 혼유석이 놓인 뒤로는 '가락국양왕능'이라는 신위비가 섰다. 찬란했던 철기 문화의 오백 년 사직을 신라에 넘겨주 고 시조의 태왕 궁지에서 망국의 한을 달래려 하셨을까, 흥망이 재천 이라 국운을 탄식한들 무엇하랴만 종묘에 죄를 빌고 백성을 위로하려 이토록 애달픈 유언을 남겼을까, "과인이 죽으면 흙으로도 덮지 말 고 돌로만 덮어라" 했으니 비통한 마음을 초목도 함께하고 산짐승도 날짐승도 모두의 애도일까. 폐하 가신 지 천오백 년의 기나긴 세월이 흘렀어도 산새도 능 위로는 날지 않고 칡넝쿨 한 가닥 범하지 않으며 흙먼지 한 점도 쌓이지 않고 가랑잎 하나 날려 오지 않으니 수목이 울창한 심산계곡에서 그저 경이롭고 신비로울 뿐이다.

폐하의 영혼이라도 들고 납시라고 네 번째 단 가운데에 감실이라는 작은 문을 낸 것이 산 자가 할 수 있는 마지막 충성인가. 둘러친 돌담장 너머로 증손자 김유신이 7년간 시능을 하였다는 '흥무왕시능사 우지유지'라는 작은 석비가 섰다. 천오백 년의 기나긴 세월이 흐른 후에야 찾아온 유생은 폐하께 읍하며 머리를 숙였다. 왕산 뻐꾸기는 목이 쉬어 처량하다.

35

불일 폭포를 찾아서

유난깨나 떨던 폭염이 잠시 멈칫거리기에 북새통을 이루던 피서지가 더 여유롭지 않겠나 하고 여름방학을 맞은 외손녀 채연이를 앞장세우고 느긋하게 더위도 식힐 겸 하여 심산 절집을 벗 삼은 불일 폭포를 찾아서 길을 나섰다.

화개장터에서부터 거슬러 오르는 화개천의 물길도 여느 때와는 달리 가뭄의 여파로 실개천같이 가늘어졌고 북적거리던 피서 인파도 썰물처럼 빠지고 크고 작은 바윗돌만 옹기옹기 모여서 웅크리고 앉았다.

무성한 이파리로 하늘을 가려서 길게 터널을 이루고 줄지어 선 십리 벚꽃길을 벗어나 쌍계사로 잇는 다리를 그냥 지나쳐서 목압교를 건넜다. 천년의 향기 어린 녹차의 고장 목압마을로 들어서니 국사암 가는 좁다란 산길은 도랑을 따라 이어졌다.

아름드리 장송이 띄엄띄엄한 수림 사이에서 짙푸른 대숲이 우거져 그늘을 마련한 주차장 옆으로 불일 폭포로 가는 안내판이 국사암 오르는 돌계단 앞에 섰다. 심산유곡을 들었으니 산중 절집부터 찾아 입산의 예를 먼저 갖출까 하고 수령 1200년의 사천왕수 옆으로 열려있

불일암

불일폭포

는 국사암 대문 안으로 들어섰다. 산중암자치고는 꽤 큼지막한 'ㄷ' 자의 본존 건물의 중앙 정면에는 커다랗게 '국사암'이라는 편액이 걸렸다. 안쪽 깊은 중앙이 인법당으로 우로는 칠성전과 명부전을 좌로는 염화실과 옹호문을 나란하게 거느리고 천년 고찰의 옛 내음을 그윽하게 풍긴다. 마루청을 올라 법당으로 들었더니 목조 여래좌상이 지긋한 미소로 중생을 반기신다. 839년 신라 문성왕 원년에 혜소 진감 선사께서 암자를 세워 주석하셨던 '보월암'이었다는데 민애왕이 스승으로 봉하여 선사를 국사로 칭하였다 하여 '국사암'이라는 이름으로 바뀌었다.

국사암을 나서서 불일 폭포를 찾아 본격적인 산길로 접어들었다. 수많은 중생들이 천년 세월을 두고 오고 간 흔적일까. 속죄하며 올리고 소원 빌며 올린 돌이 켜켜이 쌓고 쌓인 돌탑을 지나면 작은 고갯마루에서 쌍계사로 가는 길과 불일 폭포로 올라가는 길이 나뉘지는 삼거리에 닿는다. 쌍계사 0.3㎞, 불일폭포 2.0㎞라는 이정표를 지나 끊어질 듯 이어지는 산모롱이를 돌아서자 바윗돌이 우람한 덩치로 너덜겅을 이루는 계곡 길이다. 편편한 돌을 언제 누가 이토록 튼실하게도 촘촘히도 깔았을까. 세월에 닳고 닳아 반들거리는 계곡 길을 오르면 계곡이 깊어지면 방부목 다리가 놓여 있고 야트막한 계곡에는 아름드리 바윗돌의 징검다리가 넓적넓적한 등짝을 내밀고 줄 지어서 앉았건만 계속되는 가뭄으로 할 일 없어 미안한지 웅크린 모양새가 가엾고도 처량하다.

희끗희끗한 돌이끼가 채색된 웅장한 바위가 길섶을 지키는 틈새를 돌 때마다 길은 점점 가팔라지고 인적 없는 산속의 적막감이 깊어만 가는데 외진 길 걷는 객의 적적한 심사를 눈치라도 챘었는지 꼬리를 짊어진 바위 끝의 다람쥐가 엉덩이를 씰룩거리며 길 안내를 나섰다. 한눈을 잠시 팔면 흔적조차 없다가도 어느새 저만치서 쪼르르 앞서가며 쫑긋쫑긋 신이 났다.

세월의 때가 되어 돌이낀가 했는데 바윗돌에 새겨진 문양은 분명한 글씨인데 이두 문자일까 상형 문자일까 손바닥으로 쓸고 닦아도 가늠이 안 가는데 저만치의 또 다른 바위는 고운 최치원 선생께서 청학을 타고 넘나들 때 청학을 부르던 '환학대'라 했다. 쌍계사에 있는 국보 47호인 '진감국사대공덕비'의 비문을 고운 선생은 이곳 환학대에서 지으셨다니 다시 한 번 돌아보게 하는 커다란 바위이다.

환학대를 지나 '마족대'라는 커다란 바위에 섰다. 길에서는 평평하지만 내려다보면 계곡에 뿌리를 박은 아찔한 절벽이다. 임진왜란 때 원군으로 온 명나라의 이여송이 말을 타고 지리산을 오르내린 말발굽의 자국이 있다 하여 '마족대'란다.

조릿대인 산죽이 우거진 산길은 갈수록 가팔라지더니 훤하게 고갯마루의 천공이 먼동이 트듯이 밝아 왔다. 불일평전에 닿은 것이다. 등산객들이 왁자지껄했던 산장이었을까. 인적은 끊어지고 거미줄만 뒤엉킨 초라한 폐가는 을씨년스럽다. 옛적의 이맘때면 감자 삶고 옥수수 삶는 냄새로 하얀 연기가 모락모락 이웃끼리 정겨웠으련만 잡초가 우거진 폐허는 옛 영화를 잃은 채 말없이 허무하다.

고갯마루에 닿아 비스듬한 비탈로 내려서자 통행 제한의 그물망에 낙석 제거 공사 중이니 우회하라는 현수막이 막아섰다. 우회하는 비탈길은 위험천만이다. 열한 살 난 채연이가 제 몸 가누기도 힘들 건데 할아버지가 미끄러질까 봐 걱정이 태산이다. 돌아보고 돌아보며

'괜찮으셔요'를 연발하며 다부지게 앞장을 선다. 밧줄을 잡고 이어지는 좁은 길은 깊이를 알 수 없는 낭떠러지 위로 아슬아슬하게 이어졌다. 길도 아니었던 산길을 우회하라니 막막하지만, 곡예를 하다시피 작은 골짜기를 건너서자 야트막한 돌 축대가 골짜기와 잇대어 길게 층을 이루고 있어 오래전의 천수답임이 짐작되는데 고산준령을 이고 지고 넘어야 했던 옛사람들을 생각하니 힘들어했던 게 미안하고 부끄럽다. 암말 않고 급경사의 비탈을 밧줄을 잡고 내려서자 길옆으로 들깨와 가지와 고추가 심어진 작은 텃밭의 울타리에 '스님의 채마밭'이라는 알림판이 있어 '불일암'이 코앞이다 싶어 안도의 숨을 내쉬는데 폭포의 물소리가 들려왔다.

한결 가벼워진 발길을 옮기자 숲속에 가려진 기와지붕의 용마루가 더없이 반가웠다. 임시 등산로는 불일암 뒤로 들게 돼 있었다. 오두막 같은 산중 절집이겠지 했더니 앞으로는 반듯한 요사채를 거느리고 축대 위의 대웅전은 맞배지붕의 삼 칸 겹집으로 단청도 화려하고 풍모도 당당하다. 법당으로 들어 헌향의 예를 갖추고 축대 아래의 샘물을 한 쪽박 들이켜니 심신이 날 것 같다. 이제야 사방의 풍광이 눈에 잡힌다. '비폭정상불일암'(飛瀑頂上佛日庵)이라는 주련이 걸린 요사채의 댓돌 위에 가지런하게 놓인 한 켤레의 하얀 고무신이 어쩐지 처량한데 추녀 끝의 등롱은 오수로 잠들었고 산 높은 봉우리엔 흰 구름이 한가롭다.

중생의 인적에 요사채의 문이 열리고 준수한 용모의 젊은 스님이 합장으로 반기신다. 무지한 중생과의 선문답이 오간 끝에 법명이 '일룡'이란다. 축대에 기대선 지게가 손때 묻어 반들거려 스님을 또 한번 보게 한다. 옛사람들도 잔나비나 다닐만한 길이라고 한 첩첩산중의 작은 암자에 스님 홀로 주석을 하다니 기가 막힌다. 퍼뜩 한 구절 지어본다.

삼신고봉 백운휴(三神高峯 白雲休)
비폭불일 독고승(飛瀑佛日 獨孤僧)

　허리띠 졸라맸던 부모 은덕 어쩌자고 속세와 절연하고 가사 장삼을 걸쳤을까, 천륜 끊고 인륜 끊고 심산 절집 외진 곳에 주야장천 독경 염송 용맹정진 끝이 없고 죄업 빌며 절하면서 목탁 치며 밤새워도 성 불득도 요원하고 세월만 속절없어 불혹을 넘었구나.

　아하! 어쩌다 주제넘게 성역을 범하는 우를 저질렀으니 합장으로 예를 가름하고 요사채 앞으로 난 절집문의 돌계단을 내려서서 담장을 따라 급경사로 이어진 나무 계단을 조심스레 내려갔다. 웅장한 암벽을 타고 세차게 쏟아지는 불일 폭포와 마주 섰다. 가뭄으로 물줄기가 가늘기는 했어도 망설임도 머뭇거림도 없이 거침없이 쏟아져 내리는 물줄기는 가슴을 벅차게 한다. 훗날 가뭄이 가시면 다시 와서 보리라, 불일 폭포의 웅장하고 장엄함을….

영남루를 찾아서

　활엽수의 나뭇잎이 아슴푸레하게 가을의 빛깔로 물들어 오는 아침, 산자락을 끼고 도는 강물 위로 자욱한 물안개가 한낮의 쾌청을 귀띔하기에 홀가분한 차림으로 집을 나섰다.

　문산 IC에서 10번 고속도로를 타고 한달음에 달려서 동창원 요금소를 나와 황금색으로 물든 드넓은 들녘을 헤집고 밀양으로 향했다. 낙동강을 가로지른 수산대교를 시원스럽게 건너서 밀양대로를 따라 밀주교를 지나 밀양강을 다시 건너 남천교 들머리의 한적한 골목에 차를 세우고 강둑길로 올라섰다. 빤히 건너다보이는 영남루는 무봉산 자락의 벼랑 위에서 남천강 강물 위에 그림자를 드리우고, 대숲을 헤집고 강섶으로 내려앉은 아랑각을 굽어보는 추강누각(秋江樓閣)은 가을 하늘과 어우러져 한 폭의 그림이다.

　남천교를 건너 마련된 공영 주차장에 차를 세우고 지그재그의 층층 돌계단을 올라 사주문으로 들어섰다. 널따란 안마당을 사이에 두고 영남루와 천진궁이 마주 보며 고색이 창연한데 보물 제147호인 영남루의 웅장한 풍모가 사방을 압도한다. 아름을 넘는 주홍색 기둥은 굵기와 그 높이가 대단하여 2층 누각은 하늘 높이 우뚝하고 기둥과 기

무봉사 석불

영남루 마당의 석화

둥 사이를 넓게 잡아 정면 5칸에 측면 4칸이 웅장하고 장엄하다. 공포는 기둥 위에만 얹고 사이사이에는 귀면을 장식한 화반을 하나씩만 배치하여 공간이 여유로워 활달한 기운이 넘쳐나서 시원스럽고, 정면 창방에 붙은 '영남루'의 커다란 현판 좌우로 '강좌웅부'라는 현판과 '교남명루'라는 현판이 당차고 근엄하다.

누마루에 오르면 대들보에 걸린 '영남제일루'라는 현판의 크기가 놀라운데 '이증석 11세 서'라는 주석을 보고 또 한 번 놀랐다. 아무리 가늠을 해봐도 글자 하나의 크기가 1m는 족히 넘을 것 같고 필력까지 넘치는데 열한 살짜리의 글씨라고는 믿기지를 않는다. 더구나 마루청 정면에 걸린 '영남루'라 쓴 현판은 '이현석 7세 서'라니 같은 크기의 같은 글체로 그의 동생이 썼다니 경탄스러울 뿐이다. 사면을 개방한 드넓은 마루청은 중앙으로는 기둥 한 줄을 없애서 더 넓게 보이는데 천장 또한 한껏 높아서 가물가물하다. 내부 둘레의 고주 위에는 두 개의 대들보를 걸치고 외부 둘레의 기둥들과는 퇴량과 충량으로 연결하여 가운데의 충량 위로는 청황룡이 걸타고 마주 보는데 그 몸집도 우람하거니와 연방이라도 미끄러지듯 들보를 넘어 승천의 용오름이 일 것 같은 모습이 가래떡을 휘어도 이토록 유연하게 다듬을 수 있을까 하고 감탄할 뿐이다.

영남루는 능파각과 침류각을 양 익루로 배치하고 본루와 침류각 사이에는 월랑과 헌랑인 층층 계단으로 이어져 있어 기와지붕을 층층의 지붕으로 연결하였는데 강 쪽에서 보면 층층 지붕이 여섯이고 마당 쪽에서 보면 다섯이라 혹여 묻는 이가 있으면 대여섯이라고 얼버무릴 수밖에 없는 특이한 건축물로 미려한 옛 솜씨가 감탄사만 자아낸다. '밀양에 영남루 경치가 좋아, 팔도에 한량이 다 모여드네. 아리 아리랑 쓰리 쓰리랑…' 밀양아리랑의 노랫말 그대로다.

영남루와 마주한 천진궁으로 이어지는 마당의 바닥은 석화가 '밀양아리랑'을 빌어서 '동지섣달 꽃 본 듯이 날 좀 보소…' 하고 제발 보고 가란다. 돌꽃이다. 장미의 겹꽃을 보도블록만 한 크기로 깔아놓은 듯 황금색의 푸석돌이지만 영락없는 꽃송이들이 촘촘히도 박혀있다. 봉황이 춤춘다는 무봉산 자락을 돌꽃으로 깔았으니 외형의 수려함 말고도 깊은 뜻이 숨었을까?

마당 한쪽에는 '밀성대군지단'이라는 석조물이 자리를 잡았는데 아기자기하다고 보면 웅장하고 오밀조밀하다고 보면 장대하여 그저 근엄한 성역이다. 돌사자를 드높이 앉혀서 외문 양쪽을 지키게 하고 내문 안의 양쪽으로는 장신의 무인석을 나란하게 세웠는데 커다란 빗돌을 받친 기단석은 엄청난 크기의 항아리 모양으로 매끈하게 다듬은 화강암이고 우뚝하게 솟은 오석의 빗돌에는 '밀성대군지단'이라는 전서체가 음각되어 석문석주와 석단의 조형과 구조가 경이롭고 장대하다. 신라 54대 경명왕의 첫째 왕자인 휘 '언침'의 능이 기록으로만 남았던 것이, 흔적의 발견으로 이를 추정하고 단을 세워 춘추로 제례를 올린다 하여 예를 갖추고 발길을 돌렸다.

단군의 진영이 모셔진 천진궁의 정문인 만덕문을 들어서자 고색창연한 목조 와가가 추녀를 길게 늘여 무게감을 더하는데 빛바랜 단청이 숙연함을 풍긴다. 안으로 들자 정면으로 단군의 진영이 봉안됐고 좌우로 후조선, 발해, 고구려, 가락, 신라, 백제, 부여, 고려 등 시조 여덟 왕의 신위가 모셔져 있어 장구한 역사의 자부심을 느끼며 향불을 피워 예를 올렸다.

천진궁 옆 뜰에는 신상을 조각한 석상 곁에 '태상노군 칠원성군 삼신상제'라 음각을 한 석비가 섰다. 우리나라의 신교 문화의 한 단면을 엿보는 듯하다.

발길을 돌려서 대나무 숲이 우거진 사이의 층층 계단을 내려서서 아랑각을 찾았다. '정순문'이라는 편액을 단 문으로 들어서자 다시 층층 석계 위로 단청이 곱디고운 단아한 '아랑사'가 다소곳한 자태로 능파에 푸른 남천강을 굽어본다. 안으로 제단을 마련하고 아랑 낭자의 영정과 위패가 모셔졌다. 이 같은 풍모를 두고 절세가인이라 했을까, 분 내음이 향긋하다.

아랑각 옆으로 대나무 숲속에 아랑 낭자가 죽임을 당해 유기된 곳이라며 '아랑유지비'라고 음각된 작은 석비가 한 평도 안 되게 자리 잡고 있어 더없이 초연하다. 못다 푼 원한을 달래려 함인가, 예쁜 손거울에 꽃핀과 팔찌를 비석 머리에 누군가가 얹어놓았다. 얼마나 애틋했으면 손가방을 열어 내놓고 갔을까, 두고 간 사람의 뒷모습이 선한데 대숲을 스치는 실바람 소리에 낭자의 고영(孤靈)이 처량히도 애처롭다.

왔던 길의 계단을 다시 밟아서 언덕 위의 초가집인 오두막집을 찾았다. 대중가요의 거목이셨던 작곡가 박시춘 선생의 옛집이라니 믿기지를 않는다. 손바닥만 한 마루청과 방 하나에 부엌방이 딸린 초가 2칸 오두막이다. 옹색한 마루청에 걸터앉으니 굽이굽이 설움이고 마디마디 한이 맺힌 옛 시절이 눈물겹다.

"어머님의 손을 놓고 돌아설 때엔 부엉새도 울었다오. 나도 울었소." 하고 일제 강점기의 민족을 설움을 노래했던 '비 내리는 고모령'에서부터 '가거라 삼팔선', '굳세어라 금순아', '이별의 부산정거장' 등

전중 전후의 민족의 애사를 엮어 우리들의 심금을 울렸던 수많은 곡을 남기고 간 박시춘! '운다고 옛사랑이 오리오마는' 추억의 소야곡이 되어 애절한 그리움으로 가슴을 적신다.

비탈길을 돌아서 '무봉산 무봉사'라는 편액이 붙은 단청이 화려한 일주문으로 들어섰다. 대웅전의 또 다른 현판은 설법전이고 요사의 현판은 '아동산 무봉사'다. 관아의 동쪽 산이라 하여 무봉산을 아동산이라 하고 밀양시를 흐른다고 하여 남천강을 밀양강이라 했을까. 관아가 주도적인 권위주의의 소치일까! '남천강 굽이쳐서 영남루를 감돌고 중천에 뜬 달은 아랑각을 비추네' 하고 밀양아리랑은 오늘도 남천강에 흐르고 있고, 봉황이 춤추는데 무봉산이 어딜가나, 두어라 시빗거리로 삼아 무엇하나 하고 대웅전으로 들어섰다. 보물 제493호인 석좌불은 천 년을 마다 않고 중생들의 발원에 귀 기울이는데 무언 스님 염불 소리가 아랑의 넋을 달래며 영남루 굽이도는 남천강에 여울진다.

예림 서원을 찾아서

가을을 독서의 계절이니 하며 가을밤은 등불을 가까이하여 글 읽기에 좋다는 뜻으로 등화가친이라 했던 말들이 어느 사이에 사라져 가마득하게 잊어진 옛이야기가 되어 세월의 급변함을 실감하며 격세지감에 젖게 한다. 5백여 년 세월의 저편에서 책 읽기를 으뜸으로 삼았던 점필재 김종직 선생께서 관직을 접고 향리로 돌아와 책을 손에서 놓지 않았다 하여 유림들과 후손들이 선생의 충의지절과 학덕을 기리기 위하여 건립한 예림 서원의 독서루에 올라서 선현들의 서책 내음이라도 맡아볼까 하고 가을빛이 짙어진 산야도 섭렵할 겸 밀양의 예림 서원을 찾아서 길을 나섰다.

남해 고속도로 동창원 요금소를 나와 밀양으로 이어지는 왕복 4차선의 25번 도로로 들어섰다. 진영 단감의 가판매점이 길섶을 따라 줄지어 늘어서서 단감 주산지의 옛 명성을 잃지 않고 고운 빛깔로 단 내음을 풍기는데 이어지는 길은 언제부터인가 널찍널찍한 주차장을 앞에 두고 온갖 브랜드의 의류 매장들이 늘어서서 찬란한 조명등의 불빛들이 한낮인데도 불야성을 이루고 있어 도심 상가를 방불케 한다.

상가 거리의 양편으로는 끝없이 펼쳐진 들녘이 무한한 공간을 한껏

김종직 선생 생가

예림서원

자랑하는 대산 들녘이다. 낙동강을 가로지르는 수산대교에 올라서면 대산들과 수산 들녘이 어우러져 한량없는 대평원의 광활한 평야가 사방으로 펼쳐져서 가슴이 시원스럽게 트인다. 사방을 둘러봐도 시선의 끝점이 없어 외로운 나그네는 망망대해의 점 하나에 불과할 뿐 미물의 초라함이 '나'인 줄을 느끼게 한다.

지금 찾아가는 예림 서원에 배향한 김종직 선생의 학통을 이어받은 제자 정여창 선생은 자신은 한 마리의 좀 벌레에 불과하다며 호를 일두(一蠹)라 하셨으니 이 몸은 한 점 티끌 먼지에 지나지 않으니 일진(一塵)이라 하여도 과분한 것일 게다.

끝없는 광야를 달려서 밀양 들머리인 밀양강 예림교 앞에서 좌회전을 하여 강변길을 따라서 길머리를 돌렸다. 2~3㎞ 남짓한 거리의 후사포 교차로에서 다시 좌회전을 하여 사포초등학교 앞을 지나 마을 초입으로 들어섰다.

가을걷이로 어수선한 밭이 띄엄띄엄하게 널려있는 마을 어귀로 들어서자 가지런하게 담장을 두른 맞배지붕의 비각이 세월에 빛이 바래 고색창연한 옛 내음을 풍기며 길목을 지키고 있어 발길을 멈췄더니 '박양춘 여포비각'이라는 안내판이 섰다. 임진왜란 중에 북상하던 왜장도 효행에 감복해서 침범하지 못하게 마을 입구에 표식을 세웠다니 짐작이 가는데 백세의 교훈을 삼고자 정여각을 세우고 정조 때에 '삼강록'에 행실을 상재하고 이조참의의 벼슬을 추증했다고 안내판이 일러주니 금세와의 격세지감이 하늘과 땅 차이임을 실감케 한다.

마을 안으로 들자 빤하게 대궐 같은 기와지붕이 산자락을 깔고 용머리를 길게 뻗으며 가지런 가지런하게 산 중턱의 높이로 한일자를 그었다. 널따란 주차장이 상하 두 구역으로 층을 이루어 시원스럽게 펼쳐진 축대 위의 2층 문루는 '독서루'라는 하얀 현판을 달고 우뚝하게 솟았다. 예림 서원의 삼문문루이다. 열려진 협문으로 들어서자 널따란 마당을 가운데 두고 좌우로 당우가 마주 보는데 오른쪽에는 서적을 열람하는 곳인데 점필재 김종직 선생의 문집 목판과 부친 강호 김숙자 선생의 행적에 관한 기록들을 모은 '이존록' 목판 262매가 경남도 유형문화재 제175호로 보존돼 있다는 '열고각'이고, 왼쪽은 유생들이 기숙하는 곳으로 어리석음을 깨우치는 집이라는 뜻으로 '몽양재'라는 현판이 붙었다.

다시 돌계단을 밟으며 축대 위로 올라서면 또 하나의 널따란 마당을 마련하고 유생들이 공부하며 거처하는 곳으로 '돈선재'와 '직방재'가 동재와 서재로 마주 보고 섰다. 동재와 서재를 좌우로 거느린 정중앙으로 정면 6칸의 웅장한 목조 건물은 역사의 향기를 그윽하게 머금고 '예림 서원'이라는 편액을 달고 근엄하게 앉았다.

예림 서원은 조선조 명종 22년에 밀양 유림들의 요청과 퇴계 이황 선생의 조언으로 영원사 옛터에 서원을 짓고 덕성 서원이라고 하였다가 이후 퇴계 선생은 김종직 선생을 배향하고 점필 서원으로 이름을 바꾸고 친필 편액을 써서 걸었다는데 인조 13년에 이곳 예림으로 옮겨짓고 원호를 예림 서원으로 바꾸고 오졸재 박한주, 송계 신계성 선생을 함께 배향하고 현종 10년에 사액 서원으로 승격되어 충효절의의 유훈과 학덕이 배인 경남도 유형문화재 제79호이다. 널따란 대청마루는 세월의 흔적이 결결이 묻어나는데 유생들의 교육과 회합, 토론의 장소로 '구영당'이라는 또 다른 편액이 걸려있다.

서원의 뒤를 돌아가 층층 석계 위로 '정양문'이라는 현판이 걸린 내삼문인 솟을삼문을 들어가자 화려한 단청의 삼 칸 맞배지붕의 사당인 '육덕재'가 근엄하게 높이 섰다. 중앙으로 점필재 김종직 선생을, 좌우에는 오졸재 박한주 선생과 송계 신계성 선생을 배향했다. 큰 절로 예를 올리고 다시 무릎을 꿇었다.

"선생님! 조의제문으로 정녕 망자인 세조와도 맞서려 하셨습니까? 함양의 학사루에 붙은 유자광의 한시 주련을 불살라버리고도 후한의 염려도 않으셨습니까?"

조심스레 여쭈며 머리를 조아렸다. 오백여 년 숨결이 오늘로 이어진다. 사초에 올려 선생을 찬하려 했던 제자 김일손인들 무오사화의 불씨가 되어 역사를 피로 물들일 줄이야 어찌 상상이나 하였으랴. 선생이 남기신 대쪽 같은 절의가 준엄한 가르침이 되어 가슴을 저려 온다.

선생님의 발자취가 못내 그리워서 생가인 추원재로 발길을 돌렸다. 후사포 교차로로 되돌아 나와 좌회전을 하여 연이어 제대 교차로에서 추원재를 알리는 표지판의 길 안내를 따랐다.

마을 입구의 외딴 길목에 단청이 화려한 큼지막한 비각이 우뚝하게 솟아있어 당당한 풍채가 예사롭지 않아 차를 세웠다.

비각의 대문 안으로 들어서자 희끄무레한 빛깔의 비석이 장엄하게 버티고 섰다. 고대광실 대청마루에 정자관을 쓴 도포 차림의 정승판서의 근엄한 자태를 보는 것 같아 멈칫하고 옷깃을 여몄다. 이수 문양이 조각된 커다란 머릿돌과 귀부 받침돌을 한 석비명은 '문간공점필재김선생신도비명'이라는 전서체가 또렷하게 새겨졌다. 건립 시기가 인조의 재위 기간이라 시호를 문간으로 기록되어 있으나 이후 숙종 15년에 증직 영의정으로 문충공의 시호를 받으셨다. 경건함을 다하여 고개를 숙여 예를 갖추고 추원재를 찾았다.

널따란 주차장을 마련하고 작은 공원을 가꾸어서 선생의 흉상이 우뚝하게 높이 섰고 대문 안으로 4칸의 맞배지붕이 추원재라는 현판을 달았다.

조선 전기의 문신이자 학자이신 강호산인 김숙자 선생께서 처음 거처를 정한 고택으로 아들 김종직 선생이 태어나고 돌아가신 옛집으로 경남도 문화재 자료 제159호이다. 정몽주의 학통을 이은 길재에게 아버지 김숙자가 이어받고 다시 아들 김종직으로 잇게 하여 뒤로는 정여창, 김굉필, 김일손 등으로 이어지는 성리학의 학맥을 이루었다.

영남 사림의 종조이신 점필재 김종직 선생의 유훈이 젖어 오는 것일까, 옛 내음 옛 정취가 온몸을 흠뻑 젖게 한다. 추원재 마루청에 걸터앉았다. 파랗게 높아 버린 가을 하늘에 기러기 떼가 가지런하게 줄지어 날아간다. 만대불후 선생의 지조와 학덕이 창공에 드높다.

영축산
자장암

열두 장 달력이 달랑 한 장이 남아서 볼품없이 초라한데 뜨개 실로 짠 모자와 목도리에 벙어리장갑을 끼고 승복을 입은 꼬마 동자승은 제 키보다 더 큰 대빗자루를 끌고 일주문 아래서 방긋이 웃는다. 어제도 없고 내일도 없는 오로지 지금의 순간만 있는 천진난만한 해맑은 모습이 연말의 아쉬움을 짓궂게도 서글프게 하여 입산수도를 위한 출가라도 하듯이 일상을 훨훨 털어버리고 집을 나섰다.

한겨울이 되어야 푸르름의 제값이 돋보이는 솔숲을 걸으며 시류에도 시비에도 흔들리지 않는 한결같음의 기품이라도 되새겨 볼까 하고 누가 부르기라도 하듯이 남해 고속도로를 내달려서 한 시간 남짓하게 걸려 경부 고속도로 통도사 요금소를 빠져나왔다.

양산 시가지의 끝자락이며 상가 건물이 촘촘히도 즐비한 하북면의 날머리와 맞닿은 통도사 일주문인 매표소를 들어서자 짙푸른 솔숲이 끝 간 곳을 알 수 없이 사방으로 뒤덮었다. 울울창창한 노송의 솔숲 사이로 가르마 같이 시원스럽게 트인 길을 들어서니까 세속을 벗어나 도솔천으로 드는 신선 같은 기분이다. 초입의 안내판에는 '무풍한 송로'라 하여 찬바람에 흔들리는 소나무가 춤을 추는 듯하다는 길이

서운암의 정독대

자장암 마애불

라고 하였건만 바람이 없으니 흔들림이 없고 흔들림이 없으니 사방은 고요할 뿐 일렁거림은 오직 띄엄띄엄 오가는 탐방객일 뿐이다.

하늘을 뒤덮은 낙락장송의 솔가지 틈새를 뚫고 내리는 햇살은 눈부신 요술봉이 되어 오가는 사람들의 등에도 꽂히고 길에도 꽂히는데 아름드리 소나무 둥치 사이사이로 천공의 햇살이 장관을 이룬다. 짙푸른 청솔가지 끝의 고고한 기품이 보고 싶어 청류교를 건너서 암자로 가는 길로 들어섰다. 널따란 주차장을 지나고부터 길이 높아지며 우거진 솔숲이 내려다보인다. 천년고찰 영축총림의 대가람 통도사는 솔숲에 묻혀있고 길옆으로 비켜 앉은 작은 암자 보타암은 송진 내음에 흠뻑 젖은 속객을 반긴다.

이끼 낀 자연석의 층층 석계를 올라 휜칠한 대문으로 들어서니 높다란 축대 위로 '보타암'이라는 현판이 붙은 단청이 화려한 본존 건물이 웅장하게 자리를 잡았다. 영축산 산문으로 들었으니 법당에 들여 헌향 삼배의 예로서 입산 신고를 가름했다.

법당 안팎이 어쩌면 이리도 정갈하단 말인가. 옆으로의 약사전으로 들어섰다. 미륵 세계의 내음일까, 자비의 향기일까, 향 내음 말고도 또 다른 내음이 가슴 깊이 스며들며 숨쉬기가 한결 부드럽다. 향불을 피우고 예를 올리며 천수를 줄여서라도 무병 강녕만 주옵소서 하고 일어서니 탱화 속의 보살님이 빙긋이 웃으신다. 초겨울의 햇볕 아래 뜰에 핀 국화야 제철이라 한다지만, 철 지난 줄 모르는지 장미도 피어있고 이름 모를 풀꽃이 앙증맞게 피어있다.

계단을 쓸고 계신 비구니 노스님의 표정이 너무도 맑고 밝아서 말이라도 붙여볼까 했는데 얼른 핑곗거리로 삼고 "스님! 꽃이 피었네요." 했더니 자상하게 일러주는 스님의 음성이 더없이 온유하고 정갈한 차림새에 고고한 품위가 고색창연 천년 고찰 옛 내음과 어우러져 운치 어린 향기가 뜨락에 그윽한데 자주색 수련의 봉곳한 꽃망울이 홀로 솟아 초연하다.

스님께 손 모아서 꾸벅꾸벅 절을 하고 발길을 돌려 더 깊은 골의 암자를 찾아볼 요량으로 차를 몰았다. 계곡을 따라 한참을 올랐는데 골짜기가 좁아지기는커녕 경사가 완만해지며 펑퍼짐한 들녘이 펼쳐지며 갈림길이 나왔다. 이리 갈까 저리 갈까 망설여지는데 안내판은 요란하다. 백운암에서부터 비로암, 극락암, 반야암, 자장암, 금수암, 서축암, 안양암, 수도암까지 아홉 암자는 오른쪽이고 백련암에서부터 옥련암, 사명암, 서운암까지는 왼쪽을 알리는 팔척장신의 안내판이 삐딱하게 버티고 서서 '입맛대로 고르시오' 하고 배짱을 부린다.

갈림길 마주하니 갈 길이 막연한데
무심한 뜬구름도 제 갈 길을 가건마는
스승은 간 곳이 없어 갈 곳 몰라 헤맨다

어린 시절에야 고무신짝 냅다 벗어던지면 족집게였었는데 내비게이선이 나오고부터는 고무신짝도 오작동만 할 것이고 얼핏 들은 소리가 기억나서 '서운암'이라는 안내판을 따랐다.

작은 모롱이를 돌아드니 바로 코앞이다. 주차장에 차를 세우니 이게 어찌 된 일인가. 고색창연한 천년 고찰이 고즈넉하게 앉았거니 했었는데 아름드리 장독들이 가로세로 줄을 지어 초겨울 햇볕 아래 끝도 없이 늘어서서 물결에 반사되는 햇빛같이 반짝인다.

'서운암 된장' 판매소에는 주문을 하느라고 아낙들이 줄을 섰고 건너편의 2층으로 삼천불전에 들어서면 삼천석좌불이 줄을 지어 끝이 없다. 삼삼은 구인데 구천 배를 줄여서 삼배로 가름하고 왔던 길을 돌아서서 바위 구멍에 금개구리가 산다는 '자장암'으로 차를 몰았다.

금개구리의 법명이 금와(金蛙) 보살이라는데 음력 시월 보름이 달 포나 지났으니 속계를 멀리하고 동안거에 들었을 게고 천오백 년 거슬러서 자장율사를 친견하여 주권유린, 국정농단, 분기탱천, 화난 민심, 이 난국을 어찌해야 국태민안 이룰까 하고 여쭤볼 요량으로 경사가 완만한 자드락의 산길을 따라 야트막한 고갯마루를 넘어서자 별천지가 펼쳐졌다.

광활한 분지가 깊은 골에 웬일인가, 고산준령 사방으로 병풍처럼 둘러치고 속세와 절연한 무릉도원 옛터일까, 만석지기 장자가 없는 듯이 살았을까, 드넓은 폐허는 옛 영화에 잠들었고 역사는 흔적 없고 초목은 말이 없어 가던 길을 재촉하여 계곡을 거슬러 끝자락에 닿으니까 자그마한 주차장이 마련돼 있다. 낙락장송 우거진 길을 따라 발치 아래의 계곡은 온통 반석으로 바닥을 깔았고 청정옥수 흐르는 물소리는 청아하고 낭랑하다.

층층 석계를 밟고 오르니 돌 하나를 동그랗게 오려서 출입문을 내었는데 무지한 속객은 숨은 뜻은 알 수 없고 그저 모양새가 특이하여 의아한데 다가서는 일주문이 또 한 번 별나다. 돌 하나씩을 세워 양쪽 기둥으로 삼고 돌 하나를 걸쳐서 지붕으로 삼았으니 '일주석문'이라고 얼버무리며 안으로 들어섰다. 석벽 아래의 바위 틈새를 메꾸어 깎아지른 암벽을 병풍처럼 두르고 낙락장송 그림자 아래서 작은 전각들이 마애삼존불의 커다란 암벽을 사이에 두고 날렵한 추녀를 아기자기하게 맞대고 있어 그림 같은 풍광의 멋스런 운치가 황홀경을 이루니 불국의 정토인가 선경이요, 비경이다.

　작은 대문을 들어서면 본존 법당은 관음전인데 방바닥에도 바윗돌이 솟아있고 마애삼존석불 뒤로 돌아들면 깎아지른 바위 벽면에 작은 구멍이 있어 찾는 이들이 눈을 붙이고 보고 또 보면서 지극한 정성으로 간절히 기도한다. 서기 646년 자장율사가 통도사의 창건에 앞서 수도를 하시며 손가락으로 바위에 구멍을 뚫어 금개구리를 살게 하셨다는 '금와공'이란다. 금와공 아래의 석간수는 돌문으로 닫혀있고 부처님께 올리는 샘이라 일러준다.

　웅장한 삼존마애석불 앞에 예를 갖추고 산령각과 함께한 자장전으로 들어섰다. 자장율사의 진영 아래서 헌향 삼배의 예를 올렸다. 선덕여왕으로부터 대국통의 명호를 받은 계율학의 종조이신 율사는 지긋한 미소만 지으시며 사바세계를 지켜보고 계시는데 타오르는 향불의 연기는 실오라기처럼 하늘거리고 서산에 지는 해는 영축산 너머로 뉘엿뉘엿 저문다.

가야산 백련암
가는 길

　물소리 청아하여 세속의 소리를 잊게 하고 솔바람 청량하여 헝클어진 상념을 가다듬게 하며 송진 내음 향긋하여 번민에 찌든 때도 헹궈내는 홍류동 계곡의 농산정에 올라서 고운 최치원 선생의 체취라도 느껴보고 가야산 솔 숲길을 걸어올라 백련암 찾아들어 성철 스님의 유훈이라도 되새겨 볼 요량으로 신년 첫 출행을 초등학교 4학년인 외손녀 채연이를 데리고 집을 나섰다.

　12번 고속도로 해인사 IC 앞을 지나 해인사 방향으로 우회전을 하여 5㎞ 남짓한 거리에 있는 월광리의 작은 교차로에 닿았다. 해인사로 가려면 곧장 가야 하지만 교차로에서 좌회전을 하여 가야천을 가로지른 월광교 건너편의 월광사지 3층 석탑을 찾았다. 언제나 그냥 지나치지 못하게 하는 애달픈 사연이 있어 지나는 걸음마다 찾는 곳이다. 5분이면 들렀다 갈 수 있지만, 한나절을 바라봐도 못다 푼 원한을 달래기에는 한 맺힌 설움이 가슴을 후비는 애절한 역사의 숨결이 천오백 년의 길고 긴 세월 속에 곤하게 잠들어 있는 월광사지의 동서 3층 석탑이다. 탑신도 웅장하고 외양도 수려한데 찾는 이가 없어선지 버려진 듯 외진 곳에 없는 듯이 마주 서서 외로움을 달래는지

해인사 백련암

홍류동계곡의 농산정

낙락장송 그늘 아래 처량히도 적적하다.

동탑과 서탑이 마주한 거리를 보아 천년 고찰의 대가람이 있을 법 하나 그 옛날의 월광사는 흔적조차 없어지고 근작의 작은 절집이 옛 이야기를 간신히 이어오고 있는데 안내문 몇 줄에는 대가야의 마지막 왕인 도설지왕인 월광 태자가 신라에 패망하자 승려가 되어 이곳에다 절을 지어 월광사라 했다는 전설이 전해온다며 높이 5.5m의 전형적 인 신라 탑의 모습으로 보물 제129호라고만 달랑 적혀있지만, 대가야 의 찬란했던 문화와 16대 왕조 520여 년의 종묘사직을 신라에 빼앗 기고 면류관도 벗어두고 곤룡포도 벗어놓고 등극하실 귀한 몸에 먹장 이 웬 말이며 구중궁궐 문무백관 어진 백성 모두 잃고 물을 적셔 삭 발하던 태자의 심경은 어떠하였으랴. 망국의 서러움을 무엇으로 달 래련만 왕조에 죄업 빌며 밤새도록 절하면서 무릎 꿇고 염불하며 오 지랖을 적신 눈물 되로 되면 헤아릴까 말로 되면 헤아릴까. 그 얼만 지 누가 알며 그 심정을 누가 알랴.

오백여 년 종묘사직 일장춘몽 꿈이던가
만조백관 어디 두고 먹장삼이 웬 말이오
한이 맺혀 돌이 됐나 서러워서 탑이 됐나
가야산 외진 자락에 돌탑으로 섰구나

언제나 두고 떠나기 아쉬워서 지극한 마음으로 합장의 예를 올리고 돌아보고 또 돌아보기를 거듭하면서 다시 해인사 방향으로 발길을 돌 렸다.

한겨울의 평일이라서인지 북적거리던 대장경 테마파크도 휑하니 비어있고 홍류동 계곡의 들머리에서 시작되는 '소리길'도 걷는 사람이 없어 그저 한적하기만 한데 낙락장송이 우거진 작은 고갯마루에 '해인성지'라고 음각된 커다란 바윗돌이 속객을 영접한다.

홍류동 계곡의 흐르는 물소리에 바람도 잠시 귀를 기울이며 고산준봉 넘어온 뜬구름을 벗을 삼고 청솔가지 끝에서 쉬었다가 가려는지 사방은 흔들림 하나 없는데 오로지 하얀 포말을 일으키며 바윗돌을 휘감고 흐르는 계곡 물뿐이다.

카랑카랑한 계곡 물소리는 골짜기를 울리고 향긋한 송진 내음이 오지랖에 배어드니 고운은 세속의 소리를 홍류동 계곡 물소리로 씻으려고 함이던가, 난초지초 뿌리내린 기암괴석 벼랑에다 칠언절구 시를 쓰며 세파에 찌든 때를 솔향기로 헹구려고 가야 매화 양 대산이 어우러진 깊은 골을 온다간다 말도 없이 찾았더란 말인가. 노송이 우거진 가지 끝 사이로 파란 천공이 더없이 맑은데 기기묘묘한 바윗돌을 휘감고 흐르는 물소리는 고운 최치원 선생의 빗돌이 선 언덕 위의 가야 서원에서 글공부에 여념이 없는 서책 읽는 소리인지 낭랑하고 청아하여 세상사에 응어리진 답답한 가슴을 시원하게 틔워준다.

계곡을 가로지른 좁다란 다리 건너편에는 세속과 절연한 그림 같은 '농산정'이 세상사를 멀리하고 고즈넉이 앉았는데 물소리는 귀를 막고 풍광은 넋을 뺀다.

고운은 세속과의 연을 끊고 계곡을 건넜건만 세인은 고운을 못 잊어 당초에 없던 다리를 좁다랗게 이었다. 고산준봉 깎아지른 바위 끝의 틈새마다 낙락장송 푸른 솔이 고고한 자태이고 기암괴석 벼랑 아래 반석 위로 물 흐르고 노송이 그늘을 지운 바위 위의 작은 정자, 누가 그린 수묵화를 홍류동 계곡에다 하늘 가득히 걸었을까. 바라보는 농산정이 황홀경을 이루니 신선들의 별서인가 선녀들의 별당인가, 고운의 체취 서린 홍류동의 비경이요, 세속을 멀리한 선경이요, 절경이다.

떨어지지 않는 발길을 돌려서 홍류동 계곡을 따라 굽이굽이 이어지는 풍광의 황홀경에 흠뻑 젖으며 낙락장송의 노송들이 빼곡한 길을 따라서 성보 박물관 아래의 작은 주차장에 닿아 차를 세웠다. 건너다 보이는 매화산의 크고 작은 봉마다 삐쭉삐쭉 날을 세운 깎아지른 바위들과 틈새마다 푸른 솔이 절묘하게 어우러져 병풍 속의 그림같이 황홀경을 펼쳐낸다. 언제 보아도 가슴을 시리게 하는 비경을 병풍 삼아 등지고, 백련암을 찾아서 발걸음을 옮겼다.

계곡을 따라 해인사로 이어지는 산길에는 즐비한 암자들을 안내하는 이정표가 나뭇가지처럼 그려져 백련암까지는 600m라고 일러주는 바윗돌이 '김영환장군 팔만대장경수호비' 앞에서 길마중을 나와 섰다.

백련암으로 이어지는 산길은 차가 오를 수 있게 시멘트로 포장이 되어 완만한 경사를 이루며 구불구불 이어지더니, 국일암을 지나 회랑대와 지족암을 알리는 갈림길에서부터 발아래의 계곡은 점점 깊어만 가고 경사도 가파르게 비탈을 이루며 소나무 숲은 더욱 짙어만 갔다. 산사로 이어지는 겨울 한낮의 산길은 정적만이 깊은데 희끗희끗한 기암괴석의 커다란 바위들이 소나무 숲속의 여기저기서 힐끔힐끔 내려다보며 속객의 입산을 지켜보고 섰다. 한참을 오르자 고산준봉을 등받이로 삼고 높다란 축대 위로 기와지붕의 용마루가 어긋어긋하게 보이며 찻길은 축대 아래의 주차장에서 똬리를 틀어버리고 비탈진 옛길은 모가 닳아서 세월의 흔적을 물씬 풍기는 층층 석계가 백련암이라는 현판이 붙은 작은 대문으로 이어졌다.

대문을 들어서자 커다란 2층 건물이 백련암이라는 편액을 붙이고 앞을 막아서, 높고 긴 돌 담장을 돌아서 마당으로 들어섰다. 마당 가운데에 커다란 바위 위에 네모난 커다란 바윗돌이 위태위태한 모습으로 기이하게 섰다. 좌로는 2층의 적광전이 높다랗게 자리를 잡았고, 이어서 고화실, 좌선실, 원통전, 정심당이 마당 가장자리에 둘리있았는데 뒤로는 2층 전각인 고심원이 묵직하게 앉았다.

'삼일수심천재보 백년탐물일조진' 정심당의 주련이 끝 간곳없이 들쑤시고 헝클어 놓은 오늘의 정치사를 준엄하게 꾸짖는 것만 같아 착잡한 마음으로 원통전의 관음보살님께 삼배의 예를 올리고 뒤편의 고심원으로 들어섰다. 육환장을 쥐신 성철 스님께서 불단 위의 법좌에 생전의 모습대로 앉아 언제나처럼 먼 곳을 바라보시는데 오늘따라 세상사가 염려되시는지 입을 굳게 다무시고 아무 말씀이 없으시다. 헌향의 예를 올리고 문을 나서니 저무는 저녁 해가 매화산 준봉 위에 시름겹게 걸려있다.

신어산을
찾아서

나라 사정이 쑤셔놓은 벌집이다. 촛불이 들불같이 번져가자 느닷없이 태극기가 덩달아서 물결친다. 외세마저 심상찮게 경제를 압박하고 무력을 증강하며 동서가 위협한다. 밖에서는 뒤흔들고 안에서는 들쑤시니 안팎이 혼미하여 참으로 어지럽다. 혼돈인가 혼란인가 세상사가 갈수록 뒤죽박죽 뒤섞이고 얼기설기 형클어져 꼬이고 뒤틀려서 가닥이 어디이고 끝 간 곳이 어디인지 한 치 앞이 망막하여 갑갑하고 답답하여 영험과 신비가 가득하다는 신어산을 찾아 길을 나섰다.

남해 고속도로 동김해 요금소를 나와서 인제대학교 앞을 지나 안내판이 일러주는 대로 신어산으로 오르는 산길로 접어들었다. 산길의 초입인데도 포장된 도로의 옆으로는 낙엽 진 활엽수와 짙푸른 소나무가 어우러져서 차갑지 않은 산바람이 더없이 상큼하고 바닥에는 희끗희끗한 크고 작은 바윗돌이 온갖 형상을 하고 촘촘히 웅크리고 있어 신어산이 예사롭지 않은 기암괴석의 암산이라고 귀띔을 한다.

경사가 완만한 굽이진 산길은 층을 이루고 있는 대형 주차장을 지나면 또 다른 주차장이 있는 광장으로 이어졌다. 예서부터 본격적인 등산로의 시작점으로 나무 의자들이 모닥모닥 자리를 마련하고 입산

신어산 은하사

은하사 대웅전

과 하산의 만나고 헤어지는 인연의 쉼터가 쉬어가라 붙잡는다. 아니라도 동림사와 은하사로 나눠지는 갈림길이라서 행선지를 놓고 잠시 머뭇거리는데 간이매점의 구수한 커피 냄새가 소나무의 향긋한 내음과 어우러져 발길을 멈추었다. 언젠가는 속절없이 제자리로 돌아올 걸, 이리 가도 맞닿고 저리 가도 맞닿을 운명 같은 길인데 갈림길에 서면 왜 머뭇거려지는 것일까? 가진 것이 없어서 줄 것 없는 빈객이요, 쓸데도 없어서 구할 것도 없는 데다 초대받지 않은 눈치 없는 속객이 이리 가면 어떠하고 저리 간들 어떠련만 오색으로 화려하게 단청으로 단장하고 갈림길의 입구까지 반기듯이 나와 선 동림사를 찾아 일주문으로 들어섰다.

일주문에서 동림사까지가 400m라고 이정표가 일러줘서 솔향기를 흠뻑 마시며 사방댐이 층층이 이어진 계곡을 건너 굽이진 비탈길을 올랐다. 널따란 주차장이 마련돼 있고 좌우로 지장보살입상이 높이 선 가운데로 경사가 급한 돌계단 위에 동림사 천왕문이 우뚝하게 높이 섰다.

커다란 탱화가 서로를 마주 보며 벽면에 붙었다. 울퉁불퉁한 근육질의 조각상이 아니라서 위압감은 덜 하지만 '알게 모르게 지은 죄를 용서하옵소서' 하고 꾸벅꾸벅 절을 했다. 아무 말이 없는 것으로 보아 눈감아 주는 것 같아서 이어지는 돌계단을 꾸역꾸역 올랐더니 시금치랑 도살이 배추가 제철같이 파란 스님들의 텃밭이다.

텃밭 사이로 길은 이어져 석등이 좌우로 비켜선 계단을 오르니까 멀리 신어산 정상의 기암괴석들이 우쭐우쭐 내려다보는데 고화실과 요사 사이로 2층 종각이 웅장하게 높이 섰다. '신어산 동림사 호국 범종'이라고 양각된 커다란 대종이다. 국태민안을 기원하며 조석으로 울리었건만 나랏일이 왜 이리도 꼬여만 가는 걸까.

해태와 돌 사자상이 쌍으로 마주 보는 층층 석계를 올라서 대웅전으로 들어섰다. 커다란 지장보살좌상이 본존불이다. 청룡과 황룡이 닫집에서 내려올 듯 여의주를 물고 길게 머리를 내밀었다. 좌우 벽면의 탱화의 색감이 연하고 부드러워 온화하고 평온하다.

주변이 온통 송죽으로 둘러싸인 대웅전 뒤편의 산신각으로 들어섰다. 산신탱과 독성탱 그리고 칠성탱이 벽면에 가득하다. 세월의 흔적일까 퇴색된 색감이 오히려 은은하여 깊은 정이 흐른다. 향불의 연기는 실낱같이 오르고 향 내음 번지는 산사의 주변은 온통 송죽이 어우러졌다. 멀리 신어산 정상의 깎아지른 절벽 밑에는 천진암이 그림 같고 삐죽삐죽한 바위틈 사이에는 영구암의 기와지붕이 가까스로 보인다. 기암괴석의 틈새마다 낙락장송이 아스라이 높이 선 열두 폭의 병풍이다.

동림사를 뒤로하고 갈림길로 다시 나와 은하사로 향했다.

송진 냄새가 오지랖을 스며드는 솔숲 짙은 산길은 세속을 멀리하고 선경으로 이어지더니 거암 거석으로 쌓은 돌계단 앞에서 발길을 멈추게 한다. 여남은 명이 앉아도 넉넉한 크기와 네댓이 둘러앉아도 남을 만한 평평한 자연석으로 널따랗게 층을 지은 돌계단이 웅장하고 장엄하여 위압감에 짓눌린다. 노송의 거목들이 사방에서 지켜보는데 주눅이 든 채로 오르고 올라서 연못 앞에 닿았다. 신어 두 마리가 새겨진 홍예다리를 건너서 거암거석의 돌계단을 올라 삼간대문으로 들어섰다. 커다란 2층 전각이 막아선 옆으로 2층의 범종루가 드높고 웅장한데 어느 절집과는 달리 목어의 크기도 엄청나지나만 여의주를 굳게

문 커다란 용이다.

기암괴석의 절벽들을 병풍 삼아 둘러치고 아름드리 노송들을 겹겹으로 거느린 옛 이름이 서림사인 신어산 은하사는 수로왕의 왕비 허황옥의 오라비인 장유 화상이 동림사와 함께 창건했다니 천 년 하고도 천 년의 세월을 더해야 하니 인간 세수로는 가늠조차 어렵다. 사방 3칸인 대웅전의 풍모가 놀라움을 더한다. 신이 아니고서야 뉘라서 처마의 짜임을 이토록 정교하게 짜 맞출 수 있을까. 보고 또 봐도 감탄이 절로 난다.

겹겹으로 도리치고 다포공포 아귀 맞춘
은하사 대웅전은 설명하면 험이 되니
묻지 말고 와서 보고 전하지는 말게나

응진전의 나한님은 자애가 넘쳐나고 명부전의 시왕상은 근엄하고 엄숙하여 감히 고개를 들기가 조심스럽다.

내친김에 1.5km라는 영구암까지 가려고 주차장에서 차를 몰았다. 500m를 남겨두고 차는 더 오를 수가 없었다. 바윗돌에 코가 닿을 정도의 가파른 산길을 틈틈이 나무 계단을 밟기도 하면서 조심스레 올랐다. 골짜기를 메운 너덜겅은 자그마한 돌덩이들이 쌓인 것이 아니라 우람한 바위들이 수없이 쌓고 쌓인 경사가 급한 거암거석의 너덜겅이다.

숨을 헐떡이며 너덜겅의 끝자락에 닿으니까 깎아지른 절벽이 코앞에 마주 선다. 작은 절집 영구암은 천길만길 절벽 아래 가까스로 자리 잡고 벼랑 끝에 앉았는데, 산승은 참선에 들었는지 인적 없이 고요하고 청량한 풍경소리만 속객을 반긴다. 손바닥만 한 마당 앞으로 길게 돌출된 수십 길의 낭떠러지는 수직으로 깎아지른 평평한 암괴인 데 누가 봐도 영락없는 거북의 머리이다.

공작새 등에 탔나 봉황의 등을 탔나
머리는 거북이요 꼬리는 공작새니
신어산 불국 정토가 여기인가 하노라

41

해인사 홍제암

음력 2월 초하루에 '바람 올리기'를 안 해서 영등할머니가 노하신 것일까, 버드나무 높은 가지 끝까지 물을 올리느라고 뒤흔드는 바람일까, 바람이 세차게 불어댄다. 대통령이 탄핵되고 사드 배치로 인한 중국과의 관계까지 꼬여가며 나라 안팎이 시끄러워 바람 잘 날 없는데 대선 정국의 할거하는 군웅들이 전국을 들쑤시니 민심도 뒤엉클려 갈피를 못 잡으니 하늘인들 편하겠나. 고운 최치원 선생의 시무 10조라도 되새겨보고 사명당 유정 송운 대사를 찾아뵙고 싶어 가야산으로 찾아들었다.

언제 찾아도 홍류동 계곡으로 들어서면 낙락장송 울창하고 기암괴석 온갖 형상 기묘하고 절묘하며 산은 높고 물은 맑아 세속을 멀리한 선경이요 절경이라 산수화의 병풍 속에 신선 같은 객이 되어 황홀경에 파묻힌다. 솔가지 스쳐 가는 바람 소리 청량하고 바윗돌 빗겨가는 물소리가 청아하여 거문고도 할 일 없고 가야금도 소용없고, 벼랑 끝에 난을 치고 천공에다 시를 쓰면 지필묵도 쓸 일 없고, 계곡으로 내려서면 석벽에도 바위에도 사방이 한시(漢詩)인데 서책인들 무엇 하랴. 신선들의 별천지라 농산정에 좌정하면 영락없는 신선이고 반석

사명대사 부도

홍제암

위에 앉으면 시인 묵객 따로 없고 소리길을 걸으면 속절없는 풍류객이다. 마음이 헤프면 정취에 넋을 뺏겨 해 가는 줄 모르니 계획했던 목적지는 해인사 말고도 골골이 암자라서 언제쯤에 닿을지 예상조차 못 한다. 세상사도 잠시 잊고 사나흘쯤 머무르면 더없이 좋으련만 미련만은 남겨두고 가던 길을 재촉했다.

또랑또랑한 계곡 물소리를 벗 삼으며 구불거리고 이어지는 길은 심산계곡의 멋이라도 부리듯이 급경사로 두세 굽이 '획!' 하고 휘젓더니 길상암을 지나자 이내 성보 박물관 앞의 널따란 주차장에 닿았다.

주차장에서부터 보현암 들머리를 지나 삼선암을 건너다보며 쉬엄쉬엄 걸어서 1km 정도나 왔을까 하는데 길섶 오른쪽으로 웅장한 석비를 등에 진 거대한 돌 거북이 길게 목을 늘이고 속객을 반기는데 주변으로 즐비한 석비와 커다란 부도가 널따랗게 자리를 잡고 숙연한 분위기를 엄숙하게 짓누른다. 석비는 장엄하고 웅장한 사리탑은 정교한 옥개석과 탑신의 섬세함에 조각의 문외한도 감탄이 절로 난다.

혜암, 일타, 영암, 명진 등 수많은 대종사 큰스님들의 비명과 부도의 안쪽으로 현대미술적인 석조각의 사리탑이 눈길을 끈다. 퇴옹당 성철 스님의 부도이다. 퇴옹당 성철 스님은 오늘의 시국을 두고 또 뭐라고 나무라실지 조심스레 다가가서 합장의 예를 올렸다.

대가람의 총림이던 천년 고찰이던 절집의 들머리에는 승탑부도의 영역이고 보면 열반에 드신 큰스님들을 들고나며 기리면서 유지와 유훈을 되새기려 함이던가. 해인사의 일주문 들머리에도 부도와 석비가 줄지어서 즐비한데 옆으로 빗겨 앉은 자그마한 연못이 시공의 틈새에서 고즈넉이 내려앉아 속객을 붙잡는다.

큰 산의 정상은 멀리서나 보이는 것인데 기이하게도 높고 낮은 준령들이 좌우로 비켜서고 낙목천공이 틈새를 열어주며 1,430m의 가야산 정상의 바위봉우리인 상왕봉을 빤히 보게 한다. 하지만 천지창조의 오묘함과 선현들의 지혜가 어찌 여기서 멈추랴. 가야산 정상을 거울에 비추듯이 연못 속에 그 모습을 비취게 하였으니 그 이름이 '영지'이다. 영지의 물속에 비춰진 나뭇가지가 흔들거리고 해인사 당우의 용머리가 꿈틀거리는데 가야산 상왕봉이 보일 것도 같건마는 시국이 어지러워서일까 바람이 물결을 끊임없이 뒤흔든다.

해인사 일주문을 옆에 두고 곧장 홍제암으로 발길을 재촉했다. 첩첩산중의 골짜기는 고산준봉들이 사방에서 조이는데 산비둘기 간간이 우는 소리에 까마귀가 화답하고 속객은 홍제교 위에서 발길을 멈추었다. 우측은 3·1 독립선언 민족 대표 33인 중의 백용성 조사의 유적도량 용탑선원이 코앞이고 좌측은 신라 애장왕이 해인사를 창건하려는 순응 대사를 도와 잠시 머물렀던 원당암이 빤히 보이고 눈앞에는 사명 대사께서 임진왜란의 7년 전란을 끝내고 수도하시다가 입적하신 홍제암이다.

좌우 암자는 후일로 기약하고 홍제암의 석축 돌계단으로 올랐다. 일주문도 없고 천왕문도 없는 바깥마당이 꽤나 넓다. 홍제암 정문인 삼 칸의 '보승문'이 돌계단을 마련하고 축대 위에 섰고 옆으로는 부도 넷에 석비 다섯이 가로줄로 늘어섰다.

'해인사 사명대사 부도 및 석장비'라는 제하의 안내판 앞으로 다가섰다. 사명 대사의 일대기를 기록한 비석과 사리를 봉안한 부도이고 홍제암은 사명 대사가 1608년 선조의 하사로 창건하여 말년까지 수도하다 입적한 곳으로 대사께서 입적한 1610년에 부도가 만들어졌고 비석은 1612년에 건립되었는데 1943년 왜인이 깨트린 것을 1958년에 복원한 것이라며 보물 제1301호라고 일러준다.

커다란 석장비 앞으로 다가섰다.

'자통홍제존자유정대사석장비명'이라는 전서체의 비명이 가로로 음각되고 '유명조선국자통홍제존자사명송운대사석장비명'으로 시작되는 새까만 오석의 빗돌은 귀부의 거북 등에 곧추서서 용틀임이 양각된 하얀 화강암의 머릿돌을 얹었는데 빗돌은 정확하게도 네 쪽으로 쪼개어진 것을 다시 이어 맞추었다. 홍길동전의 저자 허균이 지은 비문인데 민족혼을 불러일으킬 우려가 있다고 왜인 경찰서장의 만행이었다고 전해오고 있다.

나란한 네 기의 부도에는 홍제존자라는 명문이 없어 돌계단으로 오르게 한 언덕배기의 부도를 찾았다. 사각의 밋밋한 지대석과 복연을 새긴 원형의 기단석이 하나의 돌로 된 위로 석종형의 탑신을 올리고 연꽃봉오리 모양의 보주도 탑신과 하나의 돌인데 명문의 흔적이 어디에도 없지만 사명 대사의 부도이다. 왜인의 훼손을 막기 위해 미리 명문을 지웠다니 가슴 아픈 역사이다. 합장의 예를 올리고 홍제암의 정문인 보승문으로 들어섰다.

육환장을 길게 잡고 당당한 풍채에 근엄한 용모로 장삼 자락 드리우신 긴 수염의 대사께서 불꽃 튀는 안총으로 나라꼴이 뭐이냐고 대갈하실까 졸인 가슴을 가까스로 가다듬고 합장하고 고개를 숙였다. 불벼락이 떨어질 것이 너무도 뻔하여 가슴이 콩닥콩닥 뛰었다. 나라꼴이 기가 막혀서 아무 말씀도 못 하시나 보다. 백척간두에 선 나라를 구하고자 장삼자락에 피를 묻히신 승장 사명 대사가 입적하자 광해군이 내린 '자통홍제존자'라는 시호를 따서 이름을 붙인 홍제암은 고난의 역사를 고색창연한 옛 내음 속에 간직한 채 풍경 소리만 청아하여 고요함에 젖어있다.

석축 위로 길게 늘인 건물은 웅장하여 위엄 있고 엄숙하여 장엄한데 온화하여 포근하다. 법당은 축대 위에서 정면은 일곱 칸인데 좌우로는 아름드리 기둥을 세워 법당과 평면이 되게 2층 누각으로 돌출시켜 툇마루로 연결시킨 특이한 구조이고 기둥 위의 공포도 공간마다 모양이 다르고 기둥과 기둥의 간격도 달라 공간의 크기가 다른데도 균형의 조화가 안정감을 이루고 있어 절묘한 짜임새에 감탄이 절로 난다. 보물 제1300호라니 고개가 절로 끄덕거려진다. 법당으로 들어서 예를 갖추고 향을 사르며 구국애민의 승장 사명당 송운 대사의 유지를 가슴에 되새긴다.

법인사와
광풍루

화무십일홍이라지만 빛깔 고운 봄꽃들은 잎도 피기 전에 꽃부터 만개하여 줄을 이어 피고 지며 매화 지면 벚꽃 피고 벚꽃 지면 이화 피어 도리행화 만발하면 연이어서 철쭉 피어 화사하고 요염하여 눈부시게 황홀하여 어지러운 세상사를 잠시나마 잊으라고 봄 한 철을 희롱한다. 화향 그윽한 봄바람을 따라 유장한 역사와 문화의 향기에 젖으면서 선현들이 남기고 가신 발자취를 따라 옛 정취를 더듬어볼까 하고 함양의 안의를 향해 차를 몰았다.

35번 고속도로 지곡 요금소를 나와 24번 도로를 따라 시오리 남짓한 거리의 안의면 소재지에 닿아 문화유산의 보물 아미타 부처님을 모신 법인사를 찾았다.

법인사는 안의면사무소와 안의초등학교 사이의 파출소와 인접한 동네 가운데에 자리를 잡은 마을 속의 절집이다. 도로에 바짝 붙은 두 칸짜리의 대문간은 2층에는 범종이 달려있어 범종각인 종루이며, 대문짝에는 금강역사가 그려져 있어 천왕문이기도 한 특이한 모습이지만 심산 절집과도 같이 단청도 화려한 문루에는 법인사라는 편액이 덩그렇게 붙어있어 고찰임을 한눈에 알 수 있다.

광풍루

법인사 목조여래불

대문 옆으로 바짝 붙은 우람한 느티나무는 수령 500년에 둘레가 5m가 넘는 거목인데 육중한 덩치로 근엄하게 버티고 있어 옛 역사의 흔적을 어렴풋이 일러주건만 절집의 건물은 천년 고찰과는 전혀 달리 공포도 익공도 없는 우진각 기와지붕에 마루청이 없이 칸칸이 문을 달았는데 여덟 칸으로 기다랗게 늘어진 큰 집이다. 오래전에는 안의 동헌의 질청이라 하여 하급 관리들의 사무소로서 아전들이 업무를 보던 곳이라고 전한다지만 극락보전이라는 편액이 붙은 법당 건물이고 좌우로는 요사채가 자리를 잡았다.

둔탁한 듯 맑고 밝은 목탁 소리에 가늘고 여린 독경 소리가 나직하게 뒤섞여서 들려오는 법당으로 들어섰다.

향 내음이 가득한 법당에는 천장의 장식은 작은 연등이 한편으로 빼곡하고 대들보와 서까래가 그대로 보이는데 자그마한 본존불의 아미타불상과 좌우의 탱화가 전부인데 채색이 화려한 닫집이 수미단의 천정을 단아하게 꾸미고 있어 정숙한 분위기가 옷깃을 여미게 한다.

아미타불상은 등신불의 크기인데 양어깨를 덮은 법의는 개금의 광채가 유난이 반짝거리고 결가부좌의 무릎은 높이가 낮고 너비가 펑퍼짐하여 안정감의 조화가 지극히 편안함을 느끼게 하는데 머리는 15도 정도로 아래로 굽히고 있어 온화하고 자애롭다.

스물일까 서른일까 아니면 불혹의 나이일까 지천명도 아니고 이순도 아닌 것 같고 미수야 더더구나 아닌 것 같은데 상호인 용모로 보아서는 도대체 나이를 가늠할 수 없는 까닭은 무엇일까. 이것이 바로 해탈과 깨달음의 참모습인 부처의 모습일까. 아라한은 노령의 모습이고 산신각의 탱화도 독성각의 존자도 명부전의 시왕도 모두 고령의 노인인데 부처와 보살의 상호는 세월의 나이를 가늠조차 할 수 없으니 시공을 초월한 부처의 경지에선 외양과 용모도 범속과는 다른 건가. 언제 보아도 한결같은 모습으로 평화롭고 온화하며 조용하고 자애롭다. 사시마지를 올리는 비구니 스님의 독경 소리와 목탁 소리만이 법당의 고요를 무상무념의 오묘한 경지로 몰입하게 하는데 무슨 소원이 있어 중년의 아낙은 자리를 빗겨 잡고 쉬지 않고 정성스레 절만 하고 있을까. 중병 깊은 가족이 있어 쾌유를 비는 걸까, 장성한 자녀의 배필을 원함일까 일자리를 구하려는 간절한 소망일까, 무엇이 저토록 간절하기에 손수건을 적셔가며 절을 하는지 간절한 소망은 알 수 없으나 지극한 정성에 숭고함이 배어난다.

우리의 어머니들이 삼경 깊은 밤에 장독대 앞에서 작은 소반 위에 정화수 올려놓고 촛불 켜고 빌고 빌던 거룩함이 저러한 것이던가. 지칠 줄 모르는 간절한 기도가 너무도 거룩하여 합장하고 고개를 숙였다.

아미타 부처시여! 간절한 기도를 들으시고 저 소원을 이루게 해 주소서. 아미타불!

향불의 연기는 실낱같이 하늘거리고 아미타불상은 가만히 내려다보고 계시는데 무릎에 얹은 왼손은 손바닥을 위로 했고 오른손은 앞으로 내밀어 중지와 엄지의 끝을 맞대었고 나머지 손가락이 자연스럽게 구부렸는데 어쩌면 저리도 고운지 섬섬옥수라고 하면 무례인지 몰라도 가늘고 긴 손가락이 스님의 목탁 소리에 맞추어 가늘게 꼼지락거리는 것만 같고 수없이 절만 하는 아낙을 향해 얇은 입술이 연방이라도 움직일 것만 같다.

여느 절집을 막론하고 석불이든 목불이든 불좌상의 외모를 보면 대부분이 허리 부분이 너무 짧아서 웅크리듯 한 체형인데 법인사의 목조 아미타여래좌상은 허리 부분이 알맞게 조화를 이루고 있어 몸매의 균형이 날씬하고, 상호 또한 각이 진 곳이 없어 삼면에서 보아도 빈 곳 없이 가름하고, 아래턱의 도드라짐도 허하거나 드센 느낌이 없어 온화하며 눈매 또한 날카로움이나 지긋한 모습과는 달리 평화롭고 자애롭다. 미술의 문외한이 뭘 알겠냐만 가만히 바라만 보아도 보면 볼수록 무엇인가를 일러줄 것만 같은 아미타여래불의 숨은 뜻을 알 수 없지만 자꾸만 절을 하게 하는 이끌림의 까닭도 알 수가 없다.

본존불 옆으로는 지장 탱화와 감로 탱화가 나란하게 걸렸는데 채색의 조화나 퇴색의 빛바램이 비슷하여 같은 연대의 조성품 같은데 붉은색이 전체를 이루고 있어도 위압감이 없고 현란하지도 않으며 그저 온화한 옛 내음만 물씬하게 품어난다.

사시예불을 마치신 비구니 스님이 눈여겨보는 속객의 뜻을 알았던지 아미타여래불은 목조로서 보물 제1691호이고 감로 탱화는 보물 제1731호이며 지장 탱화는 감로 탱화와 동년의 작품으로 경남도 문화재라고 일러준다. 속세와 더불어 불국 정토를 이루려함이던가. 중생의 제도를 위해 세속을 마다 않고 속인과 함께하려 심산절경을 버리고 속세의 세속에 자리를 잡았을까. 심산 절집마다 경쟁이라도 하듯이 대불과 대종을 다투어서 조성하고 옛 문화 옛 정취는 염에도 없는 건지 허물고 넓혀서 궁궐 같은 당우들을 미로같이 건립하며 위세와 위용의 중창불사로 아쉬움을 안기는데 법명이 '경재'라시는 비구니 스님은 오백 년 문화유산이 혹여 비라도 센다면 어쩔까 염려될 뿐 수행의 공간이야 이만하면 족하다며 염주만 굴리신다. 마을 한가운데 자리 잡은 기도 도량 고찰 법인사는 세속의 정토를 위해 오늘도 목탁 소리 염불 소리 그윽하게 울려낸다.

인접한 거리여서 걸어서 광풍루를 찾았다.

안의를 지날 때마다 언제든지 오르기만 하면 가슴이 시원하게 뚫리고 고색창연한 옛 정취에 세상사를 잊게 하는 광풍루는 빼어나게 멋스럽고 날렵하며 웅장하다. 왕버들 늘어진 금호천의 강변에서 가만히 치어다보면 공작의 날개 끝이 저리도 날렵할까. 봉황의 꼬리 끝이 저리도 사뿐할까. 연방이라도 하늘 높이 날아오를 것만 같은 추녀는 떠가는 흰 구름을 전송이라도 하는 듯이 드높이 치솟았다. 전란으로 소실되어 중수를 거듭해 왔어도 600여 년의 애환의 역사를 오롯이 간직한 광풍루의 누마루 위에는 현감이신 일두 정여창 선생께서 어지럽고 소란스런 오늘의 세상을 말없이 굽어보며 도포 자락 드리우고 우뚝하게 서시어 후대의 창성함을 기원하실 것만 같아 선현들의 체취 서린 옛 세월이 아련하다.

43

허삼둘 고가와
농월정

앞산 뻐꾸기가 목이 쉬도록 울어대더니 나뭇잎이 푸르고 하루해도 길어졌다. 이맘때면 북적거리던 상춘객이 썰물처럼 빠져나가고 산천초목도 한숨 돌리고 느긋하게 쉬고 있을 것 같아서 화림동 계곡의 농월정을 찾아서 집을 나섰다.

35번 고속도로 지곡 요금소를 나와 안의의 광풍루에 올라 헝클어진 상념들을 털어내고 옛 토호의 고택을 찾아들었다. 허삼둘 고택이 인접해있어서 금천천의 강변을 끼고 골목길로 접어들었다. 야트막한 돌 담장을 두르고 널따란 마당이 마련된 허삼둘 고가가 복원 공사를 끝내고 뒷정리를 마쳤다. 솟을대문으로 들어서기보다 야트막한 담장 너머로 대문채와 사랑채가 훤하게 들여다보이고, 마당 정면의 작은 출입문이 마련돼 있어 대문 안으로 닫혀진 공간이 아니라 시원스럽게 열려져 있어 남의 집에 들어가는 것 같은 부담감이 없고 누구든 반기는 것 같은 후한 인심과 넉넉한 인정이 있는 것 같아서 옛 주인의 온기가 따뜻하게 전해 오는 것만 같다. 첫눈에 들어오는 것은 'ㄱ' 자형의 사랑채이고 옆으로 길게 여염집 같은 4칸짜리 또 하나 별채가 바깥사랑채이고 이와 직각되게 독립된 솟을대문 간은 좌우로 문간방과

허삼둘 고택

화림동계곡의 농월정

헛간이 붙은 5칸짜리 건물이다.

사랑채는 가운데 두 칸의 대청마루 좌로는 방이 따른 마루청에 난간을 둘렀고 우로도 난간을 두른 툇마루에 방이 따랐는데 'ㄱ'자형의 전퇴가 있는 누각 형태로 돌출된 일곱 칸짜리의 커다란 한옥이다. 어찌하여 축대는 간신히 빗물 가름이나 할 정도로 나직하게 지었는지 알 수 없는 연유가 궁금증을 보태는데 바깥사랑채도 일직선으로 나란하게 두었는지 알 수가 없다.

축대 높이 덩그렇게 위풍당당한 고택들이 세도를 과시하며 위압적인데 비하면 갖출 것을 다 갖추고도 과시하지 않고 자세를 낮추었고 간결하고 겸허하여 절제된 외양이 친근함을 자아내는데 안사랑채도 돌려 앉히거나 뒤로 물러 앉히지 않고 다정하게 옆자리에 다가앉혀서 편안하게 배려한 바깥주인의 인성과 인품이 고스란히 묻어난다.

안채로 들어가려고 사랑채와 붙은 높은 담장을 따라 돌아서 안대문으로 들어섰다. 네모난 안마당이 꽤나 넓적한데 안채 역시 'ㄱ'자형이긴 한데 꺾인 굽을 곡면으로 귀접이를 하여 좌우를 끼고 한 칸을 차지하고 있어 마루 바깥쪽의 기둥을 보면 여섯 칸인데 마루 안쪽의 기둥을 보면 일곱 칸으로 굽진 면이 늘어나 있는 특이한 고택이다. 하도 신기하여 대놓고 굽진 면의 판문을 열어 보았다. 꺾어서 굽진 면이 뒤쪽으로는 세 개의 면이 되어 5각형의 부엌이다. 좌우로 부뚜막이 각기 마련되어 취사와 요리에 편리함을 더하였고, 아궁이도 좌우로 나뉘어 있어 양쪽의 온돌방을 한 자리에서 불을 지필 수 있도록 꾸며진 실용적인 부엌이다. 대가족 제도에서 온종일 매달리듯 한 아녀자들의 부엌 생활까지 세심하게 배려한 선조들의 지혜가 곳곳에서 묻어난다.

사랑채의 'ㄱ' 자형의 꺾인 부분은 안채 쪽으로 두 칸의 방이 돌출되어 있어 사랑채는 평면도상으로는 'ㄱ' 자형이 아니고 가로누운 'T' 자형이라 이 또한 특이한 구조이다. 남녀 구분이 엄연한 조선 시대에 유년기의 남자애들이 주로 쓰던 방이었고 더러는 친정 편의 남정네들이 오면 안채로 들지 않고도 재회나 혹은 기거의 방으로 사용했다니 이 얼마나 배려를 기본으로 한 주거 생활의 편이성이 돋보이는 조상들의 지혜가 아니겠는가. 일제 강점기를 거치면서 변화되는 전통가옥의 연구에 중요한 사료로서 국가 민속문화재 207호란다.

토호 윤대호의 고가이면서 안방마님의 이름을 따서 굳이 '허삼둘 고가'라고 불리는 까닭은 알 수 없으나 어린 시절의 외갓집 같은 고택을 뒤로하고 금천천을 끼고 돌아 육십령으로 치닫는 26번 도로로 올라서 화림동 계곡의 초입에 들어섰다.

좌 안동 우 함양이라 하여 선비의 고장이요 유림들의 거유(據有)였던 흔적들로 함양의 곳곳에는 문화유적으로 즐비한데 화림동 계곡의 초입에 들어서면 금천천 건너편의 작은 마을 안쪽으로 드높은 홍살문을 앞세우고 대궐 같은 안의 향교의 옛집들이 건너다보인다. 향교나 서원을 찾아갈 때마다 솟을삼문은 언제나 주먹만 한 자물쇠가 찾는 이를 거절하고 더러는 연락처를 알리고는 있으나 바쁜 손길을 거들지는 못할망정 방해할 수는 없는 노릇이라 발길을 돌리지만 언제나 아쉬움을 남긴다. 대성전 앞에서 옷깃을 여미고 사당에 들어서서 선현들의 유훈도 되새기며 강학당 마루청에 앉아 역사의 회고를 통한 자아 성찰과 자아 각성의 현장으로 삼아야 할 문화유산들이 문명한 과학 문물에 밀려서 외면당하고 있어 날이 갈수록 자물쇠는 두껍게 녹슬고 있으니 안타까움이 더해만 간다.

발길을 돌려 왕버들나무의 거목들이 우거진 농월정의 주차장에 닿았다. 웬만한 학교의 운동장보다 더 널따랗다. 옥호와 안내판만 보아도 군침이 돌게 하는 산해진미의 전문식당들이 종횡으로 늘어섰다. 70년대까지도 겨울 한 철 빼고는 관광버스에서 내리는 유람객들의 노랫소리와 북장구 소리가 어우러져서 난장판을 방불케 하는 축제장이었던 곳이다.

식당가의 틈새를 벗어나 계곡으로 내려섰다. 마주한 산기슭에 푸른 솔을 날개 삼고 물 맑은 반석 위에 날개 접는 학과 같이 사뿐하게 내려앉은 그림 같은 농월정은 절승이요, 선경이라 신선들의 별서이고, 백옥 같은 반석 위로 미끄러지듯이 흐르는 물은 손을 담가봐야 물이 흐르는 것을 알 수 있을 정도로 맑디맑은 옥수이고 간간이 하얀 포말을 이루는 물줄기는 크고 작은 웅덩이를 만들어 푸른빛이 보석 같다.

짙푸른 소를 가로질러 벼랑 끝에 이어진 농월정교를 건넜다. 솔숲 우거진 자드락 길을 따라 걸으면 솔바람 소리와 물소리가 어우러진 선경의 들머리에 닿는다.

건너다볼 때와는 또 다른 풍경이다. 평평한 너럭바위인 반석은 백옥같이 매끈하고 월연담 휘도는 물은 거울같이 맑다. 만월의 밤이면 하강한 선녀들이 달빛 아래 목욕하던 월연담은 쪽빛이고 '월연암'은 백옥이다. 백옥 같은 반석이 지천으로 깔린 위로 청정한 계곡 물이 비단같이 흐르고 앞산 뒷산 푸른 솔이 만고상청 푸르러 누구의 소작이기에 이토록 절경일까. 농월정에 올랐다. 범속을 멀리한 절승의 선경이다.

월연담 굽어보며 농월정에 앉았으니

물소리 청아하고 바람소리 소소하여
세상사 억만 시름이 제풀에 떠나네

농월정 발치의 반석에는 '지족당장구지소'라고 커다랗게 음각돼 있어 지족당 박명부 선생께서 지팡이를 짚고 거니시는 뒷모습이 눈에 선하게 보이는 듯하다. 인목대비의 유배를 부당하다고 광해군에게 지간하다 파직되기도 했으며 청병의 침입으로 남한산성에 들어가 척화를 주장했는가 하면 퇴계 이황과 남명 조식의 학문을 절충한 한강 정구 선생을 스승으로 모시고 성리학과 예학을 전수받아 현실 모순을 지양하고 언제나 직도의 관철을 주장하셨고 예조참판 제주 목사 등 관직을 두루 거치신 목민관 문정공 지족당 선생의 옛 모습이 아련한데 중천 높은 곳에서 외로운 백로가 어디론가 날아간다.

속두류록을 따라 불일 폭포를 찾아서

유월의 산은 푸른 빛깔이 짙어지면서 풋풋한 산의 내음도 풋내를 품어내는 싱그러움이 절정을 이룬다. 그래서일까, 청학도 이맘때가 좋아서 불일 폭포를 찾았을까. "암자의 중이 말하기를 '매년 여름 몸뚱이는 파랗고 이마는 붉고 다리가 긴 새가 향로봉 소나무에 모였다가 날아 내려와 못물을 마시고 바로 간다.'고 하더라."는 탁영 김일손 선생의 '속두류록'에 나오는 내용으로, 암자는 불일암이고 못은 불일 폭포 아래의 소를 말하는 '학연(鶴淵)인데, 탁영 김일손 선생이 일두 정여창 선생과 함께 1489년 성종 20년 4월 14일 천령(함양)에서 출발하여 16일째 되는 날 지리산 등정의 하산 끝 날인 쌍계사에서 불일 폭포까지의 발자취를 따라 500여 년의 역사를 거슬러 오를까 하고 길을 나섰다.

화개장터에서부터 시작되는 십 리 벚꽃 길은 녹음 짙은 신록의 십리 길이 되어 쌍계사 들머리까지 이어진다. 쌍계교를 건너서 탁영 선생의 발자취를 따라 새로 난 찻길을 두고 아래쪽의 옛길인 쌍계석문을 찾았다. 즐비한 식당가와 토속 먹거리를 파는 간이매장들이 세월을 건너뛰어 수학여행을 온 것 같은 기분을 자아내는데 길 양편으로

쌍계사 석문

쌍계사 진감선사비

우람한 바위가 수문장처럼 버티고 섰다. 바른쪽 바윗돌 벽면에는 '석문'이라는 두 글자가 새겨졌고 맞은편에는 바닥에 묻힌 커다란 바위 위에 흔들바위처럼 우뚝하게 올라앉은 웅장한 바위에는 '쌍계'라는 두 글자가 음각돼 있다. 쌍계 대가람의 창건을 예비하고 대자연이 마련한 태초의 석문일까, 고운 최치원 선생이 쓰셨다는 '쌍계석문'을 두고 탁영은 글자 크기는 말(斗)만 한데 여아동습자지위(如兒童習字者之爲)라 하여 아이들의 붓글 공부 정도라고 하셨는데 속객에게는 판단조차 버겁기만 한 글씨이다. 법계와 속계의 경계이니 속계의 삿된 마음은 말끔히 버리라며 번득이는 칼날이 맞부딪쳐 번개 같은 불꽃을 튕기며 쇳소리가 날 것같이 날카롭기만 한 필체이다.

쌍계석문을 지나 매표를 거치면 울창한 활엽수들의 짙은 그늘이 카랑카랑한 계곡 물소리에 사방으로 흩어지며 청량감을 더하는데 '삼신산 쌍계사'라는 편액을 단 우뚝한 일주문이 속객을 반긴다. 일주문을 지나면 금강문이고 금강문을 지면 천왕문이다. 금강역사의 검문을 받았건만 창검을 든 사대천왕이 검문을 또 받으란다. 족히 네댓 길을 넘는 웅장한 거구의 위압에 꽥 소리도 못하고 합장을 하고 고개를 숙였다. 금방이라도 불벼락이 떨어질 것 같아 목덜미기 쩌릿쩌릿한데 숨을 죽이고 기다려도 기척이 없으니 모르고 지은 죄도 더러 있을 텐데 눈감아 주나 보다 하고 꾸벅꾸벅 절을 하고 통과를 하니 마당 가운데에 아기자기한 팔각의 9층 석탑이 우뚝하게 높이 섰다. 산뜻한 근작이다. 9층 탑 뒤에는 정면 일곱 칸의 맞배지붕인 2층 누각이 범종각을 옆에 두고 높이 섰다. '팔영루'라는 편액이 붙었다. 탁영은 속두류록에서 '절의 북쪽에 고운이 자주 올랐던 팔영루의 옛터가 있다'고 하며 '승려 의공이 다시 세우려 한다.'고 했는데 대웅전 앞마당의 정면에 웅장하게 서서 '금강계단'이라는 또 다른 편액까지 달았으니 이전한 것일까. 본래의 자리는 아닌 것 같다.

탁영은 석문을 지나 1리를 가니 오래된 비가 있다고 했는데 대웅전 돌계단 아래의 마당 한가운데에 '진감선사비'가 기부의 거북 등 위에 무늬가 고운 기단을 마련하고 용두를 이고 섰다. 비석은 깨어져서 더러는 훼손되고 금이 가서 사면의 모서리를 보철로 감쌌다. 고운 최치원 선생께서 왕명을 받아 비문을 짓고 손수 쓴 국보 제47호이다.

탁영은 이 자리에 서서 비문의 방서에 '최치원 봉교찬'이라 쓰인 이끼 낀 비석을 어루만지며 깊은 감회를 이렇게 적었다. '내가 고운의 시대에 태어났더라면 그의 지팡이와 신발을 들고 모시고 다니며 그의 문하에서 붓과 벼루를 받들고 가르침을 받았을 것'이라며 고운의 은둔 생활을 못내 아쉬워했다. 천년 하고도 백여 년의 세월이 흘렀건만 현세인인들 어찌 고운을 아쉬워하지 않으리오. 하늘도 차마 그를 버리지 못하고 선계로 인도하였으니 찬양지심이야 만고불멸하겠지만 두고두고 선생의 그리움이 석비에서 젖어오고 탁영의 그림자 또한 눈앞에서 완연하다.

대웅전으로 들었다. 입산고유를 가름하고자 헌향 삼배의 예를 갖추고 탁영의 발자국을 되밟으며 금당으로 이어지는 옥천교를 건넜다. 옥천사를 쌍계사로 개명한 이전의 이름이다. 탁영은 비석의 북쪽 수십 보의 거리에 고운이 심은 백 아름이나 되는 회화나무가 실화로 불탔으나 열 자(十尺)나 되는 그 뿌리가 계곡을 건너 뻗어서 승려들이 왕래하며 '금교'라고 했다는데 금당으로 가는 지금의 '옥천교' 자리인 것 같다.

옥천교를 건너 층층의 높은 돌계단 위에는 금당과 청학루가 자리를 잡았는데 하안거라 문이 닫혀있어 오른쪽으로 트인 산길을 따라 탁영의 뒤를 따랐다. 불일암으로 이어지는 가파른 길이다. 200m쯤이나 올랐을까, 진감 선사께서 창건한 국사암 가는 길과 길림길이다.

국사암과의 산중 갈림길에서부터 불일암으로 가는 길은 낙락장송이 빼곡하여 아찔한 느낌은 아니지만 발끝 아래의 골짜기는 끝을 알 수 없는 수직의 절벽이다. 탁영은 잔도라고 했다. 암벽이 아니라서 산죽이 바닥을 깔았고 노송의 거목들이 울울창창하다. 고요한 산길의 정적을 밟으며 잔도를 지나 너덜겅의 도랑 건너기를 몇 차례 거듭하자 저만치에서 오두막만 한 바윗돌이 홀로 걷는 속객을 지켜본다. 고운 최치운 선생께서 청학을 타고 지리산을 넘나들 때 청학을 부르던 '환학대'란다. 고운은 이곳 환학대에서 '진감선사비'의 비문을 지으셨다고 안내판이 일러준다. 바윗돌의 세월이야 천 년도 촉각인데 탁영도 이 바윗돌에 앉아 쉬었을 것으로 짐작이 되건만 속두류록에는 그 언급이 없다.

환학대를 지나자 훤하게 고갯마루의 천공이 먼동이 트듯이 밝아 왔다. 불일평전에 닿은 것이다. 오래지 않은 날에는 등산객들이 왁자지껄했던 산장이었고 먼 먼 세월의 저편 이맘때는 감자 삶고 옥수수 삶는 냄새가 집집마다 그윽하고 무쇠 솥뚜껑 여닫는 소리가 '챙그랑!' 하고 들여올 것만 같은데 인적 없는 폐가는 거미줄만 뒤엉켜 옛 추억에 서럽다. 탁영은 이곳을 두고 넓고 평평하여 농사짓고 살만한 곳이라며 여기가 세상이 말하는 청학동이라 했다. 그 옛날의 이상향은 어디로 가고 잡초 우거진 폐허는 처량히도 허무하다.

고갯마루를 넘어서자 암벽의 허리를 감돌아 이어지는 아찔한 벼랑길이다. 이를 두고 천인단애라 했던가. 머리 위로 불거져 나온 암벽은 높이를 알 수 없고 발끝 아래의 수직의 절벽은 깊이를 알 수 없다. 탁영도 원숭이나 오갈 위험천만한 잔도라고 했다. 불일 폭포로 이어지는 나무 데크의 계단이 급강하를 하는데 머리 위에 높다란 축대가 한 뼘 남짓하게 좁은 길의 틈새로 보였다. 벼랑 위에 얹혀있는 불일암이다. 탁영은 등구사에서 이곳에 이르기까지 가장 마음에 드는 곳은 불일암 뿐이었다고 했다. 법당에 들여서 헌향 삼배로 입산을 아뢰고 지그재그의 급경사 계단을 타고 불일 폭포로 내려갔다. 폭포와 마주한 조망대에 섰다. 비경의 황홀감에 전신이 짜릿한데 청학도 스승도 떠난 지가 오래이다.

先賢已乘靑鶴去, 俗客空見飛瀑留.(선현이승청학거, 속객공견비폭유)

선현들은 이미 청학을 타고 가버렸는데 속객은 부질없이 폭포만 바라보네.

난중일기와 남사 예담촌

정유 유월 초하루이면 임진왜란의 막바지인 정유재란이 일어났던 해이고 삼복더위가 본격적으로 시작되는 초복 무렵으로 장맛비가 연일 쏟아지는 후텁지근한 날씨의 연속이었을 것이다. 합천 율곡의 권율 도원수의 군영으로 백의종군하던 이충무공이 옥종 청수역을 떠나 저물녘에 남사에 닿아 하룻밤을 유숙했던 옛집을 찾아 길을 나섰다.

장맛비까지 오락가락하며 후텁지근한 날씨가 계속되고 있는 꼭 이맘때인가 싶어 서둘러 가면 420년의 세월을 거슬러 남사 예담촌에서 장군을 뵐 것 같아 35번 고속도로 단성 요금소를 나와서 20번 도로를 따라 지리산 가는 길로 접어들었다. 초여름의 가뭄을 끈질기게 견뎌온 논밭의 곡식들이 장맛비를 흠씬 맞고 산천의 초목과 동색으로 짙푸른 모롱이를 돌고 돌아 물레방아 돌아가는 남사 예담촌에 닿았다.

남사리 연혁비가 우뚝한 주차장의 가장자리에는 학자수인 회화나무가 줄지어 섰고 장의 골목길은 옛 내음을 풍기는데 대궐 같은 고택들은 추녀 끝을 마주하고 옛 정취를 품어낸다. 회화나무 이씨 고가, 원정구려 하씨 고가, 월강고택 최씨 고가, 사양정사 정씨 고가, 골목골목 옛 담장에 솟을대문 앞세우고, 고대광실 고택들이 온고지정 불

남사 예담길

남사예담촌 이사재

러오고, 700년 원정매는 새 움 돋아 무성하고, 600년 감나무는 가지마다 감을 달고, 300년 회화나무 서로를 껴안았다.

고택마다 대청마루가 시원스럽게 널따랗고 계자 난간을 두른 누마루가 딸려있어 옛 세월의 흔적이 오롯이 남아 있어 연방이라도 갓을 쓴 선비들이 도포 자락 걷고 앉아 먹을 갈아 시를 짓고 서책 읽는 소리가 들릴 듯도 하거니와 식솔들 불러 세워 천륜인륜 덕목에다 근면 검소 근간으로 추상같은 훈계가 이제 막 끝난 것도 같건마는 옛사람은 간곳없고 부귀영화 흔적만이 옛 세월에 젖어있다.

물레방아가 돌고 있는 방앗간 떡집과 예담촌 찻집 사이로 돌아들면 단속사지의 청계 계곡에서 흘러오는 '남사천'이 예담촌을 뒤에서 에워싸고 남강으로 흘러간다. 공자의 고향인 산둥성의 곡부에 있는 강인 '사수'와 산세 지형이 같다 하여 '사수천'이었고 마을이 '사수'의 남쪽에 있다하여 '남사'라 했다는데 도와 예를 겸비한 선비의 고장이요, 충과 효의 마을이다.

거목의 은행나무 아래의 공터에 차를 세우면 사효재와 영모재가 나란히 앉았다. 귀후문이라는 편액이 붙은 나직한 삼간 대문을 들어서면 마당 한쪽으로 용틀임을 한 500여 년의 향나무가 찾는 이를 반기는 사효재이다. 화적의 칼을 자신의 몸으로 막아내고 아버지를 구한 효성으로 숙종 32년에 나라에서 내린 정려를 받은 영모당 이윤원의 효행을 기리고자 세운 재실로서 원형의 기둥에 4칸 4겹의 건물로 계자 난간에 대청마루와 온돌방을 갖춘 목조 고가이고 뒤뜰로 돌아들어 작은 협문을 지나면 단청이 화려한 가묘인 사당이 자리를 잡았다.

사효재와 나란한 영모재로 들어섰다. 조선조 개국 1등 공신 경무공 이제의 성주 이씨 재실로서 5칸 3겹의 커다란 고옥이다. 솟을대문 앞에 세워진 안내판에는 1392년 태조 원년에 내려진 '이제개국공신교서'가 보물 제1294호로 지정됐다는 간략한 안내뿐이다.

경무공 이제는 태조 이성계의 딸 경순 공주를 아내로 맞은 부마이고 경순 공주는 1차 왕자의 난으로 이복 오라버니 방원에 의하여 생모 신덕왕후 곡산 강씨의 동복동생인 방번. 방석과 함께 부마인 남편을 잃고 동대문 밖의 청룡사로 출가하여 삭발을 하는데 아버지 이성계에 의한 망국의 한을 달라며 불자제가 된 고려 공민왕의 왕비 '혜비'가 이미 여승이 되어 기거하니 기구한 재회는 전생 현생의 양 업을 짊어지고 삭발 비구니로 함께 살아간 비운의 여인이 아니었던가. 헌향의 예는 사당문이 잠겨서 합장 묵례로 가름을 하고 발길을 돌렸다.

비운의 두 여인의 눈물이련가. 소리마저 숨을 죽인 흐느낌인가. 빗줄기는 소리 없이 가늘게 내리고 희뿌연 비안개는 산마루를 덮었다.

충무공의 유숙지로 건너가는 '이사교' 앞에서 발길을 멈췄다. 마주한 산 중턱의 가파른 둔덕 위에서 옛 내음이 묻어나는 '이사재'가 굽어보는데 남사천 물길 따라 걷는 길의 들머리에 양편으로 마주한 커다란 두 바위가 웅장한 자태로 석문처럼 버티고 있어 예사롭지가 않다. 남사천 바닥에 뿌리를 박고 큼지막한 글씨로 '우암'이라 음각된 우뚝 선 바위와 길을 사이에 두고 마주한 같은 크기의 '장암'이라 새겨진 커다란 바위가 파묻힌 깊이는 가늠이 안 되는데 우뚝 선 몸집만도 거대하여 웅장하다. 물길 따라 걷는 길의 깎아지른 벼랑 아래 송죽이 어우러진 활엽수의 그늘 짙은 남사천의 깊은 물에 하반신을 담그고 우뚝하게 솟아오른 용소바위가 또 한 점의 산수화로 비안개에 젖어 있다.

이사교 좌측으로는 널따란 주차장을 마련했는데 우리 국악 교육의 선각자 기산 박헌봉 선생의 생가지로 대궐 같은 목조 와가의 '기산 국악당'이 자리를 잡았고 봉긋한 산 중턱에 치어다 보이는 '이산재'가 산수와 어우러져 병풍 속의 수묵화로 옛 정취가 그윽하다.

이사교를 건너서자 백의종군로의 표지석이 안내판과 나란히 섰다.

이사재는 조선 전기의 토포사의 종사관으로 임꺽정의 난을 진압한 데 공을 세우고 대사헌, 호조참판 등을 지낸 송월당 박호원의 재실이라 안내판이 일러주고 나란한 표지석은 충무공 이순신 장군이 권율 도원수의 합천 율곡의 군영으로 백의종군하던 길에 정유년 유월 초하루에 억수같이 내리는 빗속에서 청수역을 떠나 이곳에 이르러 송월당 박호원의 농사를 짓는 노비의 집에서 하룻밤을 유숙했다고 일러준다.

가파른 돌계단을 오르니 작은 마당을 사이에 둔 여념집이다. 송월당의 후손이 살고 있는 가옥인데 이 자리가 충무공이 유숙했던 박효원의 농사를 짓던 노비들이 살던 집이 있었던 곳일까. 마당을 가로질러 수직으로 쌓아 올린 높다란 축대를 지그재그의 계단을 오르니까 이사재의 출입문인 '거유문'이라는 현판이 달린 작은 대문이 열려 있다. 이사재이다. 벼랑의 둔덕에 자리를 잡아서 마당은 손바닥만 한데 암벽을 등진 삼 칸 고옥 이사재는 정적 속에 숙연하다. 대청마루로 오르는 중앙의 마루턱을 오르기 좋게 두 계단으로 층을 지웠고 양편으로는 계자 난간을 둘렀는데 방 뒤로 돌아 갈수 있게 좌우와 뒷면까지 툇마루를 깔았다. 옆 마당에는 장방형의 연못을 팠다. 안쪽 사면을 두 단으로 축대를 쌓아 반듯하게 꾸며 놓은 연당이 정원의 정취를 그윽하게 품어낸다. 뒤뜰의 암벽 밑에는 폭은 한 뼘 남짓한데 가로길이는 한 팔 길이 정도인 바위샘에서 석간옥수가 샘솟고 있는데 옛사람을 못 잊어서일까 연당가의 배롱나무는 비에 젖어 처량하다.

　대청마루에 걸터앉으니 남사 예담촌이 한눈에 들어온다. 남사천 굽이돌아 남사리를 끌어안아 선현들의 충효절의 만대불후 영원하여 본받아 오늘에 이어 남사예담 이루었네.

　오늘은 실비가 내리지만 장군은 난중일기에서 정유 유월 초1일 우우(雨雨)라며 청수역을 출발하여 단성의 박호원의 농노가(農奴家)에서 종일 내리는 비로 간신히 밤을 새우고 초이틀 이른 아침에 단계로 출발했다 하였으니 하늘도 공의 뜻을 꺾지를 못했으며 조반도 들지 않고 물이 더 불어나기 전에 서둘러 길을 나섰다니 구국애민의 공의 일념이 가슴을 저려온다.

지리산
대원사 계곡

태초의 자태를 오롯이 간직한 청정 계곡들이 야금야금 개발되며 생활 오폐수의 유입으로 날로 병들어가고 있어 옛 명성만 믿고 계곡물로 들어갔다는 낭패 보기가 일쑤인데 국립공원 지리산의 유명 계곡들이 그나마 이름값을 하고 있어 대원사 계곡을 찾아 길을 나섰다.

대원사 계곡의 들머리는 덕산의 삼장면에서 산청읍으로 이어지는 59번 국도의 명상 삼거리에서 좌회전을 하고부터이다. 평촌마을 계곡 건너편의 다랑논 한가운데에 훤칠한 높이에 튼실한 탑신의 경남도 유형문화재 31호인 신라 시대의 석탑이 천년 세월을 지키며 홀로 섰지만 석가세존의 사리탑인 줄은 아는 이도 많지 않거니와 찾는 이가 없어 언제나 쓸쓸하고, 발끝 아래로 철분이 붉게 물든 크고 작은 바윗돌이 물소리와 어우러져 장장 10여㎞의 대원사 계곡이 장관으로 이어진다.

옛 매표소와 인접한 벽송 식당은 산채 별미로 오가는 산객들의 주막집이고 예서부터 수림이 울창한 본격적인 비경이 법계로 인도한다. 모롱이를 돌아 석조난간을 멋스럽게 다듬은 대원교에 닿으면 계곡의 풍광이 오가는 이들의 발목을 잡는다. 고산준봉들이 하늘을 조

삼장사지 석가모니 진신사리탑

지리산 새재 계곡

여서 천공은 손바닥만 한데 몸집이 미끈미끈한 노거수의 홍송(紅松)은 범속의 소나무와는 그 기품을 달리하며 촘촘히도 빼곡하고 널따란 계곡에는 세월에 모가 닳은 거암거석들의 틈새 사이로 은구슬 옥구슬을 방울방울 튕기면서 청정옥수가 콸콸거리고 흐른다.

범속도 하나며 시공도 하나이요 일체중심도 오직 하나인 일주문을 들어서면 길은 굽이져 이어지는데 널따란 계곡은 길 따라 물 따라 오로지 하나 되어 나란하게 굽이돈다. 포장된 길은 '새재'로 향하여 이어지고 왼편 언덕배기로 오르는 커다란 자연석의 층층 계단 위로 우뚝한 문루에는 '방장산 대원사'라는 편액이 붙었다.

충남 예산의 덕숭산 수덕사와 울주군의 가지산 석남사와 함께 삼대 비구니승의 수도처이자 나라에 경사가 있으면 보물 제1112호인 탑전에서 서광이 비치고 향내가 경내를 진동한다는 전설까지 품고 있는 영험한 도량이라서일까, 청정에 몰입되어 정갈하기 그지없고 고요함의 절정에서 시공이 정지된 고즈넉한 심산 절집 방장산 대원사는 낭랑한 비구니의 독경 소리와 심산계곡으로 여울지는 둔탁한 듯 청아한 목탁소리가 그치지를 않는다. 커다란 돌확의 식수대 곁에 고령 거목의 은행나무 아래의 기다란 의자에 걸터앉으면 세속의 묻은 때가 씻기어지는 듯이 머릿속까지 맑아진다.

대웅전과 원통보전이 석축 위에 나란한데 사면 팔작지붕의 원통보전은 목조 건축미의 극치를 이룬다고 하면 과장일까, 채양을 사면으로 펼친 임금님의 가마인 연이라고 하면 고개를 끄덕일까, 연방이라도 가마꾼이 성큼 들어 올릴 것 같은 날렵한 멋이 속객의 넋을 뺀다. 관음보살 좌상 앞에 무릎 꿇고 독경하는 젊디젊은 비구니의 뒷모습이 장삼 입은 어깨가 야위고 좁아서 가련함이 묻어나고, 목탁을 거머쥔 하얀 손이 너무 작아 안쓰럽고 측은한데 삭발 머리 파리하여 서러움이 젖어오고, 독경 소리 낭랑해도 연약하고 가늘어서 마디마디 한스럽다. 앳되고 여린 몸에 먹장삼을 걸치지 않으면 안 되었을 사연은 무엇일까, 세속을 멀리한 법계의 선택일까 전생의 업보일까. 불단 위의 향로에선 향불의 연기만이 실오라기같이 하늘거리며 피어오른다.

돌아서서 계곡을 따라 발길을 옮겼다. 나뭇잎 비비대는 소리는 바람의 소작이고 콸콸거리는 계곡 물소리는 바윗돌의 소작이다. 활엽수림은 하늘을 가리고 비탈지고 굽은 길은 끝없이 이어지는데 발끝 아래의 계곡은 크고 작은 바윗돌이 빈틈없이 자리를 잡았다. 널따란 반석마다 깊이를 알 수 없이 층층으로 이어지는 청옥 빛깔 맑은 소(沼)는 청량감을 더하는데, 웅장한 바위는 서로를 마주 보며 군웅처럼 당당하다. 크고 작은 바윗돌이 얼기설기 뒤엉켜서 모래 한 줌 흙 한 줌 없이 청정한 맑은 물에 도란도란 다정한데 유평마을에 닿으면 예닐곱 집의 작은 마을은 모두가 식당이고 저마다 토종 백숙이며 산채비빔밥에 도토리묵과 동동주로 산객들을 기다리고, 가운데로는 가랑잎 국민학교라는 별칭으로 더 유명세를 띠던 유평초등학교가 오래전에 폐교되어 산골 아이들이 뛰놀던 옛 영화를 못 잊어서 추억 속에 처량하다.

피서 인파가 북새통을 이루다 썰물처럼 빠져나간 8월 하순의 대원사 계곡은 그림 같은 풍광 속에 산새만이 지저귀고, 바람 소리 물소리는 고요함을 더하는데 뼈아픈 민족상잔의 비극의 소용돌이에서 빨치산 토벌 작전으로 피아의 유혈이 낭자했던 계곡! 총탄의 자국들이 역사의 상처로 남겨진 바위들! 멸공 통일을 절규하며 쓰러져 간 용사들! 구국의 선혈이 핏빛으로 물든 산하(山河)! 원한의 역사를 오롯이 간직한 심산의 한숨 소릴까, 나뭇잎 스치는 바람 소리가 괴괴한 계곡으로 스산하게 여울진다.

잊지 말아야 할 잊어져가는 역사의 발자국을 자분자분 되밟으며 하늘을 덮어버린 수림의 터널 속으로 발걸음을 옮기면 네댓 집의 작은 마을 삼거리가 나온다. 토종벌이 멸종되자 양봉으로 대체하여 대물림받아서 '새재 꿀'의 명성을 이으려고 옹고집쟁이 이상진 옹의 부자는 토종에 버금가는 양질의 꿀을 얻고자 세월의 시계를 멈춘 채로 '감로꿀'까지 받아내고 있다.

아래위로 계곡의 풍광이 시원스럽게 트인 다리 위에 서면 속객도 신선이 되어 천왕봉 넘나드는 구름을 탄듯한데 포장이 잘 된 가파른 경사를 거듭하며 굽이돌아 오르면 산새만이 넘을 수 있대서 '새재'라는 준령의 발치에 하늘 아래 첫 동네인 작은 마을 '새재마을'이 있다. 피리 찜과 민물 잡어탕으로 산객들의 명소가 되어버린 '산꾼들의 쉼터' 민박 식당 앞으로 여남은 대의 승용차를 주차할 수 있는 말쑥한 주차장이 해발 750 고지의 막다른 찻길이다. 띄엄띄엄 숲속에 앉은 네댓 채의 펜션은 북적거리던 피서객이 떠나 휑하니 비어버린 평상들만 마당을 지키는데 새재 곶감의 장인 대화 펜션의 권영희 씨는 여기서는 계곡 물을 마음껏 마셔도 좋다고 일러준다.

산새도 숨을 죽인 고요함의 심산에 개암 알을 깨는 듯한 목탁 소리가 있어 찾아들었더니 대웅전은 중수 중이고 꽤나 널따란 마당을 깔고 요사채가 정갈한데, 마당 가장자리에 목조 정자를 지어 커피 포터와 커피며 녹차를 마련해 놓고 오가는 이들이면 누구나 드시라고 보시의 장을 마련해 놓은 조계종 직할 사찰 '조사선 도장'의 '불조사' 주지 정대 스님은 독경 삼매로 여념이 없다.

천왕봉 8.8㎞라고 일러주는 등산길을 안내하는 표지판을 따라 오솔길로 잠시 접어들면 이내 '무제치기 폭포'와 '치밭목 산장'을 거쳐 천왕봉으로 오르는 등산길의 초입에 출렁다리가 나온다. 집채 같은 바윗돌의 틈새마다 폭포수가 쏟아지는 그림 같은 비경 위에 계곡을 가로지른 높다란 출렁다리를 건너는 산객들은 백의민족의 영산인 성모천왕의 품으로 오늘도 줄줄이 발길을 이어간다.

47

칠불사
가는 길

가을의 들녘은 뿌려서 가꾼 자인 농부들의 몫이고 가을의 강은 먼 길 찾아온 기러기의 몫이며 가을의 산은 바지런을 떠는 다람쥐의 몫이지만 가을의 길은 길 떠나는 나그네인 여행자의 몫이다. 그래서 가을이 오면 어딘가는 몰라도 그냥 떠나보고 싶어져 역마살이 충동질을 하는 계절이다.

사주에 타고난 역마살로 속절없는 유량의 삶을 그린 김동리 선생의 소설 역마의 배경 속으로 70년의 세월을 거슬러서 화개장터의 옥화네 주막에서부터 엄마의 이복동생인 줄도 모르고 러브스토리를 엮으며 성기가 계연이와 함께 걸었던 칠불사 가는 길을 되밟을 요량으로 길을 나섰다.

섬진강을 거슬러 오르면 사연 많은 풍광들이 발목을 붙잡는다.

애달픈 역사가 굽이굽이 서린 강
주옥같은 옛 노래가 흘러가는 강
하고많은 소설로 이어지는 강
시인 묵객 가슴속에 꿈을 꾸는 강

옥화 주막

칠불사 영지

바라만 보아도 가슴 저린 강!

정취에 매료되면 오도 가도 못하는 섬진강이다.

딴마음 들기 전에 백사청송 붙잡아도 본체만체 외면하고 악양동천 평사리도 다시 오마 뿌리치고 화개장터에 차를 세웠다.

사시사철 시끌벅적한 화개장인 줄이야 이미 알지만 오전 일찍부터 꽤나 부산하다. 등산복 차림의 산객들이 꾸역꾸역 몰려들고, 산약초 가게마다 차를 끓이는 냄새가 사방에서 풍기는데 각설이엿장수는 연지곤지 분단장에 속곳이 드러나게 치맛자락 걷어 올려 허리춤에 동여매고 장구를 들쳐 메고 조이개를 죄는 품이 신명 나게 한바탕 놀아볼 요량인지 차림새를 다 갖췄고 대장간의 쇠메 소리는 아까부터 시작됐다.

성기는 지금쯤 어느 고을 장터에서 육자배기의 구성진 가락으로 엿가위 질을 하고 있을까. 천복을 타고날 것이지 하필이면 시천역의 역마살이 무어람. 성기의 사주로는 홀어미 옥화의 곁에서 화개장터의 책 장수로 살아가기에는 애당초에 글렀으니 팔도 유랑의 엿장수가 속절없는 팔자이다.

역마 속에 늘어섰던 주막집의 옛 정취는 흔적이 없는데 골을 지어 늘어선 가게마다 온갖 약초들이 산더미같이 빼곡하게 층층이 쌓여서 저마다 이름표를 달고 찾는 이를 기다린다. 시음용 약차를 한 잔 얻어 마시니 향긋한 한약 내음이 머리를 맑게 한다.

발길을 돌려서 골목 안에 복원한 옥화 주막을 찾았다. '소설 역마의 옥화 주막'이라는 간판 아래 동동주, 선지국, 파전 등 먹음직스런 차림표가 빼곡히 적힌 문으로 들어섰다. "주모!" 하고 크게 불러볼까 하다가 선착한 나그네들이 둘러앉아 있어 빈자리를 잡았다.

예쁘장한 아낙이 혼자서 바쁘다. 주모인 옥화는 출타를 하였을까, 성기의 소식이라도 들은 걸까, 계연의 혼사 기별이라도 받고 구례로 갔을까. 하룻밤의 연정으로 성기를 잉태시키고 강원도의 어딘가로 떠나버린 떠돌이 중의 행방이라도 찾아 나섰단 말인가, 아버지라고 한 번도 불러보지도 못하고 떠나보낸 체 장사의 부음이라도 받은 것일까. 소설 속의 36년 전, 이름도 모르는 남사당패와의 단 하룻밤의 동침으로 자기를 낳아 준 어머니의 천도재라도 올리려고 칠불사로 갔을까. 허름한 초가지붕을 마주하고 앉으니 머릿속은 온통 역마의 소설 속을 헤매고 있다.

파전 안주에 동동주 한잔으로 입을 가시고 칠불사 가는 길로 발길을 돌렸다. 십 리 벚꽃길은 단풍으로 물들어 가는데 쌍계천 건너로 보이는 진초록의 산기슭은 '왕의 녹차'로 유명세를 떨치는 녹차 밭이 띄엄띄엄 줄지어 늘어섰다.

쌍계사 주차장 맞은편에서 야생 녹차 박물관으로 건너가는 널따란 다리와 쌍계교 앞을 지나면 이내 또 하나의 다리에 '목압문'이라는 초서 현판이 붙은 일주문이 다리목에 우뚝 섰다. 목압마을과 국사암으로 건너가는 '목압교'이다. '천년터전 다향목압'이라는 주련까지 붙었다. 진감국사께서 길지를 찾아 앉으라고 나무 기러기를 깎아서 날려 보낸 곳이라 하여 '목압'(木鴨)이라 하고 기러기가 내려앉은 곳에 국사암을 지었다는 창건 설화가 전해오는 곳이며 진감국사께서 830년에 중국에서 갖고 나온 녹차 씨앗을 뿌렸다니 1200년에 가까운 옛 세월이 흘렀으니 '천 년의 터전 차의 고향 목압'이라고 할만도 하다.

맑은 물과 바윗돌이 계곡의 멋을 내고 고산준봉 어우러져 그림 같은 풍경인데 소품처럼 내려앉은 현대식 건물이 심산계곡에서 품평회라도 여는 것일까, 저마다 모양새가 다른 크고 작은 집들이 녹차를 덖어서 차를 만드는 제다원이고 펜션이며 민박집들이 계곡을 따라 이어졌다.

굽이진 길을 따라 범왕교를 건너니까 검버섯과 푸른 이끼가 희끗희끗한 웅장한 돌탑이 수령 250년의 서어나무 아래서 세월의 무게를 버티고 옛 세월을 지키는데 오가는 이들의 쉼터로 평상을 마련했다는 팔순을 넘긴 토끼봉 산장의 최성래 할아버지는 빤하게 보이는 원범왕 마을 뒷산을 가리키며 옛 얘기를 들려준다.

커다란 호랑이바위가 입을 크게 벌리고 내려다보고 있어 이 마을에는 악귀가 범접을 못한다면서 6·25의 3년 전쟁이 여기서는 빨치산 잔당 토벌까지 10년 전쟁이었다며 피아가 밤낮으로 뒤바뀌는 공포와 불안의 나날에도 희생된 주민이 없었고 전국을 휩쓸며 창궐했던 호열자도 범접하지 않았다며 비보의 돌탑을 쌓으라고 일러준 노스님의 고마움을 잊지 못한다며 범바위가 빤하게 보이도록 나무를 좀 잘라 달래도 젊은이들이 말뜻을 모른다고 안타까워하며 손주들조차 객지로 떠났으니 수로왕이 머무셨던 대궐터와 벽소령 넘나들던 옛 얘기조차 전할 길이 없다며 못내 아쉬워한다.

범왕교를 지나고부터 길은 꼬불거리며 가팔라지고 이내 널따란 주차장에 '지리산 칠불사'라 쓰인 일주문으로 들어섰다. 나뭇가지 사이로 기와지붕이 어렴풋이 보이는데 외숙 장유화상 보옥을 따라온 일곱 왕자가 성불을 하면 그 모습이 비춰질 것이라는 말대로 가락국의 수로왕이 부인 허황후와 함께 부처가 된 일곱 왕자의 모습을 보았다는 영지에는 울창한 수목의 그림자만이 영롱하게 비친다. 맞은편 둔덕의 칠불사 사적비 뒤로 세월의 무게가 역력한 부도탑이 반야봉 깊은 골을 조석으로 울릴 것 같이 범종을 빼어 닮았고 이내 주차장을 겸한 널따란 마당 한가운데에 새까만 오석으로 배례석이 놓여 있다.

네댓 단의 층을 지운 층층의 돌계단은 웅장하고 '동국제일선원'이라는 커다란 현판이 붙은 문루는 장엄한데, 문루 안마당으로 돌계단은 이어지고 대웅전 안으로 금빛 본존불이 빤히 보여 배례석에 올라 삼배의 예를 올리고 문루 안으로 들어섰다. 높다란 대웅전의 왼편엔 초의선사께서 정진하셨던 아자방은 중수 중이고 문수전 앞마당에도 배례석이 마련돼 있어 예를 올렸다. 칠불의 스승인 문수보살의 상주 도량 칠불사는 청명, 벽송, 서산 등 고승 대덕의 수행처였고 지금은 가야 불교 연구의 중심의 축으로 우뚝하게 섰다.

48

벽송사를 찾아가며

　일상이 버거워도 훨훨 벗어던지지 못하는 것은 함께하는 가족이 있고 지켜보는 지인과 이웃이 있어서만은 아니다. 책임의 무게만큼이나 자기완성의 삶의 가치에 대한 사명을 의무로 인식하지 않으면 인류 공동체가 와해되며 본인 파멸이 앞서오기 때문이다. 따라서 반복되는 일상의 고단함은 자기 성찰로 다스리며 내일을 위한 오늘의 자세가 긴요한 여력으로 재생산되게 심신을 가다듬으려고 가끔씩 여행을 떠난다. 여행은 일정에 따라 멀고 가까움이 있을 뿐 일상의 고단함과 번민을 털어내고 또 다른 세상과의 새로운 만남이라서 어디면 어떻고 언제면 어떤가가 문제 되지 않는다. 숙박을 요하는 먼 길이 아니라면 홀가분한 차림새에 단출한 여장이면 몸도 마음도 가벼워진다. 유난스레 요란을 떨면 예상 밖의 탈이 나고 소문내고 날 잡으면 없던 일도 생기니까 마음에 짚이는 곳이 있으면 아침상 물리고 나서고 볼 일이다.

　가을의 정취에 사색을 녹이며 비경의 풍광 속에 홀로 객이 되어 애환의 역사가 굽이굽이 서려 있는 엄천강 굽이진 길을 따라 벽송사를 향해 길머리를 잡았다.

벽송사 목장승

벽송사

35번 고속도로 생초 요금소를 나와 '곱내들'을 벗어나 산모롱이를 돌면, 기암괴석으로 가파르게 비탈진 선바위산 기슭을 따라 굽이져서 이어지는 도로 아래로, 물빛 푸른 엄천강이 그림 같은 풍광이다. 예사로운 풍광이 아닌 줄은 알면서도 언제나 힐끔 보고 지났던 길이라서 모롱이 날머리에 차를 세웠다. 벼랑 끝에 늘어선 느티나무와 도토리나무는 노령의 거목으로 크고 작은 옹이가 울퉁불퉁 불거져서 세월의 무게가 역력하건만 곱디고운 단풍으로 영롱하게 물들었다. 벼랑 높은 산 중턱엔 없는 듯이 내려앉은 빛바랜 정자는 잿빛으로 정겨운데 엄천강 푸른 물에 그물을 걷고 있는 어부는 쪽배를 저으며 아른아른 제 모습을 그림자로 드리운다. 괜스런 객군이 선경 같은 그림 위에 흠집 될까 염려되어 가던 길로 차를 몰아 화계장터의 엄천교를 건너서서 강을 따라 이어지는 마천 길로 들어섰다. 지리산 준봉들은 단풍으로 물들었고 자드락의 마을에는 붉게 익은 감들이 가을볕을 붙잡고 가지 끝에 매달렸다.

굽이져 흐르는 강을 따라 동호마을 들머리의 점필재 김종직 선생께서 함양군수 재임 시에 조성한 관영 차밭을 지나 한남마을 들머리에 닿자 느티나무 숲속에서 '나박정' 정자가 쉬어가라 붙잡는다. 세조의 왕위 찬탈로 생모인 혜빈 양씨와 동기들마저 참화로 잃고 한남마을 건너편 새우섬으로 유폐되어 한 많은 생을 마친 '전주 이씨 세종 왕자 한남군 충혼비'가 단풍잎 흩날리는 동구 밖 숲속에 처량히도 홀로 섰다. 귀하디귀한 왕자의 몸으로 천 리 길 머나먼 유배지에서 이승을 하직하고 함양 땅 상림의 산자락에 백골로 묻혔으니 설움인들 오죽하고 원한인들 오죽하랴. 역천과 질곡으로 얼룩진 역사는 '한남'이라는 마을 이름 두 글자만 남겨놓고 무심한 세월 속에 속절없이 잊어가도 성황당 돌탑은 원한 서린 옛 세월을 오롯이 품은 채로 말없이 숙연하다.

오백여 년 세월은 고산준봉 끝자락이 새우섬마저 토사로 밀어붙여 자드락으로 삼았으니 강산도 약자를 침탈하는데 인간사야 오죽하랴.

새우섬 휘감아 도는 강을 거슬러 모롱이를 돌아 와룡대를 지나니까 물레방아 돌아가는 백련마을 들머리에 집채 같은 바위군의 '화연대' 아래에는 마을의 내력이 적힌 빗돌과 시를 새긴 시비가 마주 보고 정이 겹다. 이조년의 형인 이백년과 이억년이 은거하며 마을을 이룬 형제의 인연으로 시비를 세웠다는데 언제 읊어도 가슴을 저리게 하여 다정도 병인 양하여 잠 못 들게 하는 이조년 선생의 '다정가'가 새겨졌다.

굽이진 산모롱이를 돌자 강은 더욱 깊게 내려앉아 벼랑은 아찔한데 경사가 급한 산기슭에 작은 집들이 층층이 자리를 잡은 '고정마을'은 팻돌에 새긴 '높은징이'라는 옛 이름이 오히려 다정하다. 왼편의 아래로는 소나무와 도토리나무가 빼곡하여 벼랑의 끝은 보이지 않으나 언뜻언뜻 보이는 푸른 물은 까마득한 깊이로 내려앉았고 오른쪽의 산기슭으로 작은 골짜기마다 우람한 바윗돌이 작은 계곡을 이루고 있어 한 모롱이를 돌면 '동우대'이고 또 한 굽이를 돌면' 동신대'가 있고 이어서 '첨모암'이 있어 바윗돌의 비경들이 골골이 이어진다.

송정마을과 마적대로 건너가는 용류교를 지나서 널따란 계곡 아래에 '용담입문'과 '구룡대'라 음각된 바윗돌이 가로누운 용유담으로 내려섰다. 기암괴석은 천지 창조자의 작품이라지만 거암거석을 갈고 다듬은 장엄한 조각들은 누구의 소작인가, 신이 빚은 작품인가! 아홉의 용이 노닐며 똬리를 틀었는지 항아리 같은 구덩이와 배밀이를 하고 간 흔적의 고랑이 비단결보다 매끄러워 아직도 온기가 남은 것 같은데 회돌이 하는 거센 물길의 소는 깊이를 알 수 없다. 그 옛날 김종직 선생이 선물로 받았다는 뱀사골 달궁의 돗못에서 내려와 용류담에 산다는 '가사어'가 다시 왔나 싶어서 목을 빼고 들여다보니 소용돌이 속으로 하늘이 내려앉아 흰 구름이 빙빙 돌고 오색단풍 영롱한 산도 따라서 빙빙 돈다.

여기서 불끈 저기서 불끈 육중한 바윗돌이 사방에서 옹호하여 가까스로 어지럼증을 떨치고 가던 길을 재촉하여 의탄교를 건너서 추성계곡으로 들어섰다.

벼랑마다 기암괴석 온갖 형상 기묘한데
굽이굽이 계곡마다 옥수청담 별천지라
떠가는 흰 구름마저 가던 길을 멈추네

고산준봉 골골이 오색단풍 영롱하고 자연 조화의 절묘한 풍경 속으로 빨려들듯이 비탈진 산길을 굽이돌아 벽송사 주차장에 닿았다.

속계와 법계의 가름을 없애려 함이던가. 일주문도 없고 천왕문도 없다. 악귀는 범접을 말고 속인은 삿된 생각을 버리라며 위풍당당하게 섰던 호법대신과 금호장군의 목장승도 세월의 무게가 버거워서 퇴역을 하고 이제는 비 가림의 보호각 안에 안치되어 나란하게 섰는데 금호는 어쩌다가 눈도 코도 잃었으며 둘은 하나같이 깊이 파인 주름살만 빈틈없이 남겼을까.

범종각을 돌아들어 뜰 안으로 들어서면 좌우로 선방이고 애래 위도 선방인데 뒤편으로 자그마한 원통전과 산신각만 단청이 고울 뿐 거무스레한 목조 건물들이 마당을 사이에 두고 마주앉자 중후한 멋을 낸다. 노송의 거목인 도인송과 미인송이 나란히 굽어보는 둔덕 위로 층층 계단을 오르니 그 옛날의 대웅전이 있었다는 또 하나의 널따란 마당 한 자락에 옛 내음이 물씬 나는 삼층 석탑이 단아한 기품과 수려한 자태로 애환 서린 옛 세월을 말없이 지켜오며 고고하게 홀로 섰다. 보물 제474호이다. 벽송 대사의 창건으로 부용, 청허, 부휴, 송운, 청매, 서룡 등 기라성 같은 정통 조사를 포함하여 108 고승 대덕들의 수행처로 조선불교 최고의 종가인 벽송사는 일명 '백팔조사 행화도량'이라고 불리어진다.

유장한 세월 속에 심산 법계 벽송사는 외란과 질곡의 역사로 성쇠를 거듭하면서도 중생들의 성불 인연을 오늘로 이어 오건만 반목으로 얼룩진 산문 밖의 세속을 서산은 뭐라시며 사명당은 뭐라고 하실까. 건너다보이는 칠선 계곡의 단풍은 불을 뿜는 듯 붉게 탄다.

거제 기성관과
반곡 서원

동기나 과정이 결과 앞에서 합리화될 수 없는 것이 정치이다. 동서 고금을 막론하고 동기부여나 과정의 가치관을 놓고 찬반의 논란으로 정쟁이 유발되어 피로 얼룩진 역사의 흐름을 되새기게 하는데 작금의 적폐청산이 진정한 적폐 청산이냐 정치 보복이냐의 분란의 소용돌이 가 400년 세월을 거슬러 효종의 죽음을 놓고 복상 문제의 예송 논쟁이 당파의 정쟁으로 회오리바람을 몰아치게 했던 우암 송시열 선생을 생각나게 하여 위패가 봉안된 우암사가 있는 거제의 반곡 서원을 찾아 길을 나섰다.

35번 대전 통영 간 고속도로 종점인 통영 요금소를 나오면 거제로 이어지는 왕복 4차선 도로는 고속도로 못지않게 시원스럽게 달릴 수 있어 초겨울의 상큼한 바닷바람을 헤집고 거제대교를 단숨에 지나 사곡 삼거리에서 우회전을 하여 이내 거제면사무소 앞에 닿았다. 면사무소와 좁다란 길을 사이에 두고 느티나무 고목 아래서 예스러운 솟을대문이 한눈에 들어온다. 면사무소 마당에 차를 세우고 솟을대문으로 들어섰다. 널따란 마당 끝을 길게 가로막은 원형의 주홍 기둥이 빼곡히 받친 솟을지붕의 위용에 놀라서 얼른 다가가지 못하고 대문간

거제 기성관

기성관의 송덕비

에서 발길을 멈췄다. 문화유적을 탐방하다 보면 어느 한쪽에 감동을 받으면 거기에만 치우쳐서 전체를 못 보는 실수를 수없이 거쳤으니 웬만해서는 빠뜨리지 않지만 그래도 천천히, 차분하게, 더는 없는가를 습관적으로 되뇌면서 샅샅이 훑어본다.

마당 왼편으로 비석들이 늘어섰다. 세월의 무게에 녹이 슨 철 비석과 마모가 심하여 판독조차 어려운 석비들이다. 관찰사, 삼도수군통제사, 암행어사, 현령, 부사 등의 송덕비이다. 요즘으로 치면 뇌물 받아 축재하기 딱 좋은 직위인데 보국애민의 숭고함을 기리는 송덕비다. 고개를 숙여 예를 가름하고 우리는 지금 누구의 송덕비를 세울 수 있을까를 생각하니 입맛이 쓰고 머리가 어지럽다. 혼란스런 상념을 털고 기성관이라는 편액 밑으로 다가섰다. 정면 9칸 측면 3칸으로 가운데 아홉 칸은 두 칸 너비로 폭을 넓혔고 솟을지붕의 3칸의 기둥은 이중의 대들보를 높이 올려 안에서 바라보는 천장의 웅장함과 40개의 기둥이 솟은 마루청의 광대함은 과히 위압적이라 한순간에 압도된다. 이중 서까래를 받친 팔작지붕으로 3등분의 중앙은 솟을지붕이니 그 크기는 웅장하고 장엄하여 과연 통영의 세병관, 진주의 촉석루, 밀양의 영남루와 함께 경남의 4대 목조건축물의 하나이다. 기성은 거제의 옛 이름으로 기성관은 거제 관아로서 1422년 세종 4년에 고현에 건립하여 이후 성종 원년에는 옥포, 조라, 가배, 영등, 장목, 지세포, 율포 등 거제부 7진의 통할영인 군영의 본부였으나 임진왜란으로 고현성이 함락됨에 따라 현종 5년에 성을 폐쇄하고 거제면인 현 위치로 옮겼다.

길 건너편의 부속 건물인 질청으로 발길을 돌렸다. 대문이 주먹만 한 열쇠로 굳게 잠겨 있다.

지방 관청의 육방을 비롯한 하급 관리들의 사무실로 이용하던 건물로 작청 또는 연청이라고도 하는데 기성관과 함께 현종 5년에 현재 위치로 옮겨 왔고 일제 강점기에는 거제현의 관청이 없어지면서 1926년부터 부산지방법원 거제 등기소로 사용되었으며 1976년 경남도 문화재로 지정되고 1982년 1월에 등기소가 고현으로 옮겨감에 따라 전면 해체 복원되어 비로소 제 모습을 되찾게 된 파란만장한 굴곡의 역사를 간직한 애달픈 사연이 잠들어있다. 원래의 건물 배치는 'ㅁ' 자 형이었는데 도시화 과정에서 도로에 닿는 부분이 철거되어 지금은 'ㄷ' 자형이지만 27 간이 넘는 대규모의 웅장한 건물이다. 양 측면은 주거용의 방이고 중앙은 사무를 볼 수 있는 대청마루로 화려하지도 섬세하지도 않은 소박함과 검소함이 묻어나서 엄숙함을 자아낸다. 기성관과 질청은 있으나 정작 관아의 본청인 동헌이 없어 두리번거리는데 기성관을 마주한 거제면 사무소 울타리 옆에 작은 안내판이 몸 둘 바를 모르는지 어쭙잖게 붙어 섰다. 내용이 기막히니 안내판도 부끄러워 고개를 숙였다.

동헌을 헐어내고 면사무소를 지었다니 이 무슨 망나니의 소행인가. 미운 짓은 고깔을 모로 쓰고 한다고 면사무소의 2층 외벽에는 '거제시 역사와 문화의 고장 거제면'이라고 벽면을 가득 채운 조각 글자는 낯 뜨거운 줄 모르고 햇볕에 반짝이고 사적 484호는 초겨울 갯바람에 눈물을 머금었다.

반곡 서원을 찾아 발길을 옮겼다. 계룡산 정상의 솟구친 바위들이 옥산 산성을 굽어보는데 골목길 어귀의 안내판이 '문재인 대통령 생가' 1.3ℓ㎞ 하여 생가부터 들리기로 하고 차를 몰아서 생가 뒤편에 차를 세웠다. 커다란 트랙터가 사립문을 가로막고 개인 집이니까 들어오지도 기웃거리지도 말아 달라는 '부탁의 말씀'이라는 표지가 붙었다. 이리 기웃 저리 기웃 사방을 둘러보며 까치발을 해도 옹색하기 그지없는 삼간 슬레이트 지붕밖에 보이지 않아 돌아서야 했다.

아쉬움의 발길이 안쓰럽던지 작은 모판을 놓고 손수 농사지은 잡곡물을 팔고 있는 일흔다섯의 공용악 할머니가 옷소매를 붙잡는다. 저기 2층집에 문 대통령이 태어날 때 아기를 받아낸 여든여덟의 할머니가 사시고 그의 막내아들이 지금 생가에서 기거를 한다면서 그간의 경황들을 샅샅이 일러주며 계룡산, 산방산, 노자산, 선자산 등 이산 저산 내력까지 자세히도 일러주시는데 문화해설사가 울고 갈 정도로 어찌나 자상한지 너무도 감사하여 몇 번이고 손 흔들며 왔던 길을 되돌아서 반곡 서원을 찾았다.

자그마한 주차장을 말끔하게 마련한 솟을대문은 나란하게 전통 사찰 세진암의 종탑 문루인 사천왕문과 이웃하여 높다랗게 우뚝 섰다. 층층 석계를 올라 협문으로 들어서자 여느 서원과 같이 정면 강단에 좌우 동재와 서재를 거느렸고 뒤로는 단청이 짙어서 엄숙함을 더하는 사당이 마련됐는데 '우암사'라는 편액이 붙었고 직각되게 옆으로의 사당은 '동록당'이라는 편액을 달았다.

우암사는 우암 송시열 선생을 주벽으로 김진규, 김창집, 민진원, 이중협, 이수근 등 6인의 위패를 모셨고 동록당은 동록 정혼성의 위패를 모셨다. 우암은 남인과의 예송 논쟁과 희빈 장씨와의 맞섬으로 거제도로 유배되었던 연으로 선생의 학문과 덕행을 기리고 추모하고자 숙종 30년에 창건된 것을 근작으로 복원한 것인데 선생의 인품이 묻어나서일까 예스러운 멋과 검소하고 간결한 맛을 지긋하게 풍긴다.

우암 선생 위패 앞에 무릎을 꿇고 오늘의 정치사를 놓고 뇌성벽력 같은 꾸지람을 기다리다 한참 만에야 고개를 들었다.

나란하게 이웃한 전통 사찰인 세진암의 대웅전으로 들어섰다. 전 갈하고 조용하여 호젓하기 그지없다. 아담하면서도 정교하고 화려한 닫집에는 청홍룡이 여의주 하나를 서로가 마주 물었는데 주는 건진 앗는 건지 알 수는 없는데 유리 보호각 속의 자그마한 좌상 삼존불은 중생을 굽어보는 자비의 미소 속에 경건하고 엄숙함이 무릎을 꿇게 한다.

세진암에서 나와 뒷산인 계룡산의 수정봉 옥산 산성으로 차를 몰았다. 옥산 산성은 수정봉 꼭대기를 둘러쌓은 석성으로 보존이 잘된 상태이고 원형의 석축을 단을 지어서 안으로 깊게 쌓은 커다란 우물인지 천지인지는 알 수 없으나 발굴 중이다. 신비스럽게도 산꼭대기에 꽤나 많은 물이 샘솟고 있어 두 분의 대통령을 나게 한 명산일까. 정수리의 웅장한 바위들은 계룡산을 등받이 삼고 위풍당당하게 서로를 껴안고 거제 바다를 시원스럽게 내려다보고 있다.

탐방 100회
황룡사를 찾아서

기행수필 100회를 쓰면서 많은 감회에 젖는다. 먼저 100이라는 숫자는 어떤 의미를 갖는 것인가를 생각하게 한다.

"100번을 해 봐라 되나 봐라"

어림도 없다는 뜻이다. '골백번을 해봐라'라도 있다. 만 번씩 100번을 하여 본들이라는 뜻이다. 결국 엄청나게 많은 수 즉 사람이 행할 수 있는 최대의 수를 의미한다는 뜻이다. 100점, 100% 등 만족의 최대치로 가득 차다는 뜻이기도 하다. 게다가 8년 동안을 썼으니 8년이라는 의미도 생각해 보면 80 인생의 10분의 1에 해당하는 긴 세월이다. 2010년 2월 '윤위식의 발길 닿는 대로' 첫 회를 '황룡사를 찾아서'를 출발로 8년간을 빠짐도 없이 매월 한 편씩을 실어서 100회를 맞은 것이니 감회가 깊다.

관광객 유치에 작은 보탬이 되어보자며 경남권역 안으로만 소재를 잡아달라는 당시 박용진 경남일보 편집국장의 속 깊은 뜻을 짐작하고 좀은 덜 알려져도 꼭 가봐야 할 곳을 찾아 경남 전역을 '발길 닿는 대로' 종횡으로 누볐다. 그러다 보니 안 가본 곳 없이 웬만큼은 돌아다녔기에 어디를 가든 골짜기마다 마을마다 잊혀져가는 옛이야기들이

황매산

황용사 스님바위

알토란처럼 묻혀있는가 하면 수난과 질곡으로 얼룩진 애잔한 역사가 곤하게 잠들어 있어 갈피 삭은 옛 이야기책을 읽는 것만 같이 가슴을 먹먹하게 하는 애달픈 사연을 되새기며 눈을 놀라게 하고 귀를 솔깃하게 하고 가슴을 저리게 하는 사연들 하며 길에서 길을 찾고자 길을 물으며 작은 깨달음을 나름대로 엮었다. 산길 들길 헤매며 방방곡곡을 들쑤시고 돌아다닌 거리도 왕복 평균 200㎞로 잡아도 줄잡아 지구를 반 바퀴나 돈 셈이다.

첫 회의 '황룡사를 찾아서'부터 이제 8년간을 헤집고 다닌 끝에 다시 황룡사를 찾아 집을 나섰다.

황매산 모산재의 절경을 짊어진 비경의 절집이 병풍 속의 수묵화 같은데 스물다섯의 서울 처녀가 57년 전에 머리를 깎고 오로지 부처님의 가사 자락에 육신을 맡기고 속세와의 문을 굳게 닫아버린 비구니 노스님이 철제 사립문까지 주먹만 한 자물쇠로 굳게 잠근 사연을 어찌 하룻밤 이야기로 끝나겠나 싶어 "스님의 이야길랑 다음에 하자. 별이 빛나는 밤 황룡사에서" 라고 1회를 끝맺음하면서 독자와의 한 약속이라서 길머리를 잡은 것이다.

진주에서 합천 방향으로 33번 도로를 따라 20번 도로와 마주치는 생비량교를 건너 좌회전을 하여 상능마을의 가파른 고개를 넘어서 가회면사무소 앞에서 황매산 모산재라는 이정표를 보고 대기마을로 접어들었다.

멀리 수직으로 깎아지른 암벽 암산이 병풍 속의 그림같이 수묵화로 펼쳐진다. 황매산 모산재이다. 큰길 따라 접어들어 커다란 주차장을 지나 모산재 방향으로 꺾어들면 작은 주차장 앞에 황룡사 표지판이 삼거리에 나와서 정중하게 맞이한다. 곧장 차를 몰아서 시멘트 길을 따라 200m가량 올라가면 철제 사립문이 나온다. 수십 년을 두고 주먹만 한 자물쇠로 굳게 잠겨있던 문이다. 8년 전 1회 글을 쓰고 수년간의 내왕을 하고 나서야 비구니 노스님은 철제 사립문의 자물쇠를 풀고 속세와의 문을 여셨다. 참으로 긴 긴 세월이 흐른 후에야 노비구니 지승 스님은 세상과 인연의 끈을 다시 이은 것이다.

철제 사립문 안의 잔디밭에 차를 세우고 절집을 감싸 안은 석벽의 산을 바라보면 여기가 별천지라는 것을 깨닫게 된다. 속계를 멀리한 심산의 법계이다. 모산재의 기암괴석은 금강산의 만물상을 떠다 놓은 듯이 온갖 형상을 한 바위와 천인단애의 절벽과 기기묘묘한 거암거석들이 합죽선의 수묵화인지 공작새가 꼬리 끝을 활짝 펼친 것인지 멋스럽고 장엄한데 석벽을 등지고 앉은 작은 절집 황룡사가 고즈넉이 내려앉아 도솔천이라 하면 제격일까 불국 정토라면 어울릴까, 비경이고 선경이라 황홀경을 자아낸다.

곰 같은 놈이라면 호랑이 같고 자라 같다 하면 거북이 같아 발길을 옮길 때마다 그 형상을 달리하니 마법의 석산인가 영험한 성지일까, 실쭉샐쭉 골을 지어 희끗희끗 덧칠하고, 들쭉날쭉 겹겹으로 울퉁불퉁 불거지고, 삐쭉빼쭉 솟구쳐서 천불천탑 불국인지, 몽실몽실 동자승이 노송 아래 즐비한데, 벼랑 위의 바위들은 군웅처럼 우쭐대고, 듬성듬성 솟아오른 수직의 바윗돌은, 우락부락 팔척장신 금강역사 형상이며, 희끄무레한 초막은 영락없는 절집인데, 바랑을 걸머지고 삿갓 쓴 노스님이 모산재를 넘는 걸까, 범바위를 앞세웠으니 황매산 신령일까. 바라보는 위치에 따라 모양새를 달리하니 비경이고 절경이라 보는 이의 넋을 뺀다.

절집이 문을 잠그고 사는 사연이야 필자인들 어찌 알았겠냐마는, 마음의 문까지 닫으셨던 노스님이 말문을 연지도 필자와의 내통이 오간 지 한참의 세월이 흐른 후였다. 스물다섯의 서울 처녀가 계룡산 동학사에서 머리를 깎고 절밥 먹은 지가 작년이 꼭 57년 전이라 하던 때도 8년이 지났으니 어찌 보면 또 까마득한 옛일이라 세월의 무게를 어떻게 감당하고 계실지가 궁금하여 요사채 앞에서 헛기침을 하여도 풍경 소리만 당그랑거릴 뿐 인기척이 없다.

누더기 한 벌 남기고 이 세상 떠나면 중노릇 제대로 잘한 거라 하셨는데 정말 누더기 한 벌만 남겨놓고 부처님의 세계로 가시지는 않았는지 조바심이 엄습한다. 적조했던 세월이 죄스러워 귀를 기울이는데 '스르륵' 하고 창문이 열리더니 명함판 사진같이 스님의 상반신이 네모난 문틀 속에 단정하게 그득하다. 건재함이 반가워서 얼른 합장하고 고개를 숙이는데 나도 모르게 '나무관세음보살!' 소리가 절로 났다.

안도의 숨을 몰아쉬고 대웅전이라는 편액이 붙은 법당으로 들어섰다. 대웅전이래야 정면 3칸에 측면 2칸이지만 칸이 좁은 데다 팔작지붕에 골기와를 덮어 단청까지 화려하여 참으로 단아하다. 법당으로 들면 네댓 명이 들어서면 가득한 크기인데 관음보살좌상을 본존불로 모시고 좌우 탱화가 전부이며 벽면의 횃대에 걸린 스님의 가사가 실내장식을 대신하고 향로와 촛대 한 벌이 관음보살님의 살림살이 전부이다. 헌향 삼배의 예를 올리고 대웅전 문을 나섰다.

황매산 기암절벽을 병풍처럼 둘러치고, 오로지 하늘만을 열어놓은 부처님의 둥지에서, 염송하며 뉘우치고 목탁 치며 인연 끊고, 향 사르며 번뇌 삭여 절하면서 속죄해도, 모질고도 질긴 인연 새벽까지 달라붙어, 눈물 젖은 장삼 자락 마를 날이 없었으며, 달빛 속에 별을 세며 범종치고 운판 치며, 두드리고 두들겨도 목어 소리 법고 소리 무심하긴 한결같고, 법당에 촛불 켜고 평생 동안 무릎 꿇고 이승전승 지은 죄업 빌고 빌며 속죄해도, 백팔번뇌 질긴 사슬 마디마디 한스러워, 오르지 부처님의 가사 자락에 스님은 육신을 맡기고 속세와의 문을 굳게 닫으셨더니만 법계와 속계의 가름을 허물고 법계 도량의 문을 활짝 열어버린 것이다. 스님의 연세도 이제는 아흔이시니 스물다섯에 머리를 깎았으니 법랍 예순다섯이다. 그래도 정정하시니 더없이 고마운데 너무도 깔끔한 성품이라 흐트러짐도 어긋남도 없는 삶이었기에 법랍 예순다섯에도 상자 하나 두지 못했으니 인연이 닿지 않은 타고난 팔자인가 전생의 업이던가. 엄격한 계율 속에 사미승 시절을 보내느라 얼마나 고생을 하셨던지 "동학사로 한번 모실까요?" 하여도 내세에도 중이 될 거라면서 고개를 저으신다. 수십 년을 닫혀있던 황룡사의 철문은 사바세계를 일깨우는 자비의 문이 되어 활짝 열리었다.